U0923277

9

小说一

普希金文集

上海译文出版社

ПОЛНОЕ СОБРАНИЕ СОЧИНЕНИЙ IX

冯 春——译

А. С. ПУШКИН

《彼得大帝的黑人》 Л. Е. 费因别尔格 绘　1949 年

《暴风雪》 A. B. 瓦涅茨安 绘　1947 年

《扮成农家姑娘的小姐》 B. A. 米拉谢夫斯基 绘　1979 年

《扮成农家姑娘的小姐》 B. A. 米拉谢夫斯基 绘 1979 年

目 次

彼得大帝的黑人

彼得大帝的钢铁意志
改变了俄罗斯的面貌。
——雅泽科夫①

① 雅泽科夫（1806—1846），俄国诗人。题词摘自雅泽科夫的小说《阿拉》。

第一章

我在巴黎；

我开始人的生活，而不是苟延残喘。

——德米特里耶夫[①]

《旅行者》杂志

彼得大帝派了许多青年到外国去学习一个经过改革的国家所必需的知识，其中有一个是他的教子[②]黑人易卜拉欣。他曾经在巴黎军事学校读书，[③]毕业时授炮兵上尉衔，在西班牙战争中表现超群，由于受了重伤，又回到巴黎。皇帝在日理万机的百忙中还不断询问这个宠儿的情况，他总是得到对于宠儿的成绩和行为的赞扬。彼得对他很满意，不止一次要把他召回俄国，但易卜拉欣并不急于回去。他常常用各种借口推托，一会儿说要养伤，一会儿说还想继续深造，一会儿说费用不够。彼得对他的请求总是体贴照顾，要他好好注意自己的身体，对他勤奋学习表示感谢，虽然自己极其节约，用在他身上的钱却从不吝啬，只是在寄钱给他的同时，总要谆谆教导他一番。

所有的历史记载都可以证明，当时法国人的胡作非为和奢侈浪费都到了无以复加的地步。路易十四统治的最后那几年，宫廷的笃信上帝，人们的庄重和礼仪，这些都是有口皆碑的，但现在已荡然无存了。奥尔良公爵[④]兼有许多优秀的品质和各种各样的恶习，可恰恰没有一点虚伪的影子。奥尔良公爵宫廷里的花天酒地对于巴黎来说并不是秘密。这就难免上行下效。当时有个人叫洛[⑤]，他对钱财贪得无厌，在寻欢作乐方面也是欲壑难填，结果弄得倾家荡产，道德沦丧。法国人嬉笑着，盘算着，而国家则在讽刺喜剧的戏谑歌声中土崩瓦解。

然而社会是一幅最引人入胜的图画。文明和追求寻欢作乐使所有身份不同的人接近起来。财富、礼貌、荣誉、才干、怪癖，一切，凡是能引人好奇、使人消遣的东西，人们都同样乐于接受。文学、知识、哲学都走出寂静的书房，来到上流社会赶时髦，成为左右时尚的标准。一切都由妇女们主宰着，但她们已不要求人们崇拜她们了。表面上的彬彬有礼代替了发自内心的尊敬。黎塞留公爵[⑥]，这位最新雅典[⑦]的亚西比得[⑧]的恶作剧已成为历史，却足以说明当时的风气。

当疯狂的玩乐响起身上的铃铛，
以轻快的脚步跑遍整个法兰西，
当每个凡人都不愿把上帝敬仰，
当人们除了忏悔什么事都想干，

---

① 德米特里耶夫（1760—1837），俄国诗人。
② 俄俗，婴儿出生后由父母的亲友带领给婴儿受洗，带领受洗的亲友便是孩子的教父或教母，孩子便是他们的教子或教女。
③ 实际上汉尼拔是在炮兵学校学习的。
④ 奥尔良公爵（1674—1723），法国摄政王。
⑤ 洛，金融投机商人。原文为法语。
⑥ 黎塞留（1696—1788），法国元帅。
⑦ 指巴黎。
⑧ 亚西比得（前450—前404），雅典统帅。

那就是自由的狂放的幸福时光。①

易卜拉欣的到来，他的外貌、教养和禀赋都在巴黎引起广泛的注意。太太小姐们都想在家里看到这个*皇帝的黑人*②，因而常常在半路上把他拉到家里去。摄政王多次邀请他参加自己家里快乐的晚会；他出席一些晚宴，晚宴上常因阿鲁埃③的朝气蓬勃、肖莱④的倚老卖老和孟德斯鸠⑤与方丹尼尔⑥的健谈而谈笑风生；他从不放过一次舞会、一个节日、一场首演，并以他那个年岁和天性所特有的全部热情，投入社会的旋风。但是使易卜拉欣害怕的并不仅仅是想到有朝一日要放弃这种穷奢极欲、花天酒地的生活，而到彼得堡宫廷去过那种枯燥无味的日子。还有些非常有吸引力的事情把他拴在巴黎。这个年轻的非洲人堕入情网了。

D伯爵夫人虽然过了春蕾初放的年华，但她的俏丽却还遐迩闻名。十七岁那年，她刚刚出修道院，父母就把她嫁给一个她还没有来得及爱上的人，而那个人后来对此事也从不放在心上。社会上传说她有几个情人，但按照上流社会宽容的法典，她却拥有好名声，因为不能指责她有过什么可笑的或引人好奇的风流韵事。她家的摆设是最时髦的。巴黎最优秀的人物都聚集在她家里。易卜拉欣是年轻的梅韦尔介绍给她的，一般都认为梅

① 此诗原文为法语。引自法国作家、哲学家、启蒙思想家伏尔泰（1694—1778）的长诗《奥尔良少女》。
② 原文为法语。
③ 阿鲁埃，即伏尔泰。
④ 肖莱（1639—1720），法国诗人。
⑤ 孟德斯鸠（1689—1755），法国启蒙主义作家。
⑥ 方丹尼尔（1657—1757），法国作家。

韦尔是她最新的情人，而他也千方百计让人们感觉到这一点。

伯爵夫人彬彬有礼地接待了易卜拉欣，但并不对他特别垂青。这已经使他感到满足了。一般人都把这年轻的黑人视为怪物，围着他，纷纷向他问候，对他提出一大堆问题，这种用好意掩饰着的好奇心常常伤害他的自尊心。女人的垂青，这几乎是我们孜孜以求的唯一目标，不仅不能给他带来欢乐，反而会使他痛苦和愤怒。他觉得人们都把他看成某种稀有动物，一种偶然被带到这个与他毫无共同之处的世界上的特别怪人。他甚至羡慕那些不引人注目的普通人，把他们的渺小看作幸福。

他想到造物没有把他创造成一个能和异性互相爱恋的人，这使他无法自负，不能要求自己有更多的自尊心，但恰恰是这一点，使他在和女人交往的时候具有一种罕见的魅力。他的谈吐朴素而持重，D伯爵夫人对法国俏皮话里那种没完没了的玩笑和微妙的暗示早就厌烦了，因此，很喜欢易卜拉欣。易卜拉欣常常去她家做客。她渐渐习惯了这个年轻黑人的外貌，甚至对这个在她客厅里一大堆戴扑粉假发的人当中显得与众不同的、长着鬈发的黑脑袋产生了好感（易卜拉欣头上受伤，没有戴假发，只缠着头巾）。他二十七岁，身材魁梧挺拔，美人儿除了平常的好奇心外，还怀着一种欣赏之情对他瞧个不停，而抱有成见的易卜拉欣不是没有发现她们，就是认为她们不过是在卖弄风情。当他的视线和伯爵夫人相遇的时候，他的这种不信任感消失了。她的眼神是那么亲切温厚，她的态度是那么从容随便，这使他无法怀疑她身上会有一点卖弄风情或者嘲笑歧视的影子。

他并没有想到爱情，可是每天看见伯爵夫人，对于他来说，已是必不可少的事情。他到处想办法和她见面，每次和她相见，他都觉得是上天意外的恩赐。伯爵夫人比他先看出这种感情。不管怎么说，这种不怀任何希望、不附带任何要求的爱情总是比存心勾引更能打动一个女人的心。易卜拉欣在场的时候，伯爵夫人注视着他的一举一动，倾听着他的一言一语；他不在的时候，伯爵夫人便陷入沉思，精神恍惚……梅韦尔首先发现他们这种互相倾慕之情，并且向易卜拉欣祝贺。没有什么比局外人的鼓励更能煽起爱情的火焰了。爱情是盲目的，会在连自己也没有把握时，便急急忙忙地抓住任何一个支撑点。梅韦尔的话提醒了易卜拉欣。直到现在，他都没有想到能够占有这个心爱的女人；希望突然照亮了他的心；他神魂颠倒地恋爱起来。他的狂热使伯爵夫人胆战心惊，她不断对他进行友好的规劝、理智的忠告，想扑灭他的热情，但一切都是枉然，她自己也抵抗不住了。不小心的奖赏很快就接二连三地降临到他身上。伯爵夫人被她自己所唤醒的爱情力量所吸引，在爱情的煎熬下已浑身无力，终于委身于这个如痴如醉的易卜拉欣……

什么都瞒不过上流社会那些细心观察的眼睛。大家很快就知道了伯爵夫人这件新的风流韵事。有几个夫人对她的选择表示惊讶，许多人则感到这种选择很自然。有些人笑话她，有些人认为她的不谨慎是无法原谅的。易卜拉欣和伯爵夫人正陶醉在最初的热恋中，他们什么也没有注意到，但不久以后他们就听见了男人们语意双关的玩笑和女人们尖酸刻薄的评论。易卜拉欣庄重而冷淡的态度使他一直免于遭受类似的攻击；如今他不耐烦地忍受着，不知道如何去反击。伯爵夫人一向受到上流社会的敬重，她无法冷静地坐视自己成为众人议论耻笑的目标。她有时痛哭流涕，埋怨易卜拉欣，有时痛苦地责备他，有时求他别出面为她辩护，以免让这种徒劳无益的吵闹把她完全毁掉。

一种新的情况使她的处境变得更加困难。这次轻率恋爱的后果显露出来了。安慰、劝告、建议——全都无济于事，也无法接受。伯爵夫人看到毁灭是不可避免的，只好束手待毙。

大家很快就知道了伯爵夫人的情况，于是各种闲话就以新的劲头传播开来。敏感的太太们由于吃惊而叹气，男人们则拿伯爵夫人会生个什么样的孩子来打赌：孩子是白的还是黑的。人们纷纷讽刺挖苦她的丈夫，在整个巴黎只有他一个人还蒙在鼓中，而且想都没有想到过。

决定的时刻迫近了。伯爵夫人的情况很不好。易卜拉欣每天都在她家里，他看到她的精神力量和体力都在一天天消失。她的眼泪、她的恐惧在与时俱增。她终于感觉到了最初的阵痛。他们很快采取了措施，想了个办法把伯爵支开。医生也来了。大约在临产前两天就和一个穷苦的女人谈妥，要她把刚生下来的婴儿让出来，并派专人去接孩子。易卜拉欣待在与不幸的伯爵夫人卧房相近的书房里。他屏住呼吸，听到她那喑哑的呻吟、使女的低语和医生的吩咐。她折腾了好久。她的每一声呻吟都使他心碎，每一次沉默的间隔又使他感到恐怖……蓦地他听见了婴儿的一声微弱啼哭，这时他再也无法抑制自己的兴奋，立即奔进伯爵夫人的房间。一个黑婴躺在她的脚边。易卜拉欣走到他跟前。他的心猛烈地跳动着。他用颤抖的手为儿子祝福。伯爵夫人虚弱地微微一笑，把一只无力的手伸给他……但是医生担心产妇过分激动，把易卜拉欣从她床前拉开了。婴儿被放在一个有盖的篮子里，从秘密楼梯带出去。接来了另一个婴儿，把他的摇篮放在产妇的卧房里。易卜拉欣稍微放心了些，走了。大家等着伯爵。他回来得很晚，知道夫人顺产很高兴。这么一来，那些等着看好戏的人都大失所望，只能说点坏话聊以自慰了。

一切又都恢复了常态。但易卜拉欣看出他的命运将会发生变动，他和伯爵夫人的私情总有一天会传到D伯爵的耳朵里。在这种情况下，不管发生什么事，伯爵夫人总免不了要完蛋。他热烈地爱着她，也被她热烈地爱着；但伯爵夫人既任性又轻佻，她的恋爱已经不是第一次了。她的柔情蜜意可能会变成厌恶和仇恨。易卜拉欣已经预见到有一天她会冷淡下来。至今他还没有尝到嫉妒的滋味，但他已经心惊胆战地预见到了。他想应该让分手的痛苦减轻一点，打算中断这种不幸的私情，离开巴黎到俄国去，彼得大帝和一种隐隐约约的履行职责的念头早就在召唤他回去。

第二章

美人的温存不很亲热，
快乐不那么使人心醉，
头脑不那么轻率浮躁，
我也不那么一帆风顺……
为追求名誉而饱尝痛苦。
我听见，荣誉的喧闹在召唤！
——杰尔查文①

日子一天天一月月地过去，热恋中的易卜拉欣无法定下决心丢下这个迷恋着他的女人。伯爵夫人对他愈来愈难分难舍，他们的儿子在一个很远的省份受到抚养。上流社会的风言风语渐渐平息下去了，于是这对情人默默地记住已经过去的风波，竭力不去想将来的事情，甜甜蜜蜜地过起比较安定的日子。

有一天，易卜拉欣正站在奥尔良公爵家的门口。公爵走过他身旁时停下来，递给他一封信，叫他有空时看看。这是彼得一世的信。皇帝推测到他不肯回俄国的真正原因，就写信给公爵，说他无论如何不打算强迫易卜拉欣，说要让他自己决定是否回俄国，但是在任何情况下，他永远不会丢下这个他先前领养的孩子。这封信使易卜拉欣深深感动。从这个时候起，他的命运决定了。第二天他把自己打算立即回俄国的意思告诉摄政王。“把您要做的事情再考虑一下吧，”公爵对他说，“俄国不是您的祖国，我也不认为您将来还可以见到您那炎热的祖国；但是您长期待在法国已经使您对半开化的俄国的气候和生活方式都难以适应。您并非天生的彼得的臣民。请相信我：您就充分享用他那宽宏大量的允诺吧。您就留在法国，您为它流过血。请您相信，在这里，您的功劳和才干决不会得不到应有的奖赏。”易卜拉欣真诚地感谢公爵的好意，但他主意已定。“很遗憾，”摄政王对他说，“不过您的决定是对的。”他答应易卜拉欣退职，并把这一切写信告诉俄国沙皇。

易卜拉欣很快就做好起程的准备。动身前夕，他像往常一样，在D伯爵夫人家度过一个晚上。她什么都不知道，易卜拉欣没有勇气向她明说。伯爵夫人无牵无挂，十分快乐。她好几次把他叫到跟前，取笑他那种心事重重的样子。晚饭后，大家都散去了。伯爵夫人、她丈夫和易卜拉欣还留在客厅里。只要能和她单独在一起，这个不幸的人情愿作出一切牺牲。但是D伯爵是那么怡然自得地坐在壁炉旁边，根本就不可能把他从房间里支开。三个人都默默无言。“**晚安。**”②最后伯爵夫人说。易卜拉欣的心抽紧了，他突然感到分手的全部可怕。他站在那儿，呆若木鸡。“**晚安，先生。**”③伯爵夫人又说了一遍。他还是没有动……他终于眼睛发黑，感到天旋地转，举步维艰地走出

---

① 杰尔查文（1743—1816），俄国古典主义诗人。题词引自杰尔查文的诗《悼梅谢尔斯基公爵》。
② 原文为法语。
③ 原文为法语。

了房间。回到家里，他几乎是昏昏然地写了如下一封信：

“我走了，亲爱的莱奥诺拉，我永远离开你了。我在给你写信，因为我不能用别的办法向你说明。

“我的幸福不可能再继续下去了。我曾经违反我的命运和天性充分享受了这种幸福。你不应该再爱我，不能再迷恋了。这种想法总是萦绕在我的脑际，甚至在我似乎忘掉了一切的时刻，在依偎于你的脚旁充分享受你那热情的自我牺牲、你那无限的柔情的时刻也是这样……轻浮的上流社会实际上在无情地迫害那理论上允许的事情：它那冷酷的嘲笑迟早会战胜你，会制服你那火热的心，你也终究会为自己的爱情感到羞耻……那时我将落到何种境地？不！最好还是死，最好还是在这可怕的时刻来临之前离开你……

“我最宝贵的是你内心的平静：当上流社会的眼睛都注视着我们的时候，你是不可能享受到这种平静的快乐的。想想你所忍受过的一切，想想自尊心所遭受到的屈辱和担惊受怕的痛苦吧；想想我们的儿子诞生时的可怕情形吧。想想吧，我能不能使你继续遭受这样的惊慌和危险？为什么要竭力把一个这么温柔、这么美丽的女人的命运，同一个黑人，一个被勉强称为人的可怜的生物的命运连结在一起呢？

“别了，莱奥诺拉，别了，亲爱的，我唯一的朋友。离开你，就是离开我一生最初和最后的欢乐。我没有祖国，也没有亲人。我就要到愁人的俄国去，在那里，极端的孤独就是我的欢乐。我今后将要献身的那些艰苦的工作如果不能完全抹掉使人愁肠寸断的有关昔日欢乐和幸福的回忆，至少也会使我淡忘这些回忆……别了，莱奥诺拉，我放下这封信，就像离开你的怀抱一样。别了，祝你幸福，有时你就想想这个可怜的黑人吧，想

《彼得大帝的黑人》（木刻版画） P. Ф. 施坦因 绘　福留戈尔 刻　1899 年

想你忠心的易卜拉欣。”

就在这天夜里，他动身到俄国去了。

这次旅行并不像他所预料的那样可怕。他的想象压倒了现实。离开巴黎愈远，他对永远被他抛弃的生活的想象就愈生动、愈亲切。

他不知不觉地来到俄国国境。秋天已经来临。尽管道路坎坷不平，车夫还是把马车赶得飞快，到了第十七天早晨，他就来到了红村，当时有一条大路经过这里。

到彼得堡还有二十八里[①]路。套马的时候，易卜拉欣走进驿站。角落里有个身材魁梧的人，穿着绿色长袍，嘴里衔着陶制的烟斗，两肘撑在桌上，在读汉堡的报纸。听见有人进来，他抬起头。“啊！是易卜拉欣吗？”他站起来，大声说，“你好，我的孩子！”易卜拉欣认出是彼得，高兴得几乎要扑过去，可他还是恭敬地站住。皇帝走过来，抱住他，吻了吻他的头。“我已经得知你回来的消息，”彼得说，“所以来接你，从昨天起我就在这儿等你了。”易卜拉欣找不出适当的话来表达自己的感激。“你让马车跟在我们后面，”皇帝继续说，“你和我坐在一起，到我那里去。”皇帝的四轮马车赶来了。皇帝和易卜拉欣乘上马车，一起走了。过了一个半小时，他们来到彼得堡。易卜拉欣好奇地瞧着新建的京城，它是奉皇帝的圣谕在沼泽地上兴建起来的。光秃的堤坝，没有堤岸的运河，一座座木桥，这一切处处显示出不久前人的意志对于大自然的胜利。房屋都是匆忙建成的。除了涅瓦河，整座城市里还没有什么宏伟的工程。这道河流还没有砌起花岗岩的堤岸，但河面上已停泊着密密麻麻的战

① 本书中的里均指俄里，每俄里等于 1.06 公里。

舰和商船。皇帝的马车停在一座称为御花园的宫殿前面。一个年约三十五岁、穿着巴黎最时新服装、雍容华贵的妇人在台阶上迎接彼得。彼得吻了吻她的嘴唇，拉起易卜拉欣的手，对她说："卡金卡[1]，你还认得出我的教子吗？请你一如既往，对他多加关照。"卡捷琳娜用那双洞察一切的黑眼睛瞧着他，慈爱地把秀手伸给他。两个个子高高、身材苗条、鲜艳得像玫瑰花的妙龄美女站在她背后，这时也恭敬地走到彼得跟前。"丽莎，"彼得对其中一个说，"你还记得那个在奥拉尼延包乌姆偷我的苹果给你的小黑人吗？这就是他，我来向你介绍。"公主笑起来，脸上飞起两朵红云。大家向膳厅走去。饭菜已经为皇帝准备好了。彼得邀易卜拉欣和全家一起坐下进膳。进膳的时候，皇帝和易卜拉欣谈起各种各样的事情，向他询问有关西班牙战争、法国内部事务和摄政王的情况。皇帝很喜欢摄政王，虽然对他有许多批评。易卜拉欣头脑清楚，具有敏锐的判断力。彼得对他的回答深感满意，他想起易卜拉欣小时候的一些性格特点，极其慈祥、快乐地谈起这些往事，使人无法想到这么一个亲切而好客的主人竟会是波尔塔瓦[2]的英雄、伟大而威严的俄罗斯改革家。

饭后，皇帝按照俄国人的习惯休息去了。易卜拉欣留下来陪着皇后和两位公主。他尽量满足她们的好奇心，向她们描绘巴黎的生活方式、当地的节庆和千变万化的时装。这时有几个皇帝的亲信已经聚集在皇宫里。易卜拉欣认出衣饰华贵的缅希

---

① 卡捷琳娜的爱称。

② 1700—1721 年俄国为夺取波罗的海的出海口同瑞典进行战争，1709 年俄军在彼得一世指挥下于波尔塔瓦打败瑞军。

科夫[1]公爵（他一看到在同卡捷琳娜谈话的黑人，便高傲地瞟了他一眼）、彼得的极有权势的谋士雅科夫·多尔戈鲁基[2]、被人们视为俄国浮士德[3]的学识渊博的布鲁斯[4]、自己过去的友伴——年轻的拉古津斯基[5]，以及另一些来向皇帝禀报和听候谕旨的大臣。

大约过了两小时，皇帝出来了。“让我们来看看你是不是忘记了从前的职务。”他对易卜拉欣说，“带上写字用的石板跟我来。”彼得关进车工间里，忙起国家事务来。他依次处理了布鲁斯、多尔戈鲁基公爵、警察局长杰维叶尔的奏章，向易卜拉欣口授了几个命令和决定。易卜拉欣对于他思维的敏捷、处理事务的果断、注意力的集中、遇事的随机应变，以及具有多方面的才能惊叹不已。工作结束之后，彼得掏出一个小本子，核对一下这一天打算要办的事是否都办理了。然后，他走出车工间，对易卜拉欣说：“天不早了，我想你已经累了，你就像以前那样，在这里过夜。明天我来叫醒你。”

易卜拉欣单独留下来，几乎无法抑制心头的激动。他待在彼得堡，他又看见了这个伟大的人，他在这个伟大的人身边度过了幼年，当时完全不知道他的价值。他心中几乎懊悔地承认，在和D伯爵夫人分手后，他第一次不是整天想到她。他已

---

① 缅希科夫（1673—1729），俄国国务活动家、大元帅、特级公爵，彼得大帝的亲信。
② 雅科夫·多尔戈鲁基（1639—1725），俄国国务活动家，彼得大帝的亲信。
③ 浮士德，德国诗人、剧作家歌德（1749—1832）的诗剧《浮士德》的主人公，是个学识渊博的人。欧洲中世纪传说中也有这一人物。
④ 布鲁斯（1670—1735），俄国国务活动家、学者，彼得大帝的亲信。
⑤ 拉古津斯基，俄国外交官，易卜拉欣即是他从君士坦丁堡带回献给彼得大帝的。

经发现，等待着他的新生活方式、他的活动和日常工作，将会使他那被狂热的爱情、闲散的生活和难言的忧郁折磨得疲惫不堪的心灵得到复苏。他想和这个伟大的人并肩奋斗，想和他一起去改变这个伟大民族的命运，这种想法第一次在他心中唤起了建立丰功伟绩的高贵感情。他怀着这种心情在为他准备好的行军床上躺下，于是那熟稔的梦幻又把他带到了遥远的巴黎，带到了可爱的伯爵夫人的怀抱之中。

第三章

就像天上的浮云，
我们的思想也在改变那轻飘的样子，
今天我们热爱的，明天将对它憎恨。
——丘赫尔别凯[①]

次日，彼得依照昨晚的允诺唤醒了易卜拉欣，并且祝贺他荣任普列奥勃拉任团[②]炮兵连的中尉（彼得本人曾在这个连当过上尉）。大臣们围住易卜拉欣，每个人都用自己的方式竭力讨好这个新的宠臣。目空一切的缅希科夫公爵友好地和他握了握手。舍烈梅杰夫[③]向他打听巴黎熟人的情况，戈洛文[④]请他去吃饭。其余的人都仿效戈洛文的样子，因此易卜拉欣受到的邀请至少可以排满一个月。

易卜拉欣过着千篇一律然而非常繁忙的生活，正因为忙，他也就不感到寂寞。他和皇帝的关系一天比一天密切，也就愈来愈了解他那高尚的灵魂。观察这个伟大人物的思想是一门极其引人入胜的学问。易卜拉欣见到过彼得在枢密院同布图尔林[⑤]和多尔戈鲁基争论问题，回答有关法制问题的重要质询；见到过彼得在海军部委员会强调要建立强大的俄国海军；见到过彼得同费奥凡[⑥]、加弗里尔·布任斯基[⑦]以及科皮耶维奇[⑧]在一起的情景；见到过彼得在休息的时候，仔细研究外国政论家作品的译文，或者去访问商人的工厂、手工业者的作坊和学者的书房。在易卜拉欣看来，俄国好像一个巨大的工场，那里只有机器在运转，那里每一个工作人员都服从一定的制度，忙着工作。他认为自己也有责任在车床旁劳动，并且尽可能不为失去巴黎的欢乐而惋惜。他感到比较困难的是排除另一种甜蜜的回忆：他常常想到D伯爵夫人，想象着她那理所当然的愤怒、眼泪和悲伤……但有时候一种可怕的念头压得他透不过气来：上流社会的骄奢淫逸、结交新的情人、另一个幸运儿——一想到这些，他就浑身哆嗦；妒意在他这个非洲人的血液里沸腾着，两行热泪几乎就要顺着他的黑脸膛流将下来。

一天早晨，他正坐在办公室里处理着成堆的公文，突然听见一声响亮的用法语说的问候，他急忙转过身来，那个被他留在巴黎，留在上流社会旋风中的青年人科尔萨科夫高兴地叫喊着，紧紧地拥抱了他。"我刚到，"科尔萨科夫说，"就直接跑到你这儿来了。我们所有巴黎的熟人都向你问候，对你不在巴黎感到很遗憾。D伯爵夫人吩咐我一定要请你去。这是她给你的信。"易卜拉欣颤抖着把信抓过来，看着那熟悉的笔迹，简直不敢相信自己的眼睛。"我真高兴，"科尔萨科夫继续说，"你在这

---

① 丘赫尔别凯，和普希金同时代的俄国诗人，十二月党人。题词引自悲剧《阿尔基维亚涅》。
② 一个近卫军团。
③ 舍烈梅杰夫（1652—1719），俄国元帅、外交官，彼得大帝的亲信。
④ 戈洛文（1650—1706），俄国元帅、外交官，彼得大帝的亲信。
⑤ 布图尔林（1694—1767），俄国元帅，彼得大帝的亲信。
⑥ 费奥凡（1681—1736），俄国社会活动家、作家，诺夫哥罗德大主教。
⑦ 布任斯基（？—1731），俄国作家。
⑧ 科皮耶维奇（？—1707），神父，教科书编纂者。

个野蛮的彼得堡竟没有闷死！这里大家在做些什么，干什么工作？谁在给你做衣服？你们这儿有没有演出，哪怕是歌剧？”易卜拉欣心不在焉地回答，皇帝这会儿大概在造船厂工作。科尔萨科夫笑了起来。“我看，”他说，“这会儿你顾不上和我谈话，我们另找个时间谈个够吧，现在我要去觐见皇帝。”说着，他向后转，跑出房间。

只剩下易卜拉欣一个人了，他连忙拆开信。伯爵夫人柔情地埋怨他，责备他假仁假义、对她不信任。“你说，”她写道，“我的平静对你最宝贵，易卜拉欣！如果你说的是真话，那你怎么能突然告诉我你离开巴黎的消息，使我落入这样难堪的境地？你怕我会留住你。你应该相信，尽管我那么爱你，可是为了你的幸福，为了你视为天职的举动，我是能够牺牲我的爱情的。”伯爵夫人最后在信中向他热烈保证她的爱情始终不渝，恳求他，如果他们已经没有希望再见面，那么至少有时候也要给她写写信。

易卜拉欣把这封信反复读了二十遍，心情激动地吻着这些极其宝贵的字句。他迫不及待地想听听伯爵夫人的情况，准备立即到军舰制造厂去，希望能够在那里再见到科尔萨科夫。但这时门打开了，科尔萨科夫又一次出现，他已经觐见过皇帝，而且像往常那样，显得十分得意。“这只能我们私下里说说，”[①]他对易卜拉欣说，“皇上是个怪人。你想想看，我碰到他的时候，他正穿着一件粗布衣，待在新船的桅杆上，我只好带着报告爬上去。我站在绳梯上，没有足够的地方好规规矩矩地向他行请安礼，我生平没有遇到过这种事，简直不知道怎么办才好。可

① 原文为法语。

是皇上读完文件后，把我从头到脚端详了一番，想必对我服装的别致和优雅感到吃惊和高兴，至少他对我笑了一笑，叫我去参加今晚的盛大舞会①。但是我在彼得堡简直完全像个外国人，离开这里六年，我完全忘记了这里的风俗习惯，请你做我的老师，跟我一起去，把我介绍给大家吧。”易卜拉欣欣然同意，并且赶快把话题转到他更关心的事情上面去。“那么，D伯爵夫人的情况怎么样？”“伯爵夫人吗？起初对你的离开当然很悲伤，后来自然渐渐平静下去，而且找到了一个新的情人，你知道是谁吗？长腿的R侯爵。你干吗瞪大你那黑人的白眼睛？你是不是觉得这一切很奇怪？难道你不知道长期的悲伤不符合人的天性，特别是女人的天性。这你就好好地想一想吧。我走了，路上累了，得休息一下，别忘了来叫我。”

易卜拉欣的心情怎么样？嫉妒？疯狂？绝望？都不是，但深为懊丧。他一再对自己说：这是我预料中的事，这是必然的。接着，他又把伯爵夫人的信打开来，读了一遍，他垂下头，痛苦地哭起来。他哭了好久。眼泪使他的心情轻松一点了。他看了看表，发现该走了，要是能摆脱这次舞会，易卜拉欣会很高兴，可是参加盛大舞会是他分内的事，皇帝严格要求他的亲信都要出席。他换好衣服，便乘马车去找科尔萨科夫。

科尔萨科夫穿着睡衣，坐着读一本法文书。“这么早。”他看见易卜拉欣，对他说。“行了，”易卜拉欣回答，“已经五点半，我们要迟到了；快换好衣服走吧。”科尔萨科夫手忙脚乱起来，他拼命打铃叫人，仆人们从四面八方跑来，他急急忙忙地换着衣服。法国侍仆给他拿来红后跟的皮鞋、浅蓝色的天鹅绒裤

---

① 指彼得一世时期特有的一种舞会。

子、绣着亮片的玫瑰色长袍。前厅里的仆人很快就给假发扑上粉，给他送来。科尔萨科夫把假发戴在理过发的头上，要来佩剑和手套，对着镜子转来转去照了十来遍，然后对易卜拉欣宣布他准备好了。随从给他拿来熊皮外套，他们便乘上马车到冬宫去了。

科尔萨科夫接二连三向易卜拉欣提出一大堆问题：彼得堡最美的美人是谁？谁的舞跳得最好？现在流行跳什么舞？易卜拉欣很不乐意地回答了这些问题。这时他们来到皇宫前面。许多长雪橇、老式大马车、描金轿车已经停在草地上。台阶旁聚集着许多留着小胡子、穿着带金银花饰衣服的车夫，全身闪耀着金银线、头上插着羽毛、手执锤形杖的跟班，骠骑兵，少年侍卫，背着主人的外套和皮手笼、行动笨拙的随从。按照当时贵族的想法，这些随从都是必不可少的。易卜拉欣一出现，他们当中立刻掀起一阵窃窃私语："黑人，黑人，皇帝的黑人！"他带着科尔萨科夫，加快脚步穿过这群穿着各种颜色服装的仆从。宫廷的仆役给他们打开大门，他们便走进大厅。科尔萨科夫顿时呆住了……在这个烟雾腾腾、被无数昏黄的烛光照亮的大厅里，一大群斜佩着蓝色绶带的达官贵人、公使、外国商人、穿着绿色制服的近卫军军官、穿着短上衣和条纹裤子的造船师傅正在不断吹奏的管乐声中前前后后走动着。女士们坐在墙边；年轻的浑身光彩夺目，既摩登又豪华。她们的衣服上金银花饰在闪光。在那华丽的大裙子上像柳枝一样挺立着她们的腰身。钻石在她们的耳朵、长长的鬈发和脖子上放射着异彩。她们快活地左右转动着，等着男舞伴来邀请她们，等着舞会的开场。上了年纪的太太们竭力巧妙地把新的衣服款式同过时的老古董结合起来，她们把束发帽做得像娜塔丽亚·基里洛夫娜皇后的貂皮帽子一样，而圆裾长衣和大披肩则做得有点像萨拉方[①]和暖背心。看来，她们来参加这个新引进的舞会是惊奇多于高兴，她们恼火地斜睨着那些荷兰商船船长的妻女，这些女人都穿着条纹棉布裙子和红色的短上衣，一边织袜子，一边像在自己家里一样谈笑。科尔萨科夫一直呆呆地看着。一个仆人看见来了新的客人，便用托盘端着啤酒和酒杯走到他们跟前。“这是怎么回事？”[②]科尔萨科夫轻声问易卜拉欣。易卜拉欣忍不住笑了一下。皇后和两位公主在客人们当中走来走去，彬彬有礼地同客人们谈话，她们的美貌和华丽的服饰都十分引人注目。皇帝在另一个房间。科尔萨科夫想去见皇帝，他好容易从不断走动的人群中挤到那里。坐在那里的大部分是外国人，他们一边傲慢地吸着陶制的烟斗，一边用陶制的杯子喝酒。一张张桌子上摆满了啤酒和葡萄酒、皮烟袋、一杯杯的潘趣酒[③]和棋盘。彼得和一个宽肩膀的英国船长对坐在一张桌子旁下跳棋。他们像放排炮似的不断向对方吐出一口口浓烟，皇帝被对方一着意料不到的棋难住，没有注意到一直在他们身边转来转去的科尔萨科夫。这时一个胸前戴着大花球的胖绅士匆忙地走进来，高声宣布舞会开始，随即走掉了。许多客人，其中也有科尔萨科夫，也跟着走了出去。

一个没有意料到的场面使他大吃一惊。在整个舞厅里，女士们和男舞伴在极悲怆的乐曲中面对面排成两行。男舞伴低低地鞠躬，女士们更低地行屈膝礼，起初他们都面对面站着，后来，他们都向右转，然后又左转，然后面对面，接着又向右转，

---

① 一种女式的无袖长衣。
② 原文为法语。
③ 一种用果汁、香料、茶、酒等掺和的混合甜饮料。

如此不断重复。科尔萨科夫瞧着这种别出心裁的消磨时间的玩意儿，不禁睁大了眼睛，咬着嘴唇。行屈膝礼和鞠躬延续了近半小时，终于停止了。于是胸前戴花球的胖绅士宣布仪式舞结束，命令乐队奏小步舞曲。科尔萨科夫很高兴，准备一显身手。年轻的女宾中，有一个他特别喜欢。她约莫十六岁，衣着阔绰，但很别致，坐在一个傲慢严肃的中年男子旁边。科尔萨科夫飞快地跑到她面前，邀请她跳舞。那年轻的美女手足无措地望着他，看样子不知道怎么回答好。坐在她旁边的男人更加蹙紧了眉头。科尔萨科夫等着她决定，但戴花球的绅士走到他跟前，把他带到大厅当中，一本正经地对他说："阁下，你犯规了。首先，你走到这位年轻小姐面前时，没有向她行三次请安礼；其次，你主动请她跳舞，然而跳小步舞时，这个权利是属于女士，而不是属于男舞伴的。因此你必须受重罚，也就是要满饮大鹰杯一杯。"科尔萨科夫越发感到奇怪了。刹那间，客人们把他团团围住，七嘴八舌地要他立即按规定罚酒。彼得听到笑声和叫嚷声，从另一个房间走出来，他最喜欢参加这种惩罚。人群给他让开一条路，他走到人圈里。犯规的人站在那里，面前站着舞会的提调，他手里举着一只斟满马利瓦西亚葡萄酒的大酒杯。提调徒然劝说犯规者自觉服从规定。"好啊，"彼得看见科尔萨科夫，说，"给捉住了，老弟，请吧，先生，喝下去，别皱眉头。"毫无办法。这个衣冠楚楚的可怜人一口气喝干了酒，把杯子还给提调。"不瞒你说，科尔萨科夫，"彼得对他说，"你穿的是天鹅绒裤子，这种裤子连我都不穿，可我比你富裕得多。这是浪费，当心，别让我和你吵架。"科尔萨科夫听了这几句训诫，想走出圈子，可是他踉跄了一下，差点没跌倒，为此皇帝和快乐的人群都乐不可支。这个插曲不仅没有破坏主要节目的完整性和乐趣，相反还使它显得更加生动活泼。男舞伴们都纷纷立正鞠躬，女士们也行屈膝礼，更有劲地跺着鞋后跟，根本不管舞曲的节奏。科尔萨科夫已经无法参加大家的娱乐。他所选中的那位小姐听从她父亲加甫里拉·阿法纳西耶维奇的吩咐，走到易卜拉欣跟前，垂下浅蓝色的眼睛，怯生生地把手伸给他。易卜拉欣和她跳了小步舞，然后把她送回原来的位置。后来，他找到科尔萨科夫，把他带出大厅，让他坐上马车，送他回家。路上，科尔萨科夫起先还喃喃地说着："该死的盛大舞会！……该死的大鹰杯！……"但一会儿他就酣然睡着，连人家怎么把他送回家、帮他脱下衣服、安置他睡觉都不知道。第二天他醒来时感到头痛，对男舞伴的立正鞠躬、女士们的屈膝礼、大厅里的烟雾、戴花球的绅士，以及大鹰杯，他只有一点模糊的印象。

第四章

我们的祖先吃得不紧不慢，
舀酒的勺子从容往下传，
啤酒和葡萄酒冒着泡沫，
席上觥筹交错，银杯闪闪。
——《鲁斯兰和柳德米拉》①

现在我必须向厚意的读者介绍一下加甫里拉·阿法纳西耶维奇·尔热夫斯基。他出身古老的贵族，拥有巨大的产业，好客，喜欢鹰猎，有无数仆人。总之，他是世袭的俄国贵族，按照他的说法，他不能容忍德国人的性格，因此竭力在家庭生活中保留他所热爱的古风。

他的女儿十七岁。她自幼失去母亲。她接受的是旧式教育，就是说，身边总是围绕着保姆、奶妈、女伴和丫环，会用金线绣花，却不识字。她父亲尽管厌恶外国的东西，却拗不过她向住在她家的被俘瑞典军官学习德国舞蹈的愿望。这个劳苦功高的舞蹈教师有五十岁，右腿在纳尔瓦被子弹打伤，因此不很善于跳小步舞和库兰特舞，可是他的左脚却能极其巧妙轻盈地跳出难度最大的舞步。女学生很欣赏他那只卖力的左脚。娜塔丽亚·加甫里洛夫娜在盛大舞会上博得大家的称赞，都说她舞跳得最好，这也是致使科尔萨科夫犯规的部分原因。第二天科尔萨科夫亲自登门向加甫里拉·阿法纳西耶维奇谢罪，但是这高傲的贵族不喜欢这个花花公子的机灵和时髦穿戴，风趣地给他起了个绰号，叫他法国猴子。

这是个喜庆节日。加甫里拉·阿法纳西耶维奇正等着几个亲戚和朋友。古老的大厅里正在张罗午宴。客人们带着妻子女儿来了，这些家眷都是根据皇帝的命令，并且由他做出榜样从家庭的禁锢中解放出来的。娜塔丽亚·加甫里洛夫娜端来一只放满金酒盅的银盘，向每个客人敬酒，每个人都干了杯，只可惜古时候在这种场合下能够得到姑娘的亲吻而现在已经没有这种习惯了。大家都入了座。在首席上，主人的旁边，坐着他的岳父鲍里斯·阿列克谢耶维奇·雷科夫，他是位年过古稀的贵族。其他客人按照辈分次序（这使他们想起按照官位次序就坐的幸福时代）就坐——男士坐在一边，女眷们坐在另一边。穿着古代长背心、戴着礼帽、派头十足的女主人，一个举止古板、满脸皱纹、三十岁的女侏儒和穿着蓝色旧军装的瑞典俘虏坐在自己坐惯的末位上。菜肴丰盛的餐桌周围有许多家仆在奔忙，管家目光严厉、大腹便便、姿态威严地站立着，显得与众不同。筵席上最初唯一引起大家注意的是我国古代名厨的作品，只有忙碌的调羹碰响盘子的声音打破席间的沉静。最后，主人看到已经到了让客人们愉快交谈的时候，便回头问道："叶基莫夫娜在哪儿？叫她到这儿来。"几个仆人正准备四出寻找，但就在这时候，一个涂脂抹粉、戴着鲜花、饰着金银线、穿着缎衣、袒胸露

---

① 普希金的长诗。

臂的老妇载歌载舞地走了进来。她的到来使大家都很快乐。

“你好，叶基莫夫娜，”雷科夫公爵说，“日子过得怎么样？”

“又舒畅，又健康，大哥：又跳舞又唱歌，专等新郎哥。”

“你上哪儿去了，小丑？”主人问道。

“大哥，我为尊贵的客人，为上帝的节日，遵照沙皇的谕旨，遵照老爷的训示，按照德国的样子，打扮成这副样子，好让世人笑掉牙齿。”

这几句话逗得大家哈哈大笑，于是小丑站到她应该站的地方去——主人的椅子后面。

“这小丑尽在胡扯，可她说的倒是实话。”主人衷心尊敬的姐姐达吉雅娜·阿法纳西耶夫娜说，“真的，当今的服装都是为了让世人笑话。既然你们这些爷们都剃光胡子，穿上狭小的长衣，那么对女人的衣服当然就没有什么好议论的了：真的，真可惜那些萨拉方、姑娘们的衣带和头巾啦。看看当今那些美人儿，真叫人又好笑又伤心：头发像毡毛那样搞得蓬蓬松松的，还涂上油，撒上法国面粉；腰身束得那么紧，差点都要折断了；衬裙还绷在骨箍上，乘车要侧着身子，进门要弯腰。叫人站也不是，坐也不是，吐一口气都不行。真是活受罪，我的好宝贝。”

“噢，亲爱的达吉雅娜·阿法纳西耶夫娜，”前梁赞省长基里拉·彼得罗维奇·T说，他在梁赞赚到了三千个农奴和一个年轻的妻子，无论是哪方面都还过得去，“依我看，妻子要穿什么就让她穿什么：穿得臃肿难看也好，穿得像个中国皇帝也好，只是不要每个月都定做新衣裳，不要把穿过的衣服还那么新就扔掉。从前，奶奶穿过的萨拉方还给孙女做嫁妆呢，可是如今的圆长裙啊，你看，今天还穿在太太身上，明天就穿在丫头身上了。有什么办法呢？俄国贵族要破产了！倒霉，就是这么回事。”说到这里，他叹了一口气，瞧了瞧他那个玛丽雅·伊里尼奇娜。看样子，无论是颂扬古代的风气，还是指摘最新的习俗，她都不喜欢听。别的美人儿和她一样不高兴，但都一声不吭，因为当时认为，恭顺是年轻妇女必不可少的美德。

“可这是谁造成的？”加甫里拉·阿法纳西耶维奇倒了一杯冒泡的酸汤，说，“难道不是我们自己吗？年轻女人喜欢胡闹，而我们却放纵她们。”

“要是我们管不了，那怎么办？”基里拉·彼得罗维奇不以为然地说，“有的人也许乐于把妻子关在绣楼里，可是却有人大吵大闹要请她去参加盛大舞会。丈夫要的是鞭子，妻子要的是衣裳——唉，这些舞会啊！为了我们的罪孽，上帝就拿这些舞会来惩罚我们。”

玛丽雅·伊里尼奇娜如坐针毡，她的舌头痒得难受，她终于忍不住，酸溜溜地笑着问丈夫，盛大舞会有什么不好。

“坏就坏在自从有了舞会，”丈夫激动起来，回答说，“做丈夫的就对付不了做妻子的了。做妻子的忘了使徒的话：‘做妻子的当顺服自己的丈夫。’[①]她们不是忙着张罗家务，而是忙着买新衣服；不是想怎么服侍好丈夫，而是想怎样讨好那些轻浮的军官。而且，夫人，俄国的贵族夫人或贵族小姐跟那些德国烟鬼以及他们那些女工待在一起，这又成何体统？到深夜还和年轻的男人在一起跳舞谈话，这种事谁听说过？要是和亲戚在一起倒也罢了，却偏偏是和外国人，和陌生人。”

“说着说着狼就来了，”加甫里拉·阿法纳西耶维奇皱着眉头说，“说实在，盛大舞会也不合我的脾胃：一不留心就会撞上

① 见《新约全书·以弗所书》第五章第二十二节。

酒鬼，要么就是被人家灌醉，让那些醉鬼大笑一场。一不留心就会让哪个浪荡汉捉弄我们的女儿，如今那些青年都给惯坏了，真不像样。就譬如说吧，在上次盛大舞会上，已故的叶甫格拉弗·谢尔盖耶维奇·科尔萨科夫的儿子就因为找娜塔莎[1]胡闹，掀起了一场轩然大波，弄得我面红耳赤。第二天，我一看，一辆马车径直冲进我的院子里来了。我想，一定是上帝给我送来了客人，会不会是亚历山大·达尼洛维奇公爵呢？真没想到，竟是伊凡·叶甫格拉弗维奇[2]！他想必是不能停在大门口，不愿费点力气徒步走到台阶上——哪能啊！他飞进来了！立正行了个军礼！跟我拉起话来！……小丑叶基莫夫娜会很滑稽地模仿他的样子。顺便说说，小丑，你表演表演那外国猴子的样儿吧。”

小丑叶基莫夫娜抓起一只菜盘盖子，把它当作帽子夹在腋窝下，装模作样地向四周立正，鞠躬，嘴里还念念有词：“先生……小姐……盛大舞会……对不起。”[3]长时间的哄堂大笑又一次说明客人们很高兴。

“科尔萨科夫就是这样，一点不错，”等筵席上稍稍恢复了平静，老公爵雷科夫擦着笑出来的眼泪说，“用不着隐瞒，他不是第一个，也不是最后一个从德国回到神圣罗斯的小丑。我们的孩子在那里学会了什么？立正敬礼，说一些上帝才晓得的什么外国话，不尊敬长辈，追逐别人的老婆。在外国留学的所有年轻人当中（上帝饶恕），还是皇帝收养的黑人更像个人的样子。”

---

① 娜塔莎是娜塔丽亚的爱称。
② 科尔萨科夫的名字和父名。
③ 这些话都是用俄国式的法语说的。

"那还用说，"加甫里拉·阿法纳西耶维奇说，"他是个规矩的正派人，跟那些轻浮的年轻人不同……这是谁的雪橇又驶进了院子？难道又是那个外国猴子吗？你们还站着干什么，畜生？"他对仆人们说，"跑过去，别让他进来，让他今后也别……"

"老头子，你是在说梦话吗？"小丑叶基莫夫娜打断他的话，"要不就是瞎了眼，这是皇帝的雪橇，沙皇驾到了。"

加甫里拉·阿法纳西耶维奇急忙站起来，大家都奔到窗子旁，他们真的看见了皇帝，他扶着近侍的肩膀，正登上台阶。大家乱成一团。主人奔出去迎接彼得，仆人们像傻子似的往四面八方逃窜，客人们都提心吊胆，有的甚至想快点溜回家去。突然，前厅里响起彼得洪亮的声音，家里全静下来了。沙皇在喜出望外的主人陪同下走了进来。"你们都好啊，诸位先生。"彼得满面春风地说。大家向他深深地鞠躬。沙皇用那敏锐的目光在人群中找到主人的妙龄女儿，把她叫过来。娜塔丽亚·加甫里洛夫娜大胆地走过来，但她的脸不仅红到耳根，甚至红到肩膀上。"你愈长愈漂亮了。"彼得对她说，并且按照自己的习惯，吻了吻她的额头，然后转身对客人们说，"怎么？我打扰你们了。你们在吃饭，请诸位再坐下吧。加甫里拉·阿法纳西耶维奇，给我一杯茴香伏特加。"主人奔到傲慢的总管面前，从他手里夺过盘子，亲自斟满金杯，躬身端给皇帝。彼得喝下酒，吃了一点小甜面包，再次请客人们继续用餐。大家都在原位上坐下，只有那个女侏儒和女主人不敢留在皇帝驾临的餐桌旁。彼得在主人旁边坐下，要了一份汤。皇帝的近侍递给他一只镶象牙的木匙和一副装着绿色骨柄的刀叉，因为彼得从来不用别人的餐具。一分钟以前还那么热闹的宴会，在寂静和拘束中继续下去。主人由于尊敬和高兴，什么也没有吃。客人们也很拘谨，他们毕恭毕敬地听着皇帝用德语和那个瑞典俘虏谈一七〇一年进军[①]的事。皇帝好几次向小丑叶基莫夫娜提出问题，小丑怯生生地简单回答了几句，（顺便说说）这根本无法证明她是天生的痴呆。宴会终于结束了。皇帝站起来，所有的客人也跟着站起来。“加甫里拉·阿法纳西耶维奇！”他对主人说，“我要单独和你谈谈。”他挽着主人的手，带他到客厅去，随手把门关上。客人们都留在饭厅里，轻声谈论着皇帝这次突然驾临的事，他们都怕做出什么不知分寸的举动，很快就一个接一个地跑掉，也没有谢谢主人的热情款待。他的岳父、女儿、姐姐不声不响地把客人送到门口，便待在饭厅里恭候皇帝出来。

---

① 指 1701 年瑞典军队在纳尔瓦战役后，进军库尔兰和波兰。

第五章

我要给你找个妻子，

不然，我就不是磨坊主。

——阿勃列西莫夫[①]，

歌剧《磨坊主》

过了半小时，门打开了，彼得走出来。他庄重地点点头回答雷科夫、达吉雅娜·阿法纳西耶夫娜和娜塔莎的三鞠躬，便径直往前厅走去。主人把红皮袄递给他，把他送到雪橇旁，在台阶上再次感谢他的驾临。彼得走了。

加甫里拉·阿法纳西耶维奇回到客厅，显得心事重重。他气冲冲地命令仆人赶快收拾好桌子，叫娜塔莎回自己的闺房去，对姐姐和岳父说有事要和他们相商，带他们到自己的卧室去，饭后他通常都在那里休息。老公爵躺在橡木床上，达吉雅娜·阿法纳西耶夫娜坐在古色古香的花缎圈椅上，把小板凳挪过来垫脚。加甫里拉·阿法纳西耶维奇把所有的门都关紧，坐在雷科夫公爵脚边的床上，轻声说起来：

"难怪皇上亲自驾临我们家里，你们猜，他和我谈了些什么？"

“我们怎么知道，我的好兄弟。”达吉雅娜·阿法纳西耶夫娜说。

“皇上是要你去管辖哪个省份吗？”岳父说，“早该这样啦。要么是要你去出使哪个国家？怎么？现在派到外国去的不仅是一些长官，著名的人物也派的。”

“不，”女婿皱着眉头回答，“我是个老派的人，如今国家不需要我们效劳了，虽然正教的俄国贵族也许还抵得上目前的新手、卖薄饼的和异教徒，可这是另一回事啰。”

“好兄弟，”达吉雅娜·阿法纳西耶夫娜说，“那么他和你谈了这么久，到底是谈些什么呀？你是不是惹上什么祸事了？上帝保佑！”

“祸事倒不是祸事，可说实在，我倒是犹豫了一下的。”

“到底什么事，好兄弟？什么事？”

“是娜塔莎的事：皇上来给她做媒了。”

“荣耀归于上帝，”达吉雅娜·阿法纳西耶夫娜划着十字，说，“姑娘是该出嫁了，有什么样的媒人，就有什么样的新郎，愿上帝赐给他们爱情与和睦，这有多体面啊！皇上给她提的谁啊？”

“哼，”加甫里拉·阿法纳西耶维奇哼了一声，“提的是谁？问题就在这里，提的是谁。”

“到底是谁呀？”雷科夫公爵已经快睡着了，他又问了一遍。

“你们猜猜看。”加甫里拉·阿法纳西耶维奇说。

“我的好兄弟，”老太婆回答，“我们怎么猜得到？宫廷里求

---

① 阿勃列西莫夫（1742—1783），俄国作家，主要作品有喜剧《磨坊主、魔法师、骗子、媒人》。

婚的人还少吗？谁都乐于娶你的娜塔莎。是多尔戈鲁基吗？”

“不，不是多尔戈鲁基。”

“上帝保佑他：他实在太骄傲了。是舍因？特罗库罗夫？”

“不，两个都不是。”

“这两个人我也不称心：太轻浮，德国味儿太重了。那么是米洛斯拉夫斯基啰？”

“不，不是他。”

“上帝保佑他：虽然有钱，可是愚蠢。怎么？是叶列茨基？里沃夫？不是？难道是拉古津斯基？随你便吧，我猜不出了。皇上到底给娜塔莎提了哪一个呀？”

“黑人易卜拉欣。”

老太婆惊叫了一声，举起两手拍了一下。雷科夫公爵从枕头上稍稍抬起头，惊奇地重复了一遍：“黑人易卜拉欣！”

“我的好兄弟，”老太婆带着哭声说，“你别毁了你的亲生孩子：别让娜塔申卡[1]落进那黑鬼的魔爪里。”

“那怎么行？”加甫里拉·阿法纳西耶维奇不以为然地说，“怎么能拒绝皇上？为了这件事他答应施恩给我们，给我和我们整个家族。”

“怎么，”老公爵睡意尽失，嚷叫起来，“把娜塔莎，把我的外孙女嫁给那个买来的黑人！”

“他出身并不低贱，”加甫里拉·阿法纳西耶维奇说，“他是黑人苏丹的儿子。异教徒把他俘虏，并且在皇城[2]拍卖，是我们的公使救了他，把他献给沙皇的。这黑人的哥哥曾带着一笔可

---

① 娜塔申卡也是娜塔丽亚的爱称。
② 指君士坦丁堡。

观的赎金到俄国来……”

“加甫里拉·阿法纳西耶维奇老爷，”老太婆打断他的话，“我们听见过鲍瓦王子和叶鲁斯兰·拉扎烈维奇的故事。你最好还是给我们说说你是怎么回答皇上的提亲的吧。”

“我说，他有权吩咐我们，我们奴仆的责任是完全服从。”

这时门外响起了一阵声音。加甫里拉·阿法纳西耶维奇走过去开门，但他觉得有人堵在那儿，他用力一推，门打开了，于是大家看见娜塔莎昏倒在血泊里。

皇帝和她父亲关起门来谈话的时候，她的心就揪紧了。她预感到这件事与她有关。后来，加甫里拉·阿法纳西耶维奇把她支开，说他有事要同她姑母和外祖父商量，她无法抗拒她那女孩子的好奇心，便轻手轻脚地穿过内房，走到父亲卧房的门边，她一字不漏地听见了这场可怕的谈话，当她听到父亲最后一句话时，这可怜的姑娘竟失去了知觉，跌了下来，在装着她的嫁妆的铁皮箱子上撞破了头。

大家都围拢来，扶起娜塔莎，把她送到闺房里，让她躺在床上。过了一会儿，她醒来，睁开眼睛，但既认不出父亲，也认不出姑母。她发起高烧，嘴里说着胡话，反复说着皇帝的黑人和结婚的事——突然她尖声惨叫起来：“瓦列里安，亲爱的瓦列里安，我的命根子！救救我：他们来了，他们来了！……”达吉雅娜·阿法纳西耶夫娜焦急地瞧了瞧她的兄弟，他脸色发白，咬着嘴唇，默默地走出女儿的闺房。他回到老公爵那里去，老公爵没有力气上楼，仍留在楼下。

“娜塔莎怎么样？”他问道。

“不好，”伤心的父亲回答，“比我想象的还要糟：她不省人事，嘴里只是叫着瓦列里安的名字。”

“这个瓦列里安是谁？”老头子惊慌地问，“莫非是那个孤儿，你家里收养的那个弓箭手的儿子？”

“是他。”加甫里拉·阿法纳西耶维奇回答，“算我倒霉，在叛乱的时候，他父亲救过我的命，谁叫我把他那个该死的狼崽子收留下来呢？两年前，我应他的要求，让他进了军团，娜塔莎和他分手时大哭了一场，而他站在那儿像个木头人似的。那时我就怀疑过，曾把这事告诉姐姐。但是从那个时候起，娜塔莎就没有再提起过他，他也音信全无。我以为她已经把他忘了，可是看起来，没有忘。不过事情已经决定了：她得嫁给黑人。”

雷科夫公爵不反对，因为反对也没用。他回去了。达吉雅娜·阿法纳西耶夫娜还守在娜塔莎床边。加甫里拉·阿法纳西耶维奇派人去请医生，然后就一个人关在房间里。他家里变得静悄悄的，弥漫着悲哀的气氛。

皇帝的突然提亲也使易卜拉欣感到奇怪，其程度至少也和加甫里拉·阿法纳西耶维奇差不多。事情是这样的：有一次彼得和易卜拉欣在处理事务，彼得对他说：

“孩子，我发现你不大快活，你老实对我说，有什么事不称心？”

易卜拉欣要皇帝相信，他对自己的命运很满意，再没有别的要求了。

“好吧，”皇帝说，“要是你的苦恼没有任何原因，那我知道怎么使你快活起来。”

工作完毕后，彼得问易卜拉欣：

“你喜欢不喜欢上次盛大舞会和你跳小步舞的那个姑娘？”

“皇上，她很可爱，看样子是个又恭顺又善良的姑娘。”

“这么说，我来给你们撮合一下。你想娶她吗？”

“我？皇上……”

“听我说，易卜拉欣，你是个单身汉，除了我一个，你无亲无故，大家都把你看作陌生人。要是我今天死了，明天你会怎么样呢，我可怜的黑人？趁现在还来得及，你应该找个赖以安身立命的地方，找到一些新的关系作为依靠，你应该和俄国贵族结亲。”

“皇上，我得到陛下的荫庇和恩惠，已经很幸福了。但愿上帝保佑我别让我活得比我的沙皇和恩人更长久，除此以外，我别无所求。至于娶亲，那么，年轻的姑娘和她的亲人会答应吗？我的相貌……”

“你的相貌！真是废话！你难道不是一条汉子？年轻的姑娘应该听父母的话，要是我亲自去给你做媒，那就让我们看看，老加甫里拉·尔热夫斯基会怎么说。”说着，皇帝就吩咐准备雪橇，离开了思虑重重的易卜拉欣。

“娶亲！”非洲人想道，“为什么不呢？难道因为我生长在北纬十五度就注定我必须过独身生活，不能享受一个人最大的快乐，负起一个人最神圣的责任吗？我不能希望为人所爱：这话多幼稚。难道可以相信爱情吗？难道女人轻佻的心里有爱情吗？我永远离开了那使人迷醉的歧途，选择了另一种有诱惑力的生活——它更加现实。皇帝说得对：我必须使将来的命运得到保障。和尔热夫斯卡娅姑娘结婚可以使我同骄傲的俄国贵族结合在一起，在我新的祖国里，我就不再是一个外来人了。我不要求妻子的爱情，只要她忠实，我就满意了，我要永远对她温柔体贴，信任体谅，以取得她的情谊。”

易卜拉欣按照自己的习惯，想着手处理事务，但是他的思想总是无法集中起来。他放下文件，到涅瓦河河滨街去散步。

蓦地他听见了彼得的声音。他回头一看，看见皇帝把雪橇打发回去，满面春风地朝他走来。“孩子，全解决了，”彼得挽住他的手说，“我给你提过亲了。明天就到你岳父那里去。不过要注意，你得尊重他那贵族的傲慢，把雪橇停在大门口，徒步穿过院子，跟他谈谈他的功劳、他的名声，让你这么一说，他就会得意扬扬，飘飘然起来。”他不时挥挥手杖，继续说，“现在你带我到达尼雷奇那个无赖那儿去，为了他那些新的花招，我得和他算算账。”

易卜拉欣衷心地感谢彼得对他慈父般的关怀，把他送到缅希科夫公爵那雄伟的宫殿去，然后独自回家。

第六章

玻璃神龛前静悄悄地燃着一盏神灯，神龛里祖传神像身上的金银饰片闪着光。神灯颤动的火光微弱地照着放下帐幔的眠床和摆满贴着标签的药瓶的茶几。一个使女坐在炉炕旁边纺纱，只有纱锭轻轻转动的声音打破闺房里的寂静。

“谁在这儿？”一个微弱的声音说。使女立即站起来，走到床前，轻轻地撩起帐子。“快天亮了吗？”娜塔丽亚问道。

“这会儿已经中午了。”使女回答。

“噢，我的上帝，天怎么这样黑啊？”

“窗子全关上了，小姐。”

“快给我穿衣服。”

“不行，小姐，医生说不能起来。”

“莫非我病了？多久啦？”

“已经两个礼拜了。”

“真的吗？可我觉得好像昨天刚躺下来……”

娜塔莎没再说话，她竭力想把思想集中起来。她出过事了，但究竟是什么事呢？她想不起来。使女一直站在她面前，等着她的使唤。这时楼下响起一阵沉闷的响声。

“这是什么声音？”病人问道。

“主人们吃好饭，”使女回答，“从餐桌旁站起来。这会儿达吉雅娜·阿法纳西耶夫娜要到这儿来了。”

娜塔莎看样子有点高兴起来，她挥了挥虚弱的手。使女放下帐子，又坐下纺纱。

过了几分钟，一个戴着宽边白束发帽、系着深色带子的头从门外边探进来，有人轻声问道：

“娜塔莎怎么样？”

“你好，姑母。”病人轻声说，于是达吉雅娜·阿法纳西耶夫娜连忙向她走去。

“小姐醒过来了。”使女小心地挪过一张圈椅说。

老太婆含泪吻吻侄女那苍白疲惫的脸，在她旁边坐下。接着穿黑色长衣、戴学者式假发的德国医生走了进来，他按按娜塔莎的脉搏，先用拉丁语，然后用俄语说，危险期过去了。他要了纸和墨水，开了一张新药方就走了。老太婆站起来，又一次吻吻娜塔丽亚，立即带着好消息到楼下去找加甫里拉·阿法纳西耶维奇。

客厅里，皇帝的黑人穿着制服，佩着剑，手里拿着帽子，正坐在那里恭恭敬敬地和加甫里拉·阿法纳西耶维奇说话。科尔萨科夫伸直身子躺在羽绒的长沙发上，一边心不在焉地听着他们的谈话，一边逗弄着一条屡立战功的猎犬。后来他感到无聊，便走到镜子跟前去——他闲得无聊的时候，总是去照照镜子——他在镜子里看到站在门背后悄悄向兄弟招手的达吉雅娜·阿法纳西耶夫娜。

“叫您呢，加甫里拉·阿法纳西耶维奇。”科尔萨科夫转过身子，打断易卜拉欣的话，对加甫里拉·阿法纳西耶维奇说。加甫里拉·阿法纳西耶维奇立即向姐姐走去，随手关上门。

"你的耐心真使我惊奇，"科尔萨科夫对易卜拉欣说，"整整一个小时听他胡诌雷科夫和尔热夫斯基家族的历史，还要附和他，发表一些劝世性的评论！换了我，我早就不睬[1]这个爱胡诌的老头和他全家了，包括娜塔丽亚·加甫里洛夫娜。她就那么扭扭捏捏，又是装病，又是身体虚弱[2]……你倒说说心里话，你当真爱上这个装腔作势的小妞儿[3]了吗？告诉你，易卜拉欣，你哪怕听我一次劝告也好，真的，我比你看到的还要理智。别再胡思乱想了，不要结婚。我看你那个未婚妻对你毫无好感。世界上各种各样的事情还少吗？譬如说，我总算长得不错吧，但是我也欺骗过一些做丈夫的，说实话，他们的容貌一点都不比我差。你自己……还记得我们的巴黎朋友D伯爵吗？不能指望女人的忠实。谁要是不把这个问题放在心上，那他就是一个幸福的人！可你呢！……你的性格是这么暴躁、内向和多疑，你长着一个扁鼻子、两片厚嘴唇，浑身毛茸茸的，就准备这样投入结婚的深渊中去吗……"

"谢谢你的忠告，"易卜拉欣冷冷地打断他的话，"不过你可知道一句俗话：摇别人的孩子不是你的事……"

"你可得留点神，易卜拉欣，"科尔萨科夫笑着说，"但愿你以后不至于在这句话的字面意义上证明这件事。"

另一个房间里的谈话却愈来愈紧张了。

"你会送掉她的命的，"老太婆说，"她受不了他那副模样。"

"可是你自己想想看，"固执的兄弟不以为然地说，"他以未婚夫的身份到这里来已经有两个礼拜了，可是至今还没有看到未婚妻。他会以为她的病是装出来的，会以为我们是在想办法

①②③ 原文为法语。

拖时间，以便摆脱他。再说，沙皇会怎么说呢？他已经三次派人来问过娜塔丽亚的病情了。你想怎么办，随便你吧，我可不想和他吵架。”

“我的天哪，”达吉雅娜·阿法纳西耶夫娜说，“这苦命的孩子，将来会怎么样呢？至少你得让我跟她谈谈，也好让她对他们的来访有个准备。”加甫里拉·阿法纳西耶维奇表示同意，便回客厅里去。

“荣耀归于上帝，”他对易卜拉欣说，“危险期过去了。娜塔丽亚好多啦。要不是把我们的贵客伊凡·叶甫格拉弗维奇一个人丢在这里使我过意不去，我就可以带你到楼上去看看你的未婚妻了。”

科尔萨科夫向加甫里拉·阿法纳西耶维奇表示祝贺，请他别费心，竭力叫他相信，他有事必须回去，并且不让主人送行，自己往前厅跑去了。

与此同时，达吉雅娜·阿法纳西耶夫娜赶紧到病人那里去，让她准备和这可怕的客人会面。她走进房间，上气不接下气地坐在床边，拉起娜塔莎的手，但还没有来得及说上一句话，门便打开了。娜塔莎问进来的是谁。老太婆呆住了，一句话也说不出来。加甫里拉·阿法纳西耶维奇拉开帐幔，冷冷地看看病人，问她身体怎么样。病人想对他笑一笑，但笑不出来。她看见父亲严厉的目光，吓了一跳，心里好不惊慌。这时她觉得有个人站在她的床头。她使劲稍稍抬起头，突然认出皇帝的黑人。于是她全想起来了，未来的全部可怕情景一下子出现在她眼前。她那脆弱的天性再也受不了这样剧烈的震动。娜塔莎又把头放在枕头上，闭上眼睛……心在她的胸膛里病态地跳动着。达吉雅娜·阿法纳西耶夫娜对兄弟示意，告诉他病人想睡觉，于是大家轻手轻脚地走出房间，只有使女留下来，又坐下来纺纱。

那苦命的美人儿睁开眼睛，看到床边已没有人，便招呼使女过来，叫她去把那女侏儒找来。就在这当儿，那滚圆的老侏儒像个球似的滚到她床前。刚才，燕子（女侏儒的名字）拼命迈动两条短腿跟在加甫里拉·阿法纳西耶维奇和易卜拉欣后面，登上楼梯，躲在门背后，没有违背那女性共有的好奇心。娜塔莎看见她，便支开使女，女侏儒也就坐到她床前的小凳上。

从未见过一个如此矮小的人竟会有这么多的精神活动。她对什么事情都要插上一手，什么事她都知道，什么事都要她去张罗。她善于耍弄手腕、曲意奉承，以博取主人的欢心，却被她所专横操纵的全家上下所憎恨。加甫里拉·阿法纳西耶维奇经常听取她的密告、抱怨和各种细小的要求；达吉雅娜·阿法纳西耶夫娜时刻按照她的意见去办事，对她言听计从；娜塔莎对她无限依恋，把自己所有的念头、一个十七岁少女的内心活动全部对她公开。

“你知道吗，燕子？”她说，“父亲要把我嫁给黑人。”

女侏儒长叹一声，她那满脸皱纹的脸皱得更厉害了。

“难道没有希望了吗？”娜塔莎继续说，“难道父亲就不可怜可怜我？”

女侏儒把她那戴着包发帽的头摇了摇。

“外公和姑母也不替我说情吗？”

“是的，小姐。在你生病的时候，那黑人已经把他们迷住了。主人为他神魂颠倒，公爵心目中只有他一个人，而达吉雅娜·阿法纳西耶夫娜老是说：可惜他是个黑人，要不然到哪儿去找一个比他好的女婿啊！”

“我的天！我的天！”苦命的娜塔莎叫苦连天。

“别伤心，我的美人儿，”女侏儒吻着她那虚弱的手说，“即使你必须嫁给黑人，你还是会很自由的。现在可不是古代，男人不会把女人关在家里。听说这个黑人很有钱，你们会过得很富裕，日子会过得快快活活的……”

“可怜的瓦列里安！”娜塔莎说，但她的声音非常轻，女侏儒听不见这句话，只能猜想她话里的意思。

“问题就在这里，小姐，”她神秘地压低声音说，“你要是少想一点那个弓箭手的儿子，你在说胡话时就不会提到他，老爷也就不会生气了。”

“你说什么？”娜塔莎吃了一惊，说，“我说胡话提到瓦列里安了，父亲听见还生气了？”

“糟就糟在这里，”女侏儒回答说，“现在你要是要求他不要把你嫁给黑人，他就会以为，这都是瓦列里安的关系。一点办法都没有，你还是听父母的话，听天由命吧。”

娜塔莎一句话也没有反驳。她想到她内心的秘密已经让父亲知道，这使她心中好不紧张。最后她只剩下一个希望：在结成这个可恨的婚姻之前死掉。这种想法使她得到了安慰。她那软弱而悲哀的灵魂向自己的命运屈服了。

第七章

加甫里拉·阿法纳西耶维奇家中门廊右边有一间只开着一个小窗的小房间。里面放着一张普通的床，床上覆盖着毛毯，床前有一张云杉木小桌子，桌上点着脂油蜡烛，放着一本摊开的乐谱。墙上挂着一件蓝色旧制服和一顶与它同时代的三角军帽。帽子上方用三只钉子钉着一张民间木版画，上面画着骑马的查理十二。在这个简朴的小房间里响起了长笛的乐声。被俘的舞蹈教师单独住在这里，他戴着睡帽，穿着黄色土布睡衣，正在吹着一些使他回忆起欢乐的青年时代的古代瑞典进行曲，借以排解这冬晚的寂寞。瑞典人练习了整整两个小时，然后把长笛拆开，放进匣子里，脱衣就寝。

这时他房间里的门闩被抬了起来，一个体格魁梧、相貌英俊、穿着制服的青年走进房间。

惊异的瑞典人面对着这不速之客站了起来。

“你不认得我了，古斯塔夫·阿达梅奇，”青年人用令人感动的声音说，“你不记得你曾经教过瑞典枪操的那个男孩子了吗？那时你和他用玩具炮射击，差一点没把这个房间烧起来。”

古斯塔夫·阿达梅奇注视着……

“哦，”他终于叫了起来，抱住他，“你好，你在这里很久了吗？请坐，你这个好心的流浪汉，我们谈谈吧。”

…………①

① 本章只留下这段草稿。

书信体小说

一　丽莎致萨莎

亲爱的萨申卡[①]，我突然回乡下去，你一定会感到奇怪的。我想赶快把这一切原原本本地告诉你。寄人篱下的处境一直使我非常痛苦。阿芙多季娅·安德烈耶夫娜对待我跟对待她侄女一样，这没什么可说的。可是在她家里我总是个养女，你无法想象，生活中有多少令人伤心的小事是和这个名义分不开的。有许多事情我必须忍受，有许多事情我必须让步，有许多事情我必须装作没看见，然而我的自尊心却处处使我注意到每一个极细小的轻视的意味。和公爵小姐平起平坐，这件事本身就使我难受。我们穿着同样的衣裳去参加舞会，我没有看到她戴珍珠项链，我就生气。我觉得她没有戴项链仅仅是为了显得和我没有区别，这种谨小慎微的态度已经足以使我感到委屈了。我想，莫非她们以为我会嫉妒或者存在着小孩子那样的小心眼。男人们对我不管如何彬彬有礼，总是时时刻刻刺伤着我的自尊心。不管他们对我冷淡或者对我殷勤，我都觉得是对我的无礼。一句话，我是个非常不幸的人，我有一颗天生温柔的心，但正在变得愈来愈冷酷。不知你是否注意到，凡是当了养女、远亲、陪伴[②]之类的姑娘，通常不是成为低三下四的女仆，就是成为叫人无法忍受的怪人。我尊敬后一种人，并且由衷地原谅她们。

正好三个礼拜以前，我收到我那可怜的奶奶一封信。她说她很孤单，叫我到乡下去陪她。我决定利用这个机会。我好容易求得阿芙多季娅·安德烈耶夫娜的允许到乡下去，并且免不了答应到冬天再回到彼得堡来，但是我不准备履行我的诺言。见到我，奶奶高兴得不得了；她怎么也没有料到我会回来。她的眼泪使我非常感动，真是笔墨难以形容。我从心里爱她。她从前在贵族社会里待过，因此还保留着当时的许多礼节。

现在我就住在家里，我是主人，你真不会相信，这对我是什么样的真正的快乐。我立刻就习惯于过乡下的生活，这里的生活无奢侈可言，这我一点都不感到奇怪。我们的乡村非常可爱。山上古老的住宅、花园、湖泊、周围的松树林，这一切在秋天和冬天难免显得有点凄凉，可是到了春天和夏天一定会成为人间的天堂。我们这儿邻居很少，我还没有会见过任何人。我真的喜欢这种幽居生活，就像你的拉马丁[3]在哀诗里写的那样。

给我写信吧，我的安琪儿，你的信对我是莫大的安慰。你们的舞会开得怎么样？我们共同的朋友怎么样？我虽然成了个隐士，可并没有看破红尘——我还是很关心那繁华世界的消息的。

于巴维尔村

---

① 即萨莎，两者都是亚历山德拉的爱称。

② 原文为法语。

③ 拉马丁（1790—1869），法国诗人，所著诗集《沉思集》《新沉思集》充满感伤情调和宗教色彩。

二　萨莎的回信

亲爱的丽莎：

当我知道你到乡下去了以后，你想我有多么吃惊。我看见奥丽加公爵小姐单独一个人，以为你身体不适，因此不相信她的话。第二天，我收到了你的信。我的安琪儿，我祝贺你过这种新的生活。你喜欢这种生活，这真使我高兴。你对先前那种处境的怨诉使我感动得流泪，但我觉得太凄怆了。你怎么能把自己比作养女和陪伴[①]？众所周知，奥丽加的父亲在各方面都受过你父亲的恩惠，他们的友谊是那么神圣，就像近亲一样。你过去似乎很满足于自己的命运。我从来不认为你会那么容易激动。老实告诉我吧，有没有别的秘密原因促使你急急忙忙地离开这里。我怀疑……你对我总是太谦和，因此我怕在信里写出我的猜测会使你生气。

关于彼得堡，有些什么可以告诉你的呢？我们还住在别墅里，但别人几乎都走光了。舞会还要过两个礼拜再举行。天气好极了。我经常出去散步。这几天有好多客人来我家吃饭，其中有一个问我有没有你的消息。他说你没有来参加舞会是那么令人注目，就像钢琴断了一根弦似的，我完全同意他的话。我仍然希望你这种悲观厌世的心情不会继续很久。回来吧，我的安琪儿，不然今冬就没有人来跟我分享我那天真无邪的观感，也没有人来接受我那从内心发出的讽刺小诗了。再见吧，我亲爱的，想一想，并且回心转意吧。

于克列斯特岛

---

① 原文为法语。

三　丽莎致萨莎

你的信使我感到非常安慰——它使我那么清楚地回忆起彼得堡的生活，我仿佛觉得我听得见你在说话！你那些没完没了的推测多么可笑！你怀疑我心里埋藏着某种隐秘的感情，某种不幸的爱情——对吗？放心吧，亲爱的，你错了：我只有一点像小说里的女主人公，那就是我住在这荒僻的乡下，并且像克莱丽莎·哈娄[①]那样斟茶。

你说今冬没有人来分享你那些讽刺性的观感——可我们通信是为了什么呢？把你注意到的一切都写信告诉我。我再跟你说一遍，我一点也没有看破红尘，世上的一切我都很感兴趣。为了证明这一点，请你告诉我，我没有参加舞会，是谁感到令人注目？是我们那位可爱的饶舌鬼阿列克赛·P吧？我坚信我猜对了……我的耳朵随时都准备为他效劳，只要他需要。

我和×××一家结识了。父亲是个喜欢打诨说笑和好客的人；母亲是个快活的胖女人，非常喜欢打惠斯特[②]；女儿是个十七岁的苗条姑娘，性情忧郁，是在小说和清新的空气中长大的。她整天捧着一本书到花园或田野里去，身旁围着一大群看家狗，跟人家谈起天气来就像唱歌似的，总是很亲切地拿出果酱来款待客人。我发现她有一整柜古代小说。我打算把这些书全部读完，并从理查逊的小说读起。要想读到这位众口交誉的克莱丽莎的故事，就得住在乡下。我决心从译者的序言读起。序言里说，虽然头六部读来有点枯燥，但后六部完全可以补偿

---

① 英国小说家理查逊（1689—1761）同名小说的女主人公。
② 一种牌戏。

读者的耐心，因此我就毅然读了起来。我读了一卷、两卷、三卷，好不容易读到了第六卷——真是味同嚼蜡，叫人受不了。我想，好了，这一下我的艰苦劳动快得到补偿了。可结果呢？我读到克莱丽莎死去，洛夫莱斯死去，小说就完了。每一卷都包含着两种，可是我看不出枯燥的前六部是怎么发展成有趣的后六部的。

读理查逊的小说，促使我去思考一些问题。祖母们和孙女们的理想有多大的差别啊！洛夫莱斯和阿道尔夫[①]有什么共同之处？而且妇女的作用也没有起什么变化。克莱丽莎除了规规矩矩地行屈膝礼外，和最新小说中的女主人公完全一样。这是不是因为男人取悦于人是凭他时髦的打扮和变化多端的见解，而女人则凭永远不变的感情和天性？

你看，我像过去一样跟你啰唆个没完，你可不要吝啬笔墨，尽可能多地给我写信，写得尽可能长些——你想象不出，在乡下等候邮期是什么滋味，等候舞会的心情是无法与此相比的。

四　萨莎的回信

亲爱的丽莎，你错了。为了不使你太得意，我宣布，阿列克赛根本就没有注意到你没有来参加舞会。他正在追求一个从外地来的英国女人佩兰夫人，整天和她形影不离。听到他的话，她总是露出一种天真的惊奇神情，轻轻地感叹一声“哦！”。这时他简直如痴如醉了。告诉你：向我打听你的情况、从心底里为你惋惜的是你那位忠贞不渝的弗拉基米尔·××。你该满意

① 法国作家贡斯当（1767—1830）同名小说的主人公。

了吧？我想，你一定很满意，因此照我的习惯，我敢说，我不说，你也会猜到的。说实话，××一直在恋着你。我要处在你的地位，早就把他弄得神魂颠倒了。有什么可说的，他是个出色的对象……为什么不嫁给他——那时你就可以住到英吉利河滨街去，每个礼拜六都可以举行晚会，每天早晨都可以来看我。你胡闹够了，我的安琪儿，到我们这儿来，嫁给××吧。

前天K××家里举行舞会。人来了很多。舞跳到早晨五点钟。K.B.穿得很简单：一件白色的绉纱连衫裙，甚至没有镶花边，而头上和脖子上却戴着价值五十万的钻石首饰，仅此而已！Z跟过去一样穿得很滑稽。这些衣裳她是从哪儿弄来的？她的连衫裙上绣的不是花朵，而是一种像干蘑菇那样的东西。我的安琪儿，这些东西是不是你从乡下寄给她的？弗拉基米尔·××没有来跳舞，他休假去了。C家姐妹也来了（大概来得最早），没跳舞，通宵达旦干坐着，是最后走的。老大好像搽了胭脂——是到搽胭脂的时候了……舞会开得很成功。男人们对晚餐很不满意，但他们从来都是要对某些事情表示不满的。我很快乐，虽然我是跟那个讨厌的外交官Ст.一起跳科奇里翁舞的，这是个天生的蠢材，外加从马德里带来了一种心不在焉的神气。

我的心肝，谢谢你给我介绍了理查逊的小说。现在我对他有点了解了。我不想读他的小说，因为我没有耐心，即使在司各特[①]的小说中我也觉得水分太多了。

顺便提一下：叶列娜·H和Л伯爵的罗曼史似乎快了结了——至少他是那么垂头丧气，而她是那么趾高气扬，看来他们

---

① 司各特（1771—1832），英国诗人、历史小说家。

的婚礼已经确定了。再见吧，我的美人儿，我今天写了这么多废话，你该满意了吧？

五　丽莎致萨莎

不，我亲爱的媒婆，我不想丢下乡村到你们那里去结婚。我坦白承认，我曾经喜欢过弗拉基米尔·××，但从来没有想到要嫁给他。他是个贵族，我是个默默无闻的民主派。我急于要向你解释，并且像小说里真正的女主人公那样骄傲地指出，我出身于一个最古老的俄罗斯贵族家庭，而我的骑士则是一个大胡子百万富翁的孙子。但你知道，我们的贵族是怎么一回事。不管怎么说，××是个上流社会的人物；我可以得到他的喜欢，但他不会为我牺牲有钱的未婚妻和对他有利的姻亲。如果有朝一日我要出嫁，那我将在这里挑选一个四十来岁的地主。他去经营糖厂，我操持家务，虽然不能到K伯爵家去参加舞会，也不能在英吉利河滨街的家中过周末，但我会过得很幸福。

现在已经是冬天了：这在乡下是一件大事[①]。它会完全改变这里的生活方式。人们不再单独出去游玩，到处响起小铃铛的响声，猎人们带着猎犬去打猎——下过初雪后，一切都变得更加明亮、快活。这种景象我是无论如何料想不到的。乡村的冬天很使我害怕，但世上的一切都有它好的一面。

我和玛申卡·×××更熟悉了，我很喜欢她，她有很多优点和独特的地方。我无意中了解到，××跟他们是近亲。玛申

① 原文为法语。

卡已经七年没见到他，但心里极喜欢他。他曾在他们那里度过一个夏天，所以玛申卡不断把他当时的生活情况、各种细节告诉我。我读过她家的几本小说，发现在白边上有他写的批注，那是用铅笔写上去的，笔迹很淡——看来他当时还是个小家伙。书中的思想感情使他大为感动（当然，他现在会嘲笑这些思想感情），至少他的心是充满生气而又富于感情的。我读得很多。你真无法想象，在一八二九年读一七七五年写的小说会感到多么古怪。我们仿佛突然从自己的客厅走进了一个墙上裱着花缎的古老大厅，坐在缎面羽绒扶手椅上，看见周围都是奇怪的服装，可面孔都是熟悉的，从这些面孔上我们认出了那是我们变得年轻的伯伯和奶奶。这些小说大都没有别的价值。故事很有趣，情节错综复杂——贝尔库说话老是转弯抹角，夏洛蒂回答问题老是牛头不对马嘴。一个聪明人可以利用现成的结构、现成的人物性格，变动章法，改掉一些没有意义的东西，补充人家没有说完的话——这样就可以产生一部动人的别出心裁的小说了。请把这些话用我的名义告诉那个无情无义的P×。他老是跟那些英国女人谈话，也伤够脑筋了！让他在旧布上绣出新花样，并且给我们的小镜框提供一幅他那么熟悉的上流社会和人物的图画吧。

玛莎[①]很熟悉俄罗斯文学——这里的人一般比彼得堡的人喜欢读文学作品。这里能够收到杂志，大家常常热烈参加杂志里面的吵架，轮流相信双方的论点，如果自己喜欢的作家受到严厉批评，就为他愤愤不平。现在我明白维亚泽姆斯基[②]和普希金

---

① 玛莎即玛申卡。

② 维亚泽姆斯基（1792—1876），俄国诗人。

为什么这么喜欢外省的小姐了。她们是他们的忠实读者。我本想看看这些杂志，读读《欧罗巴导报》的评论，但它们的平淡无味和卑躬屈节使我反感，看到一个中学生一本正经地责备作品不道德和不体面，[①]真使人感到好笑，我们都读过这些作品，我们都是圣彼得堡中开不得玩笑的人！……

六　丽莎致萨莎

亲爱的！我无法再假装下去了。我需要友谊的帮助和忠告。我所逃避的那个人，我视同灾难的那个人，××在这里。我怎么办？我的头在发晕，我完全沉不住气了，看在上帝面上，请告诉我该怎么办，我把情况都告诉你……

去年冬天你就注意到，他总是钉着我。他没到我们家里来，可我处处都遇见他。尽管我装得冷若冰霜，甚至装出一副鄙夷的样子，但完全不顶用，我没有办法摆脱他。在舞会上他总是能找到我身边的座位，散步时他总能遇到我们；在剧院里，他的单柄眼镜总是对着我们的包厢。

起初，他的行动使我很得意。也许，这一点我表现得太明显，使他察觉了。至少他时时刻刻都在得寸进尺，每一次都对我表白感情，有时表示爱慕，有时口出怨言……这样下去会落得个什么结果，我想到这一点心里就害怕！我绝望地承认他占有了我的心。我离开了彼得堡，想用这种办法把邪恶制止在初露苗头的时候。我的决心，我自以为尽了责任的信心本来可以

① 此处指纳杰日津发表在《欧罗巴导报》上的文章，其中对普希金的作品进行吹毛求疵的攻击。

使我的心平静下来。我想到他的时候已经比以前淡漠，也不那么痛苦了。可我突然又看见了他。

我看见他了：昨天是×××的命名日，我到她家去吃饭。我走进客厅，看到一大群客人和好多枪骑兵，太太小姐们把我团团围住，我和她们一一接了吻。我对谁也没有注意，就在女主人旁边坐下，我一抬头：××就在我面前。我愣住了……他对我说了几句话，那么多情、真诚、高兴，使我既无法掩饰自己的慌乱，也无法掩饰自己的快乐。

大家入了席。他坐在我对面，我不敢朝他看一眼，但是发现大家的视线都集中在他身上。他默默无言，心不在焉。要是在别的时候，大家想吸引那外来的近卫军军官注意的愿望，小姐们的忸怩不安，男人们的手足无措，他们在开玩笑时的哈哈大笑，以及客人那冷冰冰的谦恭和十足的傲慢等等一定会引起我的兴趣……散席后，他走到我跟前。我觉得我必须随便说点什么，因此向他提了一个极其愚蠢的问题，问他到我们这儿来是不是有什么事情。"我到这儿来只有一件事情，它关系到我一生的幸福。"他轻轻回答了一句，立即走开了。他跟三个老太太（其中有我奶奶）坐下来打波士顿①，我到楼上玛申卡房间里去，借口头痛在那里躺到天黑。实际上我比生病还糟。玛申卡一直没有离开过我。××来了，她高兴得不得了。他要在她家住一个月或者更长一些时间。她整天都将和他在一起。真的，她爱上他了，上帝保佑，但愿他也爱上她。她长得袅娜可爱，性格也不同一般——男人们需要的也就是这个。

我怎么办，亲爱的，在这里我再也无路可逃。他已经讨得

① 一种牌戏。

奶奶的欢心了。他要到我们家来——这下子又要表白、埋怨、赌咒发誓一番了——可这是为了什么？他将得到我的爱情，接受我的表白，然后想到结婚的害处，随便找个借口撇下我，一走了事，而我呢……多么可怕的未来！看在上帝的面上，救救我吧：我要灭顶了。

七　萨莎的回信

要是能一吐衷肠，让心里松快松快就好了！早就该这样了，我的安琪儿！我早就知道：××和你——你们正在相爱，这有什么了不得的？可你还不肯承认。随你便吧。你有一种天知道从哪个角度看待事情的本领。你在和自己过不去——当心惹祸上身。你为什么不嫁给××？这里有什么不可克服的障碍？他富裕，你贫穷——真是废话。他一个人的财产抵得上两个人——你们还需要什么呢？他是个贵族，而你在门第和教养上难道不也是个贵族吗？

不久前发生过一次关于上层妇女问题的争论。我了解到，有一次P[①]宣布自己属于贵族阶级，因为贵族阶级都穿着很好的鞋子。照这么说，你是个不折不扣的贵族，这还不明白吗？

原谅我，我的安琪儿，但是你那封感人肺腑的信的确使我发笑。××到乡下去是为了看到你。多么可怕！你要毁了，你要我给你出主意。你真要成为一个外省的女主人公了！我的意见是：尽快在你们的乡村教堂里举行婚礼，并且到我们这儿

① P为拉丁文，此处普希金指自己。

来，在C××家的活画剧[①]中扮演福尔纳丽娜的角色。你那位骑士的所作所为真的使我感动。当然，古代有这样的事，一个男人为了求得一个女人的垂青，不惜到巴勒斯坦去打三年仗；但是在我们这个时代，从彼得堡跋涉五百里去和心上人见面，这确实很了不起。××值得嘉奖。

八　弗拉基米尔·××致朋友

请你帮我在外面散布流言，说我已经病危，我不打算按期回去，并想尽可能保持体面。我到乡下来已经两个礼拜了，简直不知道时间是怎么飞逝的。彼得堡的生活我实在过厌了，现在我正摆脱这种生活，在这里休息。一个刚从小小的修道室里放出来的修道院女学生和十八岁的宫中侍从不喜欢乡村，这是情有可原的。彼得堡是前厅，莫斯科是女仆的下房，乡村则是我们的书房。一个正派人必须走过前厅，不往女仆的下房探头探脑，而坐到自己的书房里去。我将这样度过自己的一生。我准备退职、结婚，然后到我的萨拉托夫乡下去。当地主同样是一种工作。管理三千个农奴——他们的全部福利完全维系在我们身上——比指挥一个排或者抄写抄写外交报告更重要……

让我们的农奴继续处于无人关心的状态，这是不可饶恕的。我们对他们的权力愈大，我们对他们的责任也愈大。现在我们正在让他们备受狡猾的管家欺凌，这管家一边欺压他们，一边挖我们的墙脚。我们现在是寅吃卯粮，正在破产。年纪一

---

① 活画剧，一种家庭娱乐，表演者穿着某种服装，上台做一个与服装所体现的身份一致的造型，构成一个画面。

大，就免不了穷困和麻烦。

这就是我们贵族急剧衰落的原因：祖父富贵，儿子贫困，孙子讨饭。世代的望族正在破落；新的家族正在崛起，可是到第三代又衰落了。各个等级的人都混杂在一起，哪个家族都不知道他们的祖先。这种政治上的实用主义会引出什么结果呢？我不知道。但是该阻止它的发展了。

看到我国历史上赫赫有名的家族一个个受到贬损，我不能不悲伤；从这些家族的成员开始，我们谁也不珍惜它们。那纪念碑上写着“献给米宁市民和波查尔斯基公爵[①]”的民族，他们想起自己的光荣历史时会有什么自豪感呢？哪一个波查尔斯基公爵？什么米宁市民？历史上有过一个侍臣德米特里·米哈伊洛维奇·波查尔斯基公爵和全国选举出来的人科兹玛·米尼奇·舒霍鲁基市民。可祖国甚至忘记了自己的拯救者的真名。往事对我们来说已不存在了。可怜的民族！

做官的贵族不能代替世袭的贵族。贵族对家族的回忆应该成为民族对历史的回忆。但一个八级文官的孩子对家族又能有什么回忆呢？

在为贵族辩护时，我并不像外交家谢维林，那个裁缝和厨子的孙子那样硬充英国爵士；我的出身——虽然我不以此为耻——不允许我这样做。但我同意拉布律埃[②]的意见，他说：*对自己的出身表示轻蔑，这在暴发户是个可笑的特点，对于贵族*

---

① 米宁（？—1616），下诺夫哥罗德行政长官，曾组织民军抵抗波兰军队，解放莫斯科。波查尔斯基（1578—1641），下诺夫哥罗德民军司令，同米宁一起解放莫斯科。

② 拉布律埃（1645—1696），法国作家。下面引用的话实际上是普希金自己说的。

来说，则是卑贱的。①

住在别人的村子里，瞧着小贵族怎样管理田产，我想到了这些问题。这些绅士不做官，自己经营自己的小村子，但说心里话，愿上帝保佑他们像我们的兄弟一样挥霍吧。真是胡闹！对他们来说，冯维辛②的时代还没有过去。在他们中间，普罗斯塔科娃和斯科季宁之类的人物还可以大展鸿图！

不过，我这些话不是针对我来做客的那位亲戚的。他是个很善良的人，他的妻子是个很善良的乡下女人，女儿也是个很善良的小姑娘。你看，我也变得很善良了。其实，自从我来到乡下，我就变得非常宽宏大量，这是我的旧式生活和丽莎在场造成的。看不到她，我就感到非常愁闷。我到这儿来是为了劝她回彼得堡。我们的第一次见面简直太奇妙了。这一天我姨妈过命名日。所有的邻居都来了。丽莎也来做客，她一看见我，简直不敢相信自己的眼睛……她不能不承认，我到这儿来仅仅是为了她。至少，我竭力让她感觉到这一点。在这里我的成功大大超过了我的期望（这太重要了）。老太婆们都极喜欢我，太太们都来跟我亲近，"因为她们都是爱国志士"③。男人们对我这种花花公子的派头④都很不满意，这种派头在这里还是新鲜事。我表现得非常谦恭和体面，这尤其使他们气得发狂。他们无论如何说不出我什么地方厚颜无耻，虽然他们认为我是个无耻之徒。再见吧，我的朋友们在做些什么？所有他们这些人的

① 原文为法语。
② 冯维辛（1745—1792），俄国作家、剧作家。下文的普罗斯塔科娃和斯科季宁是他的讽刺喜剧《纨绔少年》中的人物。
③ 引自俄国作家格里鲍耶陀夫（1795—1829）的喜剧《聪明误》。
④ 原文为法语。

恭顺的仆人。[①]给我写信，寄到××村。

九　朋友的回信

你的委托我已经照办。昨天我已在剧院里宣布你患了神经热，并说看样子你已不在人世了——这一来，只要你还没有复活，那你就快快活活地过你的日子吧。

你从道德的角度思考田产的管理问题，这让我为你高兴。这才是人生一大乐事：

他是个不必担惊受怕、不受指责的丈夫，
虽说他不是国王，不是公爵，也不是伯爵。[②]

依我看，俄国地主的生活是最值得羡慕的。

官衔在俄国是少不了的，即使在某些驿站上也是这样，没有官衔，你就要不到驿马。

…………[③]

谈起这些重要问题，我就完全忘记了你现在已无暇顾及这些事情——你正迷恋着你的丽莎。你何苦硬充福布拉斯[④]先生，整天围着女人转。这种事情不值得你去做。在这方面你已落后于自己的时代，并且做得太像一八〇七年时的嗓音沙哑的近卫

① 此句原文为意大利语。
② 这两句原文为法语。
③ 此处原稿上明显遗漏，第九封信可能有一部分散失。——原编者注
④ 福布拉斯是法国作家库弗莱（1760—1797）的小说《福布拉斯骑士的情史》中的主人公，一个专门引诱女子的人物。

军[①]了。这暂时是个小缺点，可不久你就会变得比Γ××将军更可笑。你还不如早日养成成年人严格生活的习惯，自动放弃即将凋萎的青春。我知道，我这是在白白地说教，但这是我的责任。

你所有的朋友都在向你表示悼念，对你的早逝非常惋惜——顺便告诉你，其中也有你从前那位女朋友，她已从罗马回来，正钟情于教皇。这多么符合她的本性，并且该使你如何惊叹啊！你不来跟这位*上帝仆人的仆人*[②]见见高低吗？这才符合你的本性。我每天都在等着你。

十　弗拉基米尔·××致朋友

你的责备完全是不公正的。不是我，而是你落后于自己的时代——落后了整整十年。你那些抽象而重要的论断是属于一八一八年的。那时候流行过严格的规矩和政治经济学。那时我们去参加舞会都不解下身上的佩剑——跳舞是不体面的，也没有工夫去向太太小姐们献殷勤。我很荣幸地向你报告——这一切现在全都变样了。人们不再读亚当·斯密[③]的著作，而去跳法国卡德里尔舞，每个人都纵情追逐女人和寻欢作乐。我正在追随时代精神，而你则原地踏步，你仍*原封未动*[④]，还是个那么刻板的人[⑤]。你何苦孤零零一动不动地坐在对立面的板凳上。我希望Z能引导你走上正轨：我把你交给她，让你去接受她那梵蒂

---

① 指京城的近卫军军官，他们说话大都装成喉咙沙哑的样子。
② 原文为拉丁语，指神父。
③ 亚当·斯密（1723—1790），英国经济学家。
④⑤ 原文为法语。

冈式媚态的陶冶。至于我，我已完全沉湎于太古时代的生活：晚上十点钟睡觉，同本地的地主们一起去踏新雪，跟老太婆们打波士顿，每次输赢一戈比，打输了就生气。我每天和丽莎见面——愈来愈爱她。她身上有许多迷人之处。她举止文静、高雅而得体，具有彼得堡上流社会所特有的魅力，同时还使人感到身上有一种蓬勃的生气、温厚的感情和高贵的气度（正像她祖母所说的）；她的言谈决不激烈、刻薄，遇到不快的事也不会像婴孩吃药似的皱眉头。她总是静静地听，默默地领会，这是我们的妇女中少有的品格。有些太太或小姐，她们很可爱，却非常愚钝，或者喜欢想入非非，我常因此感到吃惊。她们常常把最微妙的玩笑、最富有诗意的问候当作卑劣的挖苦或平淡无味的无礼话。在这种情况下，她们所采取的那种冷若冰霜的态度就使人极其厌恶，即使对她们怀有最热烈的爱情，也无法再继续存在下去。

我跟叶列娜·×××在一起的时候，就有这种感觉，尽管以前我爱她爱得神魂颠倒。我对她说几句贴心话，她却认为我太粗鲁，在她的好朋友面前数落我。这使我完全失望了。除了丽莎，玛申卡·×××也使我非常快乐。她很可爱。这些在苹果树下和草垛间长大、由奶妈和大自然培育出来的姑娘比我们那些平淡无味的美女可爱得多啦。这些美女出嫁以前，妈妈说什么，她们就说什么；出嫁以后，丈夫说什么，她们也跟着说什么，丝毫没有主见。

再见吧，我亲爱的。社交界有什么新闻？向大家宣布，我也写起诗来了。不久前我给奥丽加公爵小姐的照片写了一句题词（为了这件事丽莎还很可爱地责备过我）：

愚蠢得像真理，无聊得像完美。

这么改一下是不是更好呢：

无聊得像真理，愚蠢得像完美。

这两句话都貌似一种思想。要 B 挑选第一句诗，并且从此把我当作一个诗人。

…………

故伊凡·彼得罗维奇·别尔金小说集

普罗斯塔科娃夫人：亲爱的先生，他从小就爱听故事。
斯科季宁：米特罗方很像我。

——《纨绔少年》

出版者的话

我们在筹备出版这本准备献给读者的伊·彼·别尔金小说集的时候，很想附上一篇介绍已故作者生平的短文，以多少满足我国文学爱好者的正当要求。为此，我们曾去向玛丽亚·亚历山德罗夫娜·特拉菲林娜讨教，她是伊凡·彼得罗维奇·别尔金的至亲，也是他的遗产继承人。可惜，她无法向我们提供有关别尔金的任何情况，因为她根本不认识死者。她建议我们向伊凡·彼得罗维奇的老朋友，一位可敬的先生求教。我们采纳了这个建议。我们去了信，并且收到下列这封令人满意的回信。我们未作任何修改，也不加任何注释，把它发表在这里。这封信既是一种高贵见解和感人友谊的珍贵文献，同时也是一份十分翔实的传记材料。

某某先生台鉴：

本月十五日之华翰已于二十三日奉悉。您于信中嘱我详告已故敝挚友与邻居伊凡·彼得罗维奇·别尔金的生卒年月、职务、家庭情况及职业与性格，我十分乐意为您效劳。亲爱的先生，现将我从他的言谈中以及本人的观察中所能记忆者奉告如下：

伊凡·彼得罗维奇·别尔金一七九八年生于戈留欣诺村，其父母都是高尚的正派人。其已故父亲彼得·伊凡诺维奇·别尔金准校娶了特拉菲林家的彼拉盖雅·加甫里洛夫娜小姐为妻。他不算富裕，但也可算小康，并善于管理产业。他们的儿子在一个乡村教堂管事那里受到初等教育。想必由于这位可敬先生的尽心教诲，他养成了阅读习惯，培养了对俄罗斯文学的兴趣。一八一五年他进入步兵猎骑兵团（番号我已无从记起），在那里服务到一八二三年。他的父母几乎在同一时间内相继去世，他因而不得不退伍回到故乡戈留欣诺村。

伊凡·彼得罗维奇开始管理家业。由于他缺乏经验，心肠又软，很快就放松了管理，松弛了亡父建立起来的严格规章制度。农奴们对办事认真而机灵的村长不满（这是他们的习惯），他把村长撤掉，叫一个年老的女管家去管理村子，她因为善于讲故事而博得他的信任。这个糊涂的老婆子连二十五卢布和五十卢布的钞票都分不清，她是所有农奴的干亲家，大家都不怕她。他们选出的村长竭力纵容放任他们，和他们狼狈为奸，迫使伊凡·彼得罗维奇用一种很轻的租赋来代替劳役；即使是这样，农奴们还欺负他软弱，头一年就故意要他优待，此后几年中三分之二以上的地租缴的是胡桃、越橘之类的东西，而且还要赖账。

我是伊凡·彼得罗维奇亡父的朋友，我认为有责任对他儿子提出忠告，并且一再表示愿意帮助他恢复被他废弃了的旧规矩。为此，我到他那里去了一次，向他要了账册，把那无赖村长叫来，当着伊凡·彼得罗维奇的面查账。少主人起初全神贯注地瞧着我查账，但是当查账的结果表明，近两年来农奴的人数增加，而家禽和家畜数却大为减少时，伊凡·彼得罗维奇对这一最初的报告感到满意，就不再听我说下去了。而正当我查出问题，严厉追究这无赖村长，使他狼狈不堪、无言以对时，我却听见伊凡·彼得罗维奇在座位上鼾声大作，这使我大为恼怒。从此我再也不过问他的经济事务，就像他自己一样，让他家的事听天由命去。

可是这丝毫无损于我们的友好关系；因为我深深同情他的这种弱点以及我们贵族青年的通病——危害极大的懒散习性，并从心底里喜欢伊凡·彼得罗维奇；我不能不爱这位如此温厚而又诚实的青年人。伊凡·彼得罗维奇也十分敬重我这个长者，衷心信赖我。在他去世之前，他几乎每天和我见面，尊重我那些普通的言辞，虽然不管在习性上、在思想方法上或是在脾性上我们都有很大的差别。

伊凡·彼得罗维奇过着极其节俭的生活，各方面都很节制。我从来没有看见过他喝醉（这在我们那一带可说是闻所未闻的奇迹）；他对女性很有好感，可又腼腆得像个少女。[①]

除了您信中提到的小说外，伊凡·彼得罗维奇还留下许多手稿，其中一部分在我处，另一部分被他的女管家用到家庭的各种用途上去了。比如说，去年冬天，她的厢房窗户上贴的纸，就是他那部未完成的长篇小说第一部的手稿。上面提到的几篇小说想必是他的习作。正如伊凡·彼得罗维奇所说的，这些小说大多是真人真事，是他听人家说的。[②]可是其中的人名几乎都

---

① 下面有一段轶事，我们认为纯属多余，故未刊载；不过我们可以向读者保证，这段轶事决不会损害伊凡·彼得罗维奇·别尔金亡故后的声誉。——原注

② 在别尔金先生的手稿里，每篇小说前面果真都由作者亲笔写着：从某人处听到（职衔或职业和姓名的头一个字母）。兹为好奇的读者摘录如下：《驿站长》的故事是听九级文官 А.Г.Н.说的，《射击》的故事是听 И.Л.П.中校说的，《棺材店老板》的叙说者是 Б.В.，《暴风雪》和《扮成农家姑娘的小姐》是听 К.И.Т.姑娘说的。——原注

是他虚构的，而村名则出自我们附近的村庄，因此我的村子也曾被提到过。这不是出于恶意，只是由于他的想象力不够丰富。

一八二八年秋，伊凡·彼得罗维奇因患感冒，转成高热致死。尽管本县那位医术高明、对治疗鸡眼之类的顽疾造诣特深的医生尽了最大努力，终未能挽回。他死在我怀里，终年三十岁，安葬在戈留欣诺村教堂里他父母亲的近旁。

伊凡·彼得罗维奇身材中等，眼睛是灰色的，头发是淡褐色的，鼻梁笔直，脸白皙而瘦削。

尊敬的先生，关于我已故的邻居和朋友的生活方式、职业、性格和外貌，凡记忆所及，都写在上面了。如果您认为我信中有些什么可用的材料，我十分恳切地请求您千万不要提及我的名字，因为我虽然非常敬爱作者，但跻身其中是完全不必要的，在我这样的年纪也不体面。谨致衷心的敬意。

一八三〇年十一月十六日

于涅纳拉多沃村

我们有责任尊重作者可敬的朋友的愿望，对他为我们提供这些材料表示深切的谢意，并且希望读者珍视这些材料中所包含的真诚和善意。

亚·普·

射　击

我们射击了。

——巴拉登斯基①

我发誓利用决斗的权利打死他

（在他射击之后我还可以开一枪）。

——《野营之夜》②

一

我们驻扎在某某小镇上。军官的生活是众所周知的。早上出操，练骑术，午饭在团长那里或犹太饭馆吃，晚上喝潘趣酒和打牌。小镇没有一家经常接待宾客的人家，没有一个未婚姑娘；我们总是在同事的住所里聚会，那里除了穿制服的，什么也没有。

跟我们来往的只有一个人不是军人。他近三十五岁，因此我们把他看成老头儿。他饱经世故，处处显得比我们精明强干。他总是郁郁寡欢、脾气暴躁、说话尖刻，这对我们年轻人产生了很大的影响。他的遭遇充满了神秘的意味。他似乎是个俄国人，却起了个外国名字。从前他当过骠骑兵，日子过得很快活。谁也不知道他为什么要退伍，要住到这个贫困的小地方来。在这里他日子过得很清苦，但花起钱来却大手大脚：他总是穿着一件黑色的旧礼服，不管到哪里总是步行，可是却常常招待我们团的军官吃饭。不错，他的饭只有两三道菜，是一个退伍士兵做的，但香槟酒却像河水一样流着。谁也不了解他有什么财产，谁也不知道他有多少收入，可是谁也不敢问他这些事。他有许多书，大多是军事书和小说。他乐于把书借给人家，从来不讨还，可是他借的书也从来不归还主人。他的主要活动是练习手枪射击。他房间的四壁被打得千疮百孔，像蜂窝一样。他收藏了许多手枪，这是他那简陋的土屋里唯一的奢侈品。他的射击技术是令人难以置信的，如果他提出要把梨放在谁的制帽上，用枪子儿打掉，我们团里的人都会毫不犹豫地把头伸过去。我们常常谈起决斗的事，西尔维奥（我这样称呼他）从来不参加这种谈话。我们有时问他是不是决斗过，他冷冷地回答决斗过，但从不谈细节。看得出，他不喜欢我们问这种事。我们猜想，他的良心上一定萦绕着一个什么不幸的事件，一定有人在他那可怕的枪法下成了屈死鬼。不过我们从来没有怀疑他会有什么胆怯的事情。有一种人，单凭外貌就不用这样去怀疑他。可是，一件意外的事使我们大家都吃了一惊。

有一天，我们十来个军官在西尔维奥那里吃饭。我们像往常一样，喝了很多酒。饭后我们请主人坐庄和我们打牌。他推辞了很久，因为他几乎从来不打牌，后来他终于叫人把牌拿来，

---

① 巴拉登斯基（1800—1844），俄国诗人。
② 俄国作家亚·亚·别斯土舍夫（马尔林斯基，1797—1837）的小说。

把五十个金币扔在桌上，坐下来发牌。我们围着他坐下来，牌局开始了。西尔维奥有个习惯，打牌时保持绝对的沉默，他从来不争论，也不解释。要是赌客算错了账，他就马上把没有付足的钱付清，或者把多付的钱记下。我们都知道他的脾气，所以总让他按自己的一套处理。可是我们当中有一位军官是新调来的，他也来这里打牌，由于心不在焉，他多折了一只牌角[①]。西尔维奥照老习惯，拿起粉笔，把数目加上了。那军官以为他搞错了，就向他说明。西尔维奥一声不响地继续发牌。军官忍不住，拿起刷子把他认为记错的数字擦掉。西尔维奥拿起粉笔重新记上。军官因为喝了酒，输了钱，又受到伙伴的耻笑，急躁起来，他觉得自己受到莫大的侮辱，在暴怒中竟抓起桌上的铜烛台向西尔维奥掷去，幸好西尔维奥躲得快才没有击中。我们都不知如何是好。他气得脸色煞白，两眼闪闪发光，站起来对军官说："先生，请您出去，您得感谢上帝，幸好这事发生在我家里。"

我们深知此事的后果，都料定这个新伙伴必死无疑。军官说，不管庄家先生准备干什么，他因而受到这样的侮辱，什么事都愿意奉陪，说完便走了。赌博又继续了几分钟，可是大家发觉主人无心打下去，便一个个放下纸牌，回到各人的住所去，边走边谈论着眼看就要出现的空缺问题。

第二天，我们正在练马场打听那倒霉的中尉是否还活着，他却来了；我们向他提出同一个问题。他回答说，他还没有得到西尔维奥的任何消息。我们都感到很奇怪。我们去找西尔维奥，他正在院子里朝一张贴在门上的爱司牌打枪，子弹一颗接

---

① 在纸牌上折角表示加倍下注。

一颗打在牌心上。他和往常一样接待我们，对昨天发生的事只字不提。三天过去了，中尉仍然活着。我们惊奇地问，难道西尔维奥不想决斗了？西尔维奥没有决斗。他居然满足于那种轻描淡写的解释，和中尉言归于好了。

在青年人的心目中，这件事使他的威信大受损害。缺少勇气最不能使青年人谅解，青年人往往把勇敢看成人类最高的品德，一个人只要勇敢，别的缺点便都可以原谅。然而大家对这件事逐渐淡忘了，西尔维奥重新获得了先前的威望。

只有我一个人无法再和他接近。我生来富于浪漫的幻想，以前我比任何人都更喜爱这个人，他的一生是个谜，我觉得他简直是一部神秘小说中的主人公。他喜欢我，至少对我一个人从来不说那些尖酸刻薄的话，他跟我无话不谈，态度又是那么诚恳，神情是那么愉快。但是在那个倒霉的夜晚以后，我总认为他的名誉已经被玷污，由于他自己的原因而无法洗刷。这种想法一直萦绕在我的脑子里，使我无法像过去那样对待他；瞧着他，我都感到害臊。西尔维奥是个非常聪明老练的人，他不可能没有注意到，不可能猜不出原因。看样子，这使他很伤心；至少我发觉他有两三次想向我解释，但我避开了，于是西尔维奥便和我疏远了。从此，我只有在和同事们一块儿的时候才和他见面，我们从前那种坦率的交谈也就到此为止了。

乡村或小城镇的居民有许多众所周知的体会，京城里那些漫不经心的居民是无从了解的。就说等待邮期吧，每到礼拜二和礼拜五，我们团的办公室就挤满了军官：有的等钱，有的等信，有的等报纸。邮件一般都是当场拆开，互相交流消息，办公室里呈现出一番极为热闹的景象。西尔维奥的信都寄到我们团里，一般他都在场。有一天，他收到一封信，迫不及待地拆了封口。他把信匆匆看了一遍，两眼闪耀着光芒。军官们都忙于看自己的信，一点都没有觉察到。“各位，”西尔维奥对大家说，“由于某些情况，我必须立刻离开这里；今天夜里我就要动身，希望你们不要嫌弃到我家吃最后一顿饭。我也等着您。”他转过身来，对我说，“您一定要来。”说完，他匆匆走出去了。我们都答应到西尔维奥那里去聚一聚，于是各自散开了。

我按约定的时间到西尔维奥家里去，全团的军官几乎都在他那儿。他的行李都已打点好，只剩下几堵光秃的、弹痕累累的墙壁。我们围坐在桌旁，主人的情绪非常好，一会儿，他那种乐呵呵的情绪便感染了大家；不时响起开瓶塞的声音，酒杯翻着泡沫，不断咝咝作响；我们都非常热诚地一再祝愿他一路平安、万事如意。大家站起来辞别的时候已是入夜时分了。大家都去拿制帽，西尔维奥便和大家道别。就在我准备走出去的时候，他拉住我的手，把我留下。“我要和您谈谈。”他轻声对我说。我留下了。

客人都走了，只剩下我们两人。我们面对面坐着，默默地抽着烟。西尔维奥心事重重，那种过分激动的快活劲儿已经无影无踪了。他脸色阴郁惨白，两眼熠熠发光，口里不断吐出浓浓的烟雾，看起来就像个地地道道的恶魔。过了几分钟，西尔维奥打破了沉默。

“也许我们再也见不着了。”他对我说，“分手前我想向您说明一下。您一定知道，我很少尊重别人的意见，但我喜欢您，我觉得，我要是在您心里留下了不公正的印象，我是很难过的。”

他停下话头，往抽完的烟斗里装烟丝；我垂着眼皮，默不作声。

“您一定觉得很奇怪，”他接着说，“我没有要求那个蛮不讲理的醉鬼P决斗。您一定会同意：我有权选择武器，他的生命操在我的手里，而我却几乎没有危险。我尽可以把我的克制说成是宽宏大量，可是我不想撒谎。要是我能够惩罚P，而完全不会危及自己，那我决不会放过他。”

我吃惊地望着西尔维奥。他说得这样坦率，使我不知说什么好。西尔维奥接下去说：

“事情正是这样：我没有权利去死。六年前我挨过一记耳光，而我的仇人现在还活着。”

他的话强烈地激起我的好奇心。

“您没有和他决斗？”我问道，“也许是什么情况把你们分开了？”

“我和他决斗过，”西尔维奥回答，“这就是那次决斗留下来的痕迹。”

西尔维奥站起来，从一个厚纸盒里拿出一顶镶着金边、饰着金流苏的红帽子（这种帽子法国人称为警察帽[①]）；他戴上帽子，帽子在离额头四五厘米处给子弹打穿了。

“您知道，”西尔维奥接下去说，“我在某骠骑兵团服务过。我的脾气您是知道的：我喜欢逞强，而且从小就热衷于这样做。在我们那个时候，打架闹事是一种时髦：我是军队里首屈一指的狂徒。我们都自吹自擂，说自己能喝酒：我的酒量赛过赫赫有名的布尔佐夫——杰尼斯·达维多夫[②]曾写诗称赞过他。决斗在我们团里是家常便饭：决斗的时候我总是在场，不是当证人就是当事人。同事们都崇拜我，而不时调换的团长们却把

---

① 原文为法语。

② 达维多夫（1784—1839），俄国诗人。

我视为无法摆脱的祸害。

“我心安理得（也许并不心安理得）地陶醉于我的声誉，这时，有一个出身名门而又有钱的青年（我不愿说出他的名字）调到我们团里来。我从来没见过衣着这样华丽的幸运儿！试想一下，那么年轻、聪明、英俊，快乐得发狂，大胆得肆无忌惮，名声那么响，有多得不知其数和永远花不完的钱，试想一下，这在我们当中将产生什么影响！我的优越地位动摇了。他被我的名声迷住，便想和我交朋友，但是我对他很冷淡，他也就毫不可惜地和我疏远了。我恨透了他。他在团里和在女人中间取得的成功使我陷于完全绝望的境地。我便寻机和他吵架。他用挖苦回敬我的挖苦，他的话往往出我意料，比我辛辣，当然也比我的好笑得多：因为他是在开玩笑，而我却是含着恶意。后来，有一次在一位波兰地主家举行的舞会上，我看见他成为所有太太小姐们注意的目标，特别是那位和我有过私情的女主人，现在居然也对他表示倾心，我便在他的耳边悄悄说了一句很平常的粗话。他勃然大怒，打了我一记耳光。我们都奔去拿马刀，太太小姐们都吓昏了，众人把我们拉开，当夜我们便出去决斗了。

“决斗是在拂晓时进行的。我和我的三个证人站在预定的地方。我急不可耐地等待着我的对手。春天的太阳升起来了，气温也逐渐上升。我远远地看见了他。他由一个证人陪伴着徒步走来，马刀上挑着军服。我们迎着他走过去。他手里捧着一顶装满樱桃的军帽走过来。证人给我们量了十二步距离。该我先开枪，可是由于愤怒，我激动得很厉害，无法指望自己能够击中对手，为了使自己能够冷静下来，我让他先开枪。我的对手不同意。我们决定抓阄。他永远是个幸运儿，抓了个第一。他瞄准了一下，开枪打穿了我的军帽。轮到我开枪了。他的生命终于落在我的手里；我目不转睛地盯住他，竭力捕捉他脸上哪怕一点点惊慌的神情……他站在我的枪口下，从军帽里拣出一只只熟透的樱桃，一边吃一边把核吐出来，一直吐到我跟前。他那无所谓的态度使我气得发疯。我想，他根本不把生死放在心上，我打死他又有什么意思？我头脑里闪过一个恶毒的念头，于是我把手枪放下了。‘您现在似乎还顾不上生死的事，’我对他说，‘您请去吃早饭吧，我不来打扰您……’‘您一点也没有打扰我，’他不以为然地说，‘请您开枪吧，不过悉听尊便，这一枪您可以留着，我随时可以奉陪。’我转身对证人们说，今天我不想打枪了，决斗就这样结束。

“我退伍并且住到这个小地方来。从那个时候起我便没有一天不想到报仇。现在这个时刻到了……”

西尔维奥从口袋里掏出早晨收到的信，拿给我看。有人（大概是他的代理人）从莫斯科写信来，告诉他，那个人不久就要和一个年轻美貌的姑娘正式结婚。

“您猜得到那个人是谁，”西尔维奥说，“我现在要到莫斯科去。让我们看看，他在结婚前夕是不是还能像从前那样，若无其事地边吃樱桃，边迎接死亡！”

说着，西尔维奥站起来，把帽子往地上一扔，在房间里走来走去，像关在笼子里的老虎一样。我凝然不动地听着他的话，一种异样的、自相矛盾的感情激动着我。

一个仆人走进来，报告马车已经准备好。西尔维奥紧紧握住我的手，我们互相吻别。他坐上马车，车上装着两个箱子，一个装着手枪，另一个装着日常用品。我们再次告别，马车急驰而去。

二

过了几年，家境迫使我住到 H 县一个贫穷的村子里。我操持着家务，经常想到我从前那种热闹的、无忧无虑的生活，不时暗自叹息。我最难以习惯的是孤零零一个人度过秋天和冬天的夜晚。午饭前，我可以和村长聊聊天，到各处去办事，看看那些新的机构，就这样糊里糊涂地打发时光；可是天一黑下来，我就完全不知道上哪里去好了。我从橱底下和储藏室里找出来的那几本书早就读得滚瓜烂熟。凡是女管家基里洛夫娜能够记得起来的故事也都讲过了。农妇们那些歌只能引起我的愁思。我本想喝那并不甜的甜酒，可是一喝就头痛。我承认我害怕成为一个借酒浇愁的酒鬼，也就是那种**不可救药**的醉鬼，这种人在我们县里我见得多了。除了两三个这种**不可救药**的醉鬼外，我没有别的近邻，这种人谈起话来不是打嗝就是叹气。我宁可孤零零地一个人待在家里。①

离我家四里路的地方有一处 B 伯爵夫人的富庶领地，但那里只住着一个管家，伯爵夫人只在出嫁的那一年来过一次，而且只住了不到一个月。可是在我到此处隐居的第二个春天，我就听说伯爵夫人要和她丈夫到乡下来消夏。果然，他们六月初就来了。

对于乡下人来说，来一个有钱的邻居是一件划时代的大事。在他们来到之前两个月，邻近的地主和婢仆们就在谈论这件事，事后还要谈两三年。至于我，我得承认，听到要来一个年

---

① 初版时下面还有：最后我决定睡得尽可能早些，午饭尽可能吃得晚些；就这样缩短晚上，延长白天，并觉得这个办法很好。

轻美貌的女邻居的消息，我心里非常兴奋；我急不可耐地想看到她，因此她来到以后的第一个礼拜天下午，我就动身到×××村去，以近邻和最温顺的仆人的身份去拜访伯爵夫妇。

仆人把我带进伯爵的书房，他自己去向主人通报。宽敞的书房布置得极其豪华。墙边放着几个书橱，每个书橱上都有一座青铜胸像；大理石的壁炉上挂着一面大镜子；地板上覆着绿呢子，还铺着地毯。我住在寒伧的角落里，对豪华的陈设已不习惯，我好久没见过别人的富有，有点胆怯、忐忑不安地恭候着伯爵，就像外省来告状的人等候大臣一样。门开了，走进一个约莫三十二岁的英俊男人。伯爵坦然而友好地向我走来。我竭力鼓起勇气，正要向他作自我介绍，他却抢先了。我们坐下来。他的言谈随便而亲切，一会儿我就不再感到拘束。我刚刚恢复常态，这时伯爵夫人突然走了进来，这使我比刚才更加坐立不安。她确实长得很美。伯爵把我介绍给她；我想显得潇洒一点，但是我愈想做出毫不拘束的样子，就愈觉得自己笨手笨脚。他们为了让我有时间恢复常态并习惯于新交，就自己交谈起来，把我看作亲密的邻居，不拘礼节。于是我在书房里踱起步来，看看他们家收藏的书画。我对绘画是门外汉，但有一幅画却引起我的注意。这幅画画的是瑞士风景，但是使我吃惊的并不是它的绘画技巧，而是因为这幅画被两颗子弹打穿了，一颗子弹正好打在另一颗上面。

“真是好枪法。”我回过头来对伯爵说。

“是啊，”他回答，“枪法高明极了。您的枪法好吗？”他继续说。

“对付得过去，”我回答，很高兴终于谈到我熟悉的话题，“三十步内打纸牌弹不虚发，当然得用我熟悉的手枪。”

“真的？”伯爵夫人十分认真地说，“你呢，亲爱的，你能在三十步内打中纸牌吗？”

“我们什么时候试试看吧，”伯爵回答，“想当年，我的枪法还不坏，可是我已经有四年没有摸过手枪了。”

“噢，”我当即说，“在这种情况下我敢跟您打赌，我认为阁下就是在二十步内也打不中纸牌：手枪要天天练习。这我是有经验的。在我们团里我也算一个优秀射手了。有一次，我整整一个月没有摸过手枪，我的枪拿去修理了；阁下，您猜怎么着？后来我再拿起手枪的时候，头一次距离二十五步打一只瓶子，连续四次都脱了靶。我们那儿有个骑兵上尉，喜欢说俏皮话，爱说笑，他当时恰好在场，便对我说：老弟，看来你的手不肯抬起来打瓶子。是的，阁下，不能小看这种训练，要不然，马上就荒疏了。我遇到过一个非常优秀的射手，他每天都打枪，至少每天午饭前都要打三次。这是他自己规定的，就像每天都要喝杯伏特加一样。”

伯爵夫妇看见我渐渐健谈起来，都很高兴。

“那么他的枪法怎么样？”伯爵问我。

“阁下，这样说吧，有过这样的事，他看见墙上有一只苍蝇，您觉得好笑吗，伯爵夫人？上帝可以作证，这是千真万确的。有过这样的事，他看见一只苍蝇就喊：‘库兹卡，给我手枪！’库兹卡把实弹的手枪拿给他。他砰的一声就把苍蝇打进墙壁里去！”

“这枪法太好了！”伯爵说，“他叫什么名字？”

“西尔维奥，阁下。”

“西尔维奥！”伯爵跳起来嚷道，“您认识西尔维奥？”

“怎么不认识，阁下；我们是朋友，我们团里把他当作亲兄弟。可是我已经有五年没有听到他的消息了。这么说，阁下也认识他啰？”

“认识，而且很熟悉。他没有对您说过……不，我想不会。他没有对您说过一个很离奇的故事吗？”

“阁下，您是不是指他在一次舞会上被一个浪荡汉打耳光的事？”

“他对您说过那个浪荡汉的名字没有？”

“没有，阁下，没说过……噢！阁下，”我猜到是怎么回事，接着说，“请原谅……我不知道……难道是您吗？……”

“正是我本人，”伯爵回答着，样子十分伤心，“这幅被子弹打穿的画就是我们最后一次见面的纪念品……”

“噢，亲爱的，”伯爵夫人说，“看在上帝面上，你别说下去了；我怕听这些。”

“不，”伯爵不以为然地说，“我要把全部情况都说出来；他知道我怎样侮辱了他的朋友，也应该让他知道，西尔维奥怎样向我报了仇。”

伯爵把圈椅挪近我一点，我怀着极大的好奇心听了下面这个故事。

“五年前我结了婚。第一个月，也就是蜜月[①]，我是在这里，在这座村子里度过的。这座房子让我度过一生中最美好的时刻，也留给我一次最痛苦的记忆。

“一天傍晚，我们俩一起骑马出去兜风，妻子的马不知怎的发起性子来。她很害怕，把缰绳交给我，一个人徒步走回去，我骑马先回家。在院子里我看见一辆旅行马车。仆人告诉我，有

① 原文为英语。

个客人在书房里等我，他不肯说出自己的名字，只说有事情要找我。我走进书房，看见暗处有一个人风尘仆仆，满脸胡子，站在壁炉旁边。我走到他跟前，竭力辨认他的面貌。‘你不认得我了，伯爵？’他用发颤的声音说。‘西尔维奥！’我失声叫了起来。坦白说，当时我十分惊慌，连头发都竖了起来。‘正是我，’他接着说，‘现在轮到我开枪了。我到这里来就是为了开这一枪的，你准备好了吗？’他的侧面衣袋里露出一支手枪。我量了十二步，站在那边角落里，要求他趁我妻子还没有回来赶快开枪。他拖延着，要我点灯。仆人点了蜡烛。我关上门，吩咐谁也不准进来，又请他开枪。他拿出手枪，瞄准着……我一秒一秒地数着……我想到她……可怕的一分钟过去了！西尔维奥把手放下来。‘很可惜，’他说，‘我的手枪里装的不是樱桃核……子弹沉得很。我总觉得，我们不是在决斗，而是在杀人：我不习惯向不拿枪的人瞄准。我们重来吧，我们还来抓阄，看该谁先开枪。’我只觉得天旋地转……我似乎没有同意……后来我们还是给另一支手枪装了子弹，卷了两个纸卷儿。他把纸卷儿放在以前被我打穿的那顶军帽里，我又抓了第一号。‘伯爵，你的运气真是好得出奇。’他冷笑着对我说，那冷笑的样子我是一生一世都不会忘记的。当时我究竟发生了什么事，他是怎么把我逼到这个地步的，我都记不起来了……可是我开枪了，子弹就打在这幅画上面（伯爵用手指着那幅被子弹打穿的画，他的脸红得像一团火，伯爵夫人的脸比手帕还要白：我忍不住叫了起来）。

“我开了枪，”伯爵接下去说，“荣耀归于上帝，这一枪没有打中，于是西尔维奥……（说实在，那时他真是可怕）西尔维奥开始向我瞄准。突然，门开了，玛莎跑了进来，尖叫着扑过来搂住我的脖子。她的在场使我恢复了勇气。‘亲爱的，’我对她说，‘你难道没有看出来，我们是闹着玩的？瞧你吓的！去喝杯水再到我们这儿来，我要向你介绍我的老朋友和同事。’玛莎还是不相信。‘请问，我丈夫说的是真话吗？’她回过头问那严厉得可怕的西尔维奥，‘你们真是闹着玩的吗？’‘他总爱闹着玩，伯爵夫人，’西尔维奥回答她，‘有一次他闹着玩，打了我一记耳光，闹着玩把我这顶军帽打穿，这会儿又闹着玩对我开了一枪，可惜打偏了。现在该我来闹着玩了……’说着他又拿起枪瞄准我……当着她的面！玛莎扑到他脚下。‘起来，玛莎，这是耻辱！’我狂叫着，‘先生，您能不能停止侮弄一个可怜的女人？您还开不开枪？’‘我不开枪了，’西尔维奥回答，‘我已经满足：我看到你的惊慌，你的胆怯；我迫使你向我开枪，我这就满足了。你会永远记住我的，我把你交给你的良心去审判。’他走了，可是走到门口又站住，回头看看被我打了一枪的画，几乎没有瞄准就朝那幅画开了一枪，然后走出去。妻子昏倒在地上。仆人不敢拦住他，只是惊恐地望着他。还没有等我清醒过来，他已经走到台阶上，叫来车夫，乘车走了。”

伯爵说完了。我就这样知道了故事的结局，它的开头曾使我那么惊奇。我没有再见到过故事的主人公。听说，在亚历山大·易普息兰梯①暴动的时候，西尔维奥曾率领过一队希腊民族独立运动战士作战，结果在斯库列尼一役中阵亡。

---

① 亚历山大·易普息兰梯（1792—1828），十九世纪二十年代希腊民族独立运动领袖。

暴风雪

马儿踩着深深的积雪，
在山地里飞快地奔驰……
看吧，一座上帝的教堂
孤零零地在路旁矗立。
…………
突然周围风雪大作，
鹅毛大雪漫天飞卷；
一只乌鸦拍打着翅膀，
在雪橇的上空缓缓盘旋；
它的叫声预兆着悲伤！
马儿朝着前方飞跑，
它敏感地望着黑暗的远方，
高高地竖起了鬃毛……
——茹科夫斯基[①]

一八一一年底，在这值得我们纪念的年代里，有一个善良的人叫加甫里拉·加甫里洛维奇·P住在自己的涅纳拉多沃庄园里。他由于热情好客而遐迩闻名。邻居时常上他家吃饭喝酒，和他妻子普拉斯科维娅·彼得罗夫娜打五戈比一局的波士顿牌；有的人上他家里来则是为了瞧瞧他们的爱女玛丽亚·加甫里洛夫娜——她是个身材苗条、脸色苍白的十七岁少女。人家都认为她是个有钱的待字姑娘，许多人想娶她为妻，或是讨她做儿媳妇。

玛丽亚·加甫里洛夫娜是在法国小说的熏陶下长大的，因而自然而然地堕入了情网。她选中的对象是个贫穷的陆军准尉，当时他正在乡下度假。说来也不奇怪，那年轻人的情意也和她一样热烈，而他那意中人的父母发现他们俩情投意合，便不许女儿再想念他，并且对他十分粗暴，比对待一个退职的陪审官还坏。

我们这对恋人儿经常通信，每天都在松树林里或旧教堂旁边幽会。他们在那里山盟海誓，悲叹命苦，并且作出种种设想。他们这样信件往来，谈论自己的终身大事，很自然就得出了这样的结论：既然我们彼此都少不了对方，而那铁石心肠的爹娘又不许我们获得幸福，那我们难道就不能自己做主吗？不用说，这种迷人的主意首先是年轻人想出来的，它和玛丽亚·加甫里洛夫娜的浪漫幻想也不谋而合。

冬天一到，他们的幽会只好中断，可书信往来却更加频繁。弗拉基米尔·尼古拉耶维奇每封信都恳求她委身于他，和他秘密结婚，躲开一段时间，然后跪倒在双亲面前，那时双亲自然会为这对恋人的勇敢忠贞和不幸所感动，一定会对他们说：孩子们！回到我们的怀抱里来吧！

玛丽亚·加甫里洛夫娜犹豫了好久，许多私奔的设想都被

---

① 茹科夫斯基（1783—1852），俄国诗人。题词引自《斯薇特兰娜》。

推翻了。最后她终于同意了这么一个办法：在预定的那一天，她得借口头痛不吃晚饭，躲在房间里。要预先串通使女；她们必须从后门跑到花园里，在花园外面找到预先准备好的雪橇，坐上去，赶五里路，从涅纳拉多沃跑到查德里诺，直接上教堂去，弗拉基米尔会在那里等候她们。

在关键的一天前夜，玛丽亚·加甫里洛夫娜一宿未眠，她在收拾行装。她把衣服包包好，给她的小姐妹，一个多愁善感的小姐写了一封长信，另外又写了一封信给爹娘。她用最动人的话向他们告别，请求他们原谅自己由于不可遏制的爱情造成的过错。最后她写道：有朝一日如果能得到允许，跪倒在最亲爱的爹娘脚下，那将是她一生中最幸福的时刻。她用图拉出产的火漆印封好两封信，那火漆印上刻着两颗火热的心和一句得体的题词。直到天快亮的时候，她才倒在床上蒙眬睡去，但是一些可怕的梦境不时把她惊醒。一会儿她梦见就在她坐上雪橇准备去结婚的时候，父亲拦住了她，以惊人的速度拖着她在雪地上跑，把她抛进一个黑洞洞的无底深渊……她飞快地掉下去，心里有说不出的难过。一会儿她梦见弗拉基米尔躺在草地上，脸色煞白，浑身是血，临死的时候还尖叫着催她同他结婚……还有些荒唐可怕的梦幻一幕接一幕从她眼前掠过。她终于起了床，脸色比平时更苍白，头也真的痛起来。父亲和母亲发现她心神不宁，他们亲切地关怀她，不断问她："你怎么啦，玛莎[①]？你不舒服吗，玛莎？"这使玛丽亚心如刀绞。她竭力安慰他们，想装出高兴的样子，却装不出来。天黑下来了。想到这是她最后一天和家人在一起，她心里觉得很难受。她几乎像

① 玛莎是玛丽亚的爱称。

要死去一样，她暗暗和家中所有的人告别，和她周围的一切告别。晚饭端上来了，她的心猛烈地跳动起来。她声音颤抖着说她不想吃晚饭，辞别父母亲。他们吻了她，像平常一样给她祝福，她差一点哭出来。一回到自己闺房里，她就往圈椅上一坐，泪如泉涌。使女劝她安静些，要她提起精神来。一切都准备就绪。再过半小时，玛莎就得永远告别父母亲的家、自己的闺房和平静的处女生活……外面刮着暴风雪；风在呼啸，护窗板抖动着，砰砰直响。这一切对她似乎是一种威胁，一种凶兆。不一会儿，家中全静了下来，进入了梦乡。玛莎裹上披巾，穿上暖和的外衣，拿了首饰箱，走到后门。使女拿着两个包裹跟在她后面。她们走进花园里。暴风雪仍旧刮个不停，风迎面扑来，仿佛竭力要把这年轻的女罪人拦住。她们费了好大力气才走到花园的尽头。雪橇已在路上等着她们。马匹快要冻僵了，不肯在原地好好站着。弗拉基米尔的车夫在车辕前走来走去，想拉住那些不肯安静的马匹。他扶小姐和使女上了雪橇，放好包裹和首饰箱，拉起缰绳，马匹便飞也似的奔跑起来。现在我们把小姐付托给命运的保护和车夫杰廖什卡的驾雪橇本领，且回过头来讲讲我们那位正在热恋的年轻人。

弗拉基米尔驾着雪橇奔跑了一天。早上他到查德里诺村神父那儿，费了好大的劲才好歹跟他谈妥，然后又到邻村的地主那儿找证婚人。他找的第一个人叫德拉文，是个四十岁的退伍骑兵少尉，德拉文一口答应了。他说这种冒险的事情使他想起当年的情景和骠骑兵的恶作剧。他留弗拉基米尔吃午饭，向他保证找另外两个证婚人完全不成问题。果然，他们刚吃好午饭就来了一位留胡子、穿马靴的土地丈量员施米特和县警察局长的儿子，一个刚进枪骑兵团的十六岁青年。他们不但接受弗拉基米尔的邀请，而且向他发誓，为了他，连命都可以豁出去。弗拉基米尔喜出望外地拥抱了他们，便回家准备去了。

天早就黑了。他派心腹杰廖什卡赶着三套马车到涅纳拉多沃庄园去，对他详细周密地交代了一番，同时吩咐给他自己套一副一匹马拉的小雪橇，连车夫也不带，就独自一个到查德里诺村去了。再过两个小时，玛丽亚·加甫里洛夫娜就该到达那里。路是熟的，只要二十分钟就可以到达。

但是弗拉基米尔刚走出村子来到田野里，就刮起了大风，接着就是一场暴风雪，风狂雪大，使他什么也看不见。路一下子就封住了，周围的一切都消失在一片昏黄的黑暗之中，鹅毛大雪在黑暗中飞舞着，天地连成了一片。弗拉基米尔不知不觉来到田野里，他想回到路上去，但只是徒劳而已；马儿盲目地跑着，一会儿爬上雪堆，一会儿落进坑洼里，雪橇不时翻倒在雪地上。弗拉基米尔能够做的，只是尽可能不要迷失方向。可是他觉得已经过了半个多小时，而他还没有到达查德里诺村的树林。又过了将近十分钟，树林还是没看见。弗拉基米尔在被很深的沟不时切断的旷野里前进着。暴风雪不停地刮，天上没有一点光亮。马跑累了，尽管弗拉基米尔经常半身陷在积雪里，他还是挥汗如雨。

他终于发现走错了方向。弗拉基米尔停下雪橇，思索起来，他不断回忆、推测，断定应该朝右边走。他朝右边走了。马儿勉强一步步走着。他在路上已经走了一个多小时。查德里诺应该不远了。他走啊走啊，可田野却没有个尽头。到处是雪堆和沟壑，雪橇不时翻倒，他时时都得把它翻过来。时间在飞逝，弗拉基米尔焦急起来了。

旁边终于出现了一堆黑糊糊的东西。弗拉基米尔掉转雪橇往那里赶去。他愈走愈近，发现那是一片树林。荣耀归于上帝，他想，这会儿快到了。他挨着树林边上走，指望能马上走到熟悉的路上去，或者绕过树林。查德里诺村就在树林后面。他很快就找到了路，走进了黑暗的光秃的树林中。风无法在这儿逞凶了，道路十分平坦；马儿也来了劲，弗拉基米尔放心了。

可是他走了好久，还是没有见到查德里诺村，树林没有尽头。弗拉基米尔不由得大惊失色，原来他走进了一座陌生的树林。他感到绝望了。他抽打着马匹，这可怜的牲口跑了一阵子，但一会儿就跑不动，过了一刻钟，它只能一步一步地走着，不幸的弗拉基米尔尽了一切努力都不能使它跑快些。

树林渐渐稀疏，弗拉基米尔终于走出了树林。查德里诺村还是没有看到。大概已近半夜了。他泪如泉涌。他只好盲目地走着。这时风雪停止了，乌云散开了，他面前是一马平川，那上面覆盖着一层起伏不平的白雪。夜显得格外明亮。他看见不远处有一座四五户人家的小村子。弗拉基米尔向村子走去。他在头一座房子旁边跳下雪橇，跑到窗前敲了起来。几分钟后，护窗板掀起来了，一个蓄着白胡子的老人探出头来。“你有什么事？”“查德里诺村离这儿远吗？”“你问查德里诺村离这儿多远？”“对，对，离这儿多远？”“不远，大约十来里路。”听到这句话，弗拉基米尔一把抓住头发，像个判了死刑的人那样呆住了。

“你是从哪儿来的？”老人继续问道，弗拉基米尔无心回答问题。“老人家，”他说，“你能不能帮我借到几匹马，送我到查德里诺村去？”“我们哪里有马？”那庄稼汉回答。“那么能给我找个向导吗？他要多少钱我都给。”“你等一等，”老人说着，放下护窗板，“叫我儿子去，他能给你带路。”弗拉基米尔便等待着。不一会，他又去敲窗子。护窗板掀起来了，白胡子老人的头又探出来。“你有什么事？”“你儿子怎么啦？”“就来，他在穿鞋。你冻坏了吧？进来暖和暖和。”“多谢了，快叫你儿子出来吧。”

门吱地响了起来，一个小伙子拿了根木棒走出来。他在前面带路，一会儿指点指点，一会儿用木棒探着被雪堆封住的道路。“几点钟了？”弗拉基米尔问他。“快天亮了。”年轻的庄稼汉回答。弗拉基米尔再没有说一句话。

他们到查德里诺村时，公鸡已经报晓，天色也已发亮了。教堂的门紧闭着。弗拉基米尔给向导付了钱，随即到神父那里去。他的三套马车不在院子里。等待着他的是什么消息呢？

现在我们再回过头来讲那善良的涅纳拉多沃村地主的事，让我们看看他们那里发生了什么事。

他们家什么事也没有。

老两口醒来，走到客厅里。加甫里拉·加甫里洛维奇戴着睡帽，穿着绒布短外衣，普拉斯科维娅·彼得罗夫娜穿着棉长袍。茶炊已送上来，加甫里拉·加甫里洛维奇叫使女去看看玛丽亚·加甫里洛夫娜，问问她身体怎么样，睡得好不好。使女回来说，小姐睡得不好，可是这会儿她觉得好多了，马上就到客厅里来。果然，门开了，玛丽亚·加甫里洛夫娜来向爸爸妈妈请安了。

“你头痛好些了吗，玛莎？”加甫里拉·加甫里洛维奇问道。“好些了，爸爸。”玛莎回答。“玛莎，你昨天大概有点煤气中毒了，”普拉斯科维娅·彼得罗夫娜说。“也许是的，妈妈。”玛莎回答。

白天平平安安地过去，但到夜里玛莎却病了。家里派人到城里去请医生。医生到傍晚才来，发现病人在说胡话。诊察的结果断定生的是严重的热病，整整两个礼拜，这可怜的病人一直处于濒临死亡的险境。

家里谁也不知道他们私下里商议好的私奔的事。她前一天写的信烧掉了，她的使女怕主人生气便守口如瓶。神父、退伍骑兵少尉、蓄胡子的丈量员和小枪骑兵都是谨慎的，这不该怪他们。车夫杰廖什卡从不多说一句话，即使喝醉了也这样。这么一来，秘密竟然被半打以上的阴谋家保守住了。但是玛丽亚·加甫里洛夫娜自己却不断地说胡话，把秘密泄漏出来。然而她的胡话是非常难懂的，即使是寸步不离床前的母亲也只能明白女儿正没命地爱着弗拉基米尔·尼古拉耶维奇，认为这大概就是她生病的原因。她和丈夫商量，和几位邻居商量，最后大家一致认为，看来玛丽亚·加甫里洛夫娜的命就是这样，命中注定的女婿要避也避不开，贫穷不是罪过，女儿不是和财富过日子，而是和人过日子，等等。人们在无法为自己辩护的时候，劝世的箴言往往可以起到非常奇妙的作用。

这时小姐的身体渐渐复元了。弗拉基米尔已很久没在加甫里拉·加甫里洛维奇家露面。他很怕受到平时那样的对待。这对涅纳拉多沃地主夫妇决定派人去找他，告诉他意外的喜信——他们同意这门亲事了。可是回答他们的邀请的却是一封疯疯癫癫的信，这使他们百思不得其解。他对他们宣布，他的脚永远不会跨进他们的家。他请求忘掉他这个不幸的人，现在他唯有一死而已。几天后，他们听说弗拉基米尔回军队去了。这是一八一二年的事。

家里很久都不敢把这件事告诉尚在复元的玛莎。她从不提起弗拉基米尔。几个月以后，她在鲍罗金诺战役立功的重伤员名单中发现了他的名字，她昏倒了。大家担心她的热病会复发。可是，荣耀归于上帝，这次昏厥没有造成什么后果。

真是祸不单行，加甫里拉·加甫里洛维奇故世了，玛莎成了全部产业的继承人。但是遗产并不能安慰她，她真诚地分担着可怜的普拉斯科维娅·彼得罗夫娜的悲伤，发誓和她永不分离。她们离开了这个留给她们这么多悲痛往事的涅纳拉多沃，迁到×××领地定居去了。

这里也有好多求婚的人成天围着这个又可爱又有钱的待字姑娘转，可她不给任何人丝毫的希望。母亲有时劝她选择一个可心的人，玛丽亚·加甫里洛夫娜便摇摇头沉思起来。弗拉基米尔已不在人世，他在法国人侵占莫斯科的前夕在这个城市死去了。对于玛莎来说，对他的怀念是神圣的，至少她珍藏着一切和他有关的纪念品：他看过的书，他的图画，他为她抄来的乐谱和诗歌。邻居们听说这些事情后，对她的忠贞不渝都感到惊奇，他们满怀好奇心，想看看有哪个英雄能征服这位贞节的阿耳忒弥斯①的悲惨忠诚。

此时战争已告胜利结束。我们的军队陆续回国了。老百姓都跑去迎接他们。乐队高奏被他们征服的歌曲：《亨利四世万岁》②，蒂罗尔州③的华尔兹和《若康德》④中的咏叹调。军官们出征时几乎还是半大孩子，他们在战火中已长大成人，回来时胸前挂满了十字勋章。士兵们快活地交谈着，谈话中不时夹杂着几句德国话和法国话。这真是难忘的时刻！光荣和狂欢的

---

① 古代小亚细亚卡利亚民族的女统治者，曾在其夫陵墓上建立雄伟的纪念碑，表示她对丈夫的忠贞不渝。

② 原文为法语。

③ 奥地利的一个州。

④ 《若康德》是1814年在法国巴黎流行的一出喜剧。

时刻！一提到祖国这个词，俄国人的心就多么猛烈地跳动起来啊！重逢的泪水是多么甜蜜啊！我们把民族自豪感和对皇上的爱戴结合得多么紧密！对于皇上来说，这是个什么样的时刻！

当时的妇女，俄罗斯妇女是无与伦比的。她们往常的冷漠这时已经无影无踪。她们那欢乐劲儿着实令人心醉，在迎接凯旋的士兵时，她们不断高呼着乌拉！

把包发帽抛往空中。①

当时的军官有哪一个不懂得俄罗斯妇女给了他们最好最珍贵的奖赏？……

在这个辉煌的时刻，玛丽亚·加甫里洛夫娜和母亲住在×××省，没能目睹两个京城欢庆军队凯旋的情景。可是县城和乡村也是一片欢腾，那热烈的程度也许更甚于两个京城。在这些地方，军官一出场就受到热烈欢迎，穿礼服的恋人相形之下自然要黯然失色。

我们已经说过，尽管玛丽亚·加甫里洛夫娜非常冷淡，她身边还是围满了追求的人。但是自从她家来了个受伤的骠骑兵上校布尔明以后，大家都退避三舍了。布尔明钮扣眼上别着乔治十字勋章，一如当地的小姐们所说的，脸上带着诱人的苍白。他约莫二十六岁，是来自己的庄园度假的。他的庄园和玛丽亚·加甫里洛夫娜的村子相邻。玛丽亚·加甫里洛夫娜对他另眼相看。他在场时她就不再那么沉思默想，而显得格外伶俐活泼。不能说她在向他卖弄风情，但要是有一位诗人看见她的

① 引自《聪明误》。

举动，一定会说：

要说这不是爱情，那又是什么？……[①]

布尔明确实是个非常可爱的年轻人。他恰恰具有讨女人喜欢的那种聪明样儿：彬彬有礼，善于观言察色，没有任何奢望，带着一种无忧无虑的讥讽味儿。和玛丽亚·加甫里洛夫娜在一起，他的举止朴实而又洒脱，但不管她说什么或者做什么，他的心灵和目光总是追随着她。他的性格显得沉静而谦逊，可是有人说他从前是个荒唐透顶的浪荡汉，这并不影响玛丽亚·加甫里洛夫娜对他的看法。她像别的年轻女子一样，心甘情愿地原谅他的胡闹，认为这种胡闹说明他很勇敢，性格热情奔放。

但年轻骠骑兵军官的沉默比他的任何表现（比他的温柔体贴、比那愉快的言谈、比那诱人的苍白、比那缠着绷带的手臂）都更能激起她的好奇心和幻想。她不能不承认，他非常喜欢她；凭他的聪明和经验，他想必也注意到她对他是另眼相看的，可为什么她至今还没有看到他跪倒在她的脚下，没有听到他向她吐露衷曲？是什么使他犹豫不决？是由于心怀真挚的爱情而感到胆怯，是自尊心，还是一个狡猾的追求者在故意挑逗引诱？这真是一个谜。她仔细思考了一番，认定胆怯是他唯一的原因，便决定对他更加殷勤关注，必要时，对他更加温柔体贴，以鼓起他的勇气。她设想了一个最令人想象不到的结局，急切地等待着那富有浪漫色彩的倾诉衷肠的时刻。秘密，不管是哪

① 原文为意大利语。引自意大利诗人彼特拉克（1304—1374）的十四行诗。

一种秘密，总会使女人的心觉得难受。她的军事行动获得了理想的效果：至少，布尔明陷入了深深的沉思，炽烈燃烧的黑眼睛总是停留在玛丽亚·加甫里洛夫娜身上，似乎决定性的时刻近在咫尺了。左邻右舍都在议论他们的婚事，好像这件事已成定局，而善良的普拉斯科维娅·彼得罗夫娜也很高兴，以为女儿终于找到了一个称心如意的未婚夫。

一天，老太太一个人坐在客厅里玩纸牌占卜游戏，布尔明走进来，立即问玛丽亚·加甫里洛夫娜在哪里。“她在花园里，”老太太回答，“您上她那儿去吧，我在这里等你们。”布尔明去了，老太太划了个十字，暗自思忖：“也许今天可以把事情定下来了！”

布尔明找到了玛丽亚·加甫里洛夫娜，她在水池边的柳树下，手里拿着一本书，身上穿着白衣裙，俨然是个小说中的女主人公。寒暄几句后，玛丽亚·加甫里洛夫娜故意把话头停下来，竭力促使对方更加局促不安，这种窘局也许只有突然果断地表白爱情才能打破。事情果然这样发生了：布尔明感到自己处境的困难，便说，他早就在寻找机会向她表明心迹，请求给他几分钟，听听他的心里话。玛丽亚·加甫里洛夫娜合上书本，垂下眼睑表示同意。

“我爱您，”布尔明说，“我热烈地爱着您……”玛丽亚·加甫里洛夫娜满脸通红，把头埋得更低。“我的行为不谨慎，养成了一个诱人的习惯，每天都要看见您，听您说话……”玛丽亚·加甫里洛夫娜想起了圣·普乐[①]的第一封信。“现在我要违抗自

---

① 圣·普乐是法国启蒙思想家、作家卢梭（1712—1778）的小说《新爱洛绮丝》中的男主人公。

己的命运为时已晚，对您的思念，您那可爱的、无与伦比的形象从此将成为我一生的烦恼和慰藉。可是我还得履行一项艰难的义务，向您揭开一个可怕的秘密，在我们俩中间筑起一道不可逾越的障碍……”“这道障碍始终存在，”玛丽亚·加甫里洛夫娜迅速打断他的话，“我永远不能做您的妻子……”“我知道，”他轻声回答她，“我知道您爱过一个人，但死亡和三年悲叹……善良的，亲爱的玛丽亚·加甫里洛夫娜！您不要让我失去最后的安慰：我曾经想到过，您本来可以成全我的幸福，如果……请您别打断我，看在上帝的面上，请您别打断我。您使我非常痛苦。是的，我知道，我感觉到，您本来可以做我的妻子，可是——我是个最不幸的人……我结过婚！”

玛丽亚·加甫里洛夫娜吃惊地望了他一眼。

“我结过婚了，”布尔明接着说，“我结婚已经三年多了，可是我不知道我的妻子是谁，她在哪儿，我是不是能和她再见面！”

“您在说什么呀？”玛丽亚·加甫里洛夫娜叫了起来，“这事情太奇怪了！您再说下去，然后我来说……您快说下去吧，行行好吧。”

“那是一八一二年初的事，”布尔明说，“我急着到我们团的驻地维尔纳去。一天我到驿站时已经很晚了，我本想吩咐快点给我套马，突然刮起了可怕的暴风雪，站长和车夫都劝我等一等。我听了他们的话，但是我感到一种莫名其妙的烦躁，好像有人在催促我。这时暴风雪还是刮个不停，我忍耐不住，又吩咐套马，冒着暴风雪出门去。车夫决定沿着河流走，这样大致可以缩短三里路。河岸被雪盖住了，车夫错过了拐向大路的路口，于是我们走到了一个陌生的地方。暴风雪还是没有停息，我看见远处有灯光，便吩咐车夫把雪橇赶到那里去。我们来到一个村子，一座木头教堂亮着灯。教堂的大门敞开着，围墙外停着几辆雪橇，教堂门口有人在走动。‘到这儿来！到这儿来！’几个人大声喊着。我吩咐车夫把雪橇赶过去。‘谢天谢地，你在哪儿耽搁了？’有人对我说，‘新娘昏过去了，神父不知道怎么好，我们都打算回去了。快下来吧。’我默默地跳出雪橇，走进微弱地亮着两三支蜡烛的教堂。一个姑娘坐在教堂暗角里的凳子上，另一个姑娘在给她揉太阳穴。‘荣耀归于上帝，’这姑娘说，‘您终于来了，您差点送了小姐的命。’老神父走过来问我：‘是不是可以开始了？’‘开始吧，开始吧，神父。’我心不在焉地回答。姑娘被扶了起来。我觉得她长得很不错……一种莫名其妙的不可饶恕的轻率……我和她并肩站在读经台前，神父连忙宣布仪式开始，三个男人和一个使女扶着新娘，只忙着照料她。我们行了婚礼。‘接吻。’神父对我们说。我的妻子把苍白的脸转过来。我正想吻她……她却叫了起来：‘哎呀，不是他！不是他！’接着便昏倒在地。在场的人瞪着眼睛惊惶地望着我。我转过身走出教堂，没有受到任何阻拦。我奔向雪橇，喊了声：‘走！’”

“我的天哪！”玛丽亚·加甫里洛夫娜喊道，“您也不知道，您那可怜的妻子怎么样了？”

“不知道，”布尔明回答，“我不知道我举行婚礼的村子叫什么村，我也记不清是从哪个驿站出来的。当时我并没有想到这种有罪的恶作剧会产生什么严重后果。我一离开教堂便睡着了，直到第二天早晨才醒来，那时我已经到达第三个驿站。当时服侍我的仆人在远征中死了，因此我也无法指望找到那位被我如此残酷地开了玩笑、现在又如此残酷地遭到报复的姑娘。”

“我的天，我的天！”玛丽亚·加甫里洛夫娜抓住他的手说，“这么说就是您了！您认不出我吗？”

布尔明脸色发白……扑倒在她的脚下……

棺材店老板

我们不是每天都看到棺材——

这正在衰老的世界的白发吗？

——杰尔查文[①]

棺材店老板阿德里安·普罗霍罗夫把最后一批家什装上殡葬车，两匹瘦骨嶙峋的劣马第四次拉着车从巴斯曼街蹒跚向尼基塔街走去，棺材店老板正往那儿搬家。他关上店门，往大门上贴了一张该房屋即将出卖和出租的启事，便步行到新居去了。年老的棺材店老板走近那座早已想得着魔、终于花了一笔可观的款子买下来的黄色小屋时，心里并不感到很高兴，他自己对这一点都感到惊奇。他跨进那陌生的门槛，发现新居里乱七八糟，不禁想念起那座破房子来，他在那里住了十八年，一切都收拾得有条不紊，绝无杂乱之感。于是他骂起两个女儿和女仆来，嫌她们做事拖拉，同时亲自动手给她们帮忙。不一会儿，家里便整理得井井有条。装着神像的神龛、摆满餐具的食具橱、桌子、长沙发和床都摆在后房里应摆的位置上；厨房和客厅里放的是主人的产品：各种颜色和不同尺寸的棺材，以及装着丧帽、丧衣和火炬的柜子。大门上方挂着一块招牌，上面画着一个身材高大的爱神，手里倒拿着一把火炬，招牌上写着："此处出售和包钉白坯或油漆棺木，并出租和修理旧棺木。"姑娘们到上房去了。阿德里安把家里巡视了一遍，在窗边坐下，吩咐烧茶。

知识渊博的读者都知道，莎士比亚和瓦尔特·司各特两位作家都在作品中把掘墓人写成快乐而有趣的人物，用这种和读者的想象迥然不同的形象让我们感到大为惊奇。为了尊重事实，我们不能效法他们，而且还得说一句实话，我们这位棺材店老板的秉性和他那令人悲伤的行当是完全一致的。阿德里安·普罗霍罗夫总是郁郁寡欢、若有所思。只有在他看到女儿不干活却站在窗口望着过往行人而斥责她们的时候，或者为了向那些遭到不幸（有的是感到幸运）而需要他的产品的人抬高价格时，才会打破沉默。阿德里安就这样坐在窗口，喝着第七杯茶，照例忧郁地沉思默想着。他想着一个礼拜前安葬退伍旅长时在城门口遇到的那场倾盆大雨。这场雨使许多丧服缩了水，许多丧帽变了形。他看出一笔开销是逃不了的了，因为他储存已久的丧服已剩下不多。他打算从一个年迈的女商人特留欣娜身上捞回损失，那个女商人已经卧病一年，气息奄奄。可是特留欣娜会死在拉兹古里亚伊村，普罗霍罗夫很担心她的继承人会不遵守诺言，嫌路远，懒得派人来找他，而与就近的承包人做成这笔交易。

这思绪被三声共济会②会员式的敲门声意外地打断了。"谁？"棺材店老板问道。门开了，一个德国工匠模样的男人走

---

① 题词引自杰尔查文的诗《瀑布》。
② 共济会是一种秘密宗教组织。

进来，很快活地走到棺材店老板跟前。“对不起，亲爱的邻居，”他用那种至今我们听了还不能不发笑的俄国话说，“对不起，我打扰您了……我想尽快和您认识。我是鞋匠，我叫戈特利布·舒尔茨，住在街对面对着您窗户的那座屋子里。明天我要庆祝银婚，特来邀请您和您的女儿赏光到我家吃饭。”棺材店老板很高兴地接受了邀请。他请鞋匠坐下喝杯茶，戈特利布·舒尔茨是个痛快人，不一会儿，他们就谈得很投机了。“您的生意怎么样？”阿德里安问道。“嘿嘿，”舒尔茨回答，“马马虎虎，我可不能抱怨。不过我的货当然不如您的：活人可以不穿鞋子，死人可不能没有棺材。”“千真万确，”阿德里安表示同意，“但是，如果活人没钱买鞋穿，那么，请您别在意，他可以光着脚走路；可穷人死了，还可以白得一口棺材。”他们就这样继续谈了一阵子。鞋匠终于起身向棺材店老板告辞，并重申他的邀请。

第二天中午十二点正，棺材店老板带着两个女儿从新居的便门出来，到邻居那儿去。这一次我不想仿效当前一些小说家的做法，我既不想描写阿德里安的俄罗斯式长袍，也不想描述阿库利娜和达莉亚的欧洲式打扮。但是我认为有必要提一提，两位姑娘戴着黄帽子，穿着红皮鞋，以前她们只在很隆重的场合才这样穿戴。

鞋匠狭小的住宅里挤满了客人，大多数是德国工匠，还带着妻子和徒弟。俄国小公务员中有一个岗警——芬兰人尤尔科，尽管他职位卑微，却得到主人的特别青睐。他像波戈烈尔斯基[①]笔下那个邮差一样，已经在这个职位上忠诚而正直地服务了二

---

① 波戈烈尔斯基（1787—1836），俄国作家。

十五年。一八一二年的大火烧毁了古都，也使他的黄色岗亭毁于一旦。但敌人刚被赶走，在原来的地方立即出现了一个新的、竖着多利斯式白色圆柱的浅灰色岗亭，尤尔科又“手提斧钺，穿着粗呢制服”[①]在它的周围走来走去了。住在尼基塔城门附近的德国人大多认识尤尔科，他们当中有的人还常在他那儿过夜，从礼拜天住到礼拜一。阿德里安马上和他结识了——这个人迟早总是用得着的，在客人入席的时候，他们又坐在一块儿。舒尔茨夫妇和女儿——十七岁的洛蒂安陪着客人吃饭，一边招待客人，一边帮着女厨子传递菜肴。啤酒像水一样流着。尤尔科的食量抵得上四个人。阿德里安也不逊色。他的两个女儿却假装客气。德国人之间的谈话愈来愈热闹。突然，主人和大家打了个招呼，他边打开用树脂封着的瓶塞，边大声用俄国话说：“为我好心的路易莎健康干杯！”冒牌的香槟酒冒着泡沫。主人深情地吻吻年已四十的太太那鲜艳的脸颊，客人们跟着闹哄哄地为好心的路易莎健康干了杯。“为我们亲爱的客人们健康干杯！”主人开了第二瓶酒，向大家举杯祝愿，客人们向他道了谢，又干了一杯。接着就一次接一次地祝酒：为每一个客人的健康干杯，为莫斯科和整整一打德国小城镇干杯，为所有的行会和个别的行会干杯，为师傅们和学徒们的健康干杯。阿德里安劲头十足地喝着，他快活得竟然祝起酒来，开了个玩笑，为某件事情干杯。突然，客人中一个肥胖的面包师举起酒杯，高声说道：“为我们的服务对象——我们的顾客[②]的健康干杯！”这一提议和所有的提议一样被大家高兴地一致接受了。客人们互相

① 引自俄国诗人伊兹玛伊洛夫（1779—1831）的诗《傻瓜帕霍莫夫娜》。
② 原文为德语。

鞠躬致意，裁缝对鞋匠鞠躬，鞋匠对裁缝鞠躬，面包师对他们两人鞠躬，大家又对面包师鞠躬，等等。正当大家在互相鞠躬的时候，尤尔科也对他的邻座大声说："怎么样？喝吧，老兄，为你的死人健康干杯。"大家哈哈大笑，但棺材店老板觉得自己受了欺侮，皱起了眉头。这事谁也没有留意，客人们继续喝酒。大家离席的时候，教堂已经敲晚祷钟了。

客人们很晚才散去，多数人都带有醉意。肥胖的面包师和脸红得像上等红羊皮书面的订书匠搀扶着尤尔科回岗亭去，他们这样做是遵循一条俄罗斯谚语的教诲：以德报德。棺材店老板醉醺醺、气呼呼地回到家里。"这算什么意思，"他高声地自言自语着，"我的行业果真比别人不光彩吗？难道棺材店老板是刽子手的兄弟不成？那些异教徒在笑些什么？难道棺材店老板是圣诞节的小丑吗？我还想请他们到我的新房子来，盛宴招待一番呢。现在我才不干哪！我要请我的顾客——那些信正教的死人。""你在说什么呀，老爷？"正在给他脱鞋的女仆说，"你在瞎说些什么呀？快点划十字吧！请死人到新房子里来！这多可怕呀！""上帝作证，我一定要请，"阿德里安接着说，"明天就请。我的恩人们，请你们一定赏光，明天晚上请到我这儿来喝几杯，我要尽我的能力款待你们。"棺材店老板说完这几句话，往床上一倒，不一会儿就鼾声大作了。

阿德里安被人唤醒时天还没亮。女商人特留欣娜在当天夜里去世了。她的管家派人骑马来给阿德里安报信。棺材店老板为此赏给来人十戈比银币的酒钱。他立即穿好衣服，雇了一辆马车到拉兹古里亚伊村去。死者门口已经站着几名警察，商人们就像闻到死尸味的乌鸦一样在那儿走来走去。死人被安置在桌上，脸黄得像蜡一样，但尸体尚未腐烂变形。尸体旁挤满了亲戚、邻居和仆人。所有的窗户都开着，点着蜡烛，几个神父在念祷文。阿德里安走到特留欣娜的侄儿——一个穿着新式礼服的年轻商人跟前，告诉他，棺木、蜡烛、棺罩和一应丧葬用品将完备无缺地马上送到。继承人心不在焉地感谢他，对他说，他不计较价钱，一切都凭他的良心办就是。棺材店老板照例发誓决不多拿一文钱，同时意味深长地和那管家交换了一下眼色，就回去张罗了。这一天，他在拉兹古里亚伊和尼基塔城门之间来回奔忙，直到傍晚才把一切办妥，退了马车，步行回家。这是一个月光溶溶的夜晚。棺材店老板平平安安地走到尼基塔城门。我们熟悉的尤尔科在耶稣升天教堂附近叫住了他，认出是棺材店老板后，向他道了晚安。夜已经深了。棺材店老板快到家的时候，突然觉得有个人走到他家的大门口，打开便门走进去了。“这是怎么回事？”阿德里安想道，“又是谁用得着我了？该不是小偷钻进我家里了吧？是不是我家那两个傻丫头的情人？决不是什么好事！”棺材店老板已经想叫自己的朋友尤尔科来帮忙了。这时又有一个人走到便门前，他正要走进去，看到正在跑过来的主人，便站住脚，摘下三角帽。阿德里安觉得他很面熟，但匆忙间来不及仔细辨认。“您是光临我家的，”阿德里安上气不接下气地说，“请进去吧。”“请不必客气，老兄，”那个人闷声闷气地答道，“请您先走，给客人们带路！”阿德里安没有时间谦让。便门是开着的，他登上楼梯，来人跟在他后面。阿德里安觉得几个房间里都有人在走动。“真是见鬼了！”他想着，急忙走进去……他的两条腿立即发软。房间里挤满了死人。月光从窗口照进来，照亮了他们蜡黄和发青的面孔、凹陷的嘴巴、半睁半闭的浑浊的眼睛和隆起的鼻子……阿德里安恐怖地认出这都是他卖力地埋葬了的人，他认出那个和他一起进来的客人就是下大雨那会儿下葬的旅长。这些太太和先生围着棺材店老板，向他鞠躬问候，只有一个不久前免费埋葬的穷汉因衣衫褴褛感到羞愧没有走过来，自卑地站在角落里。其他的人都穿得很体面。女的戴着帽子，饰着缎带；男的，凡是当官的都穿制服，只是没有剃胡子，商人们则穿着过节的长袍。“你看，普罗霍罗夫，”旅长代表全体诚意来访的伙伴说，“我们大家都应邀前来赴宴了。只有那些完全腐烂，只剩下一副骨架的人，实在力不从心，待在家里，但还是有一个待不住，他实在太想到你这儿来了……”这时一副很小的骷髅挤过人群，走到阿德里安跟前。他的头骨向棺材店老板甜蜜地微笑着。一块块翠绿的、鲜红的呢子和破麻布稀稀拉拉地挂在他身上，就像挂在木杆上一样；他的两根腿骨在宽大的长靴中磕碰着，像两根捣着石臼的石杵。“你认不出我了，普罗霍罗夫？”骷髅说，“你还记得退伍的近卫军中士彼得·彼得罗维奇·库里尔金吗？一七九九年你曾把第一口棺材卖给我，而且用松木的冒充橡木的。”死人说着，张开两支臂骨，想拥抱他，阿德里安使尽力气，惊叫着推开他。彼得·彼得罗维奇晃了一下，倒在地上，完全散了架。死人中掀起了一阵愤怒的低语，大家都站出来维护同伴的尊严，他们纷纷责骂和恐吓阿德里安。可怜的主人几乎被他们的叫喊声震聋，差一点被他们挤死。他魂飞魄散，跌倒在退伍近卫军中士的骨堆上，失去了知觉。

太阳早已照耀着棺材店老板躺着的床铺。他终于睁开眼睛，看见面前正在烧茶炊的女仆。阿德里安心有余悸地想起昨夜发生的事情。他的脑海里朦胧地浮现出特留欣娜、旅长和库里尔金中士的身影。他默默地等待着女仆和他谈话，告诉他昨夜历险的后果。

《棺材店老板》B. A. 马雷谢夫斯基 绘　1887 年

“你睡得多香啊，阿德里安·普罗霍罗维奇老爷。”阿克西妮亚把晨衣递给他，对他说，“隔壁那个裁缝来找过你，本地的岗警也跑来说，今天是他的命名日，可你还在睡觉，我们就没有把你叫醒。”

“故世的特留欣娜家里有人来找过我吗？”

“故世的特留欣娜？这么说，她已经死了吗？”

“你真傻！昨天你不是还帮我料理过她的后事吗？”

“你在说什么呀，老爷？你是不是疯了，要不就是昨天的酒还没有醒？昨天哪里办过丧事？你昨天在德国人那里喝了一天酒，回来的时候醉醺醺的，往床上一倒，直睡到这会儿，午祷钟都响过了。”

“真是这样吗？”棺材店老板高兴起来，说。

“千真万确。”女仆回答。

“好，要是这样，就快把茶端给我，叫我的女儿来。”

驿站长

十四级文官，
驿站的主宰。
——维亚泽姆斯基公爵[①]

谁不诅咒驿站长，谁没有和他们吵过架？谁不在盛怒的时刻向他们讨取那本要命的簿子，把自己因受冒犯、粗暴对待和怠慢而产生的徒然的怨恨统统记上去？谁不把他们当作从前那些刀笔吏，或者至少是牟罗马[②]森林里的强盗那样的万恶之徒？可是只要我们公正一点，设身处地为他们想一想，那么，在我们责备他们的时候，也许就会宽容得多。驿站长是什么样的人呢？不折不扣的第十四等受苦人，凭着自己的官职只能免遭殴打，而且未必都能幸免（希望读者能扪心自问）。维亚泽姆斯基戏称他们为主宰者，他们的职责是什么呢？难道不是真正的服苦役吗？他们日夜不得安宁。旅客们往往把旅途寂寞而产生的怒气发泄在他们头上。天气恶劣，道路坎坷，车夫固执，马匹乏力——这全是驿站长的错。旅客一走进他那简陋的屋子，就像对仇人一样盯着他；如果他能把不速之客尽快打发掉，那就算他幸运，但是，如果碰巧没有马呢？……天哪！那就会有什么样的谩骂，什么样的威胁劈头盖脑落在他头上！他得冒雨踏着泥泞挨家挨户去跑；在暴风雨中，在三九严寒里，他只好躲到门廊里，避开盛怒的借宿旅客的吼叫和推撞，稍稍歇一口气。要是来了一位将军，战战兢兢的驿站长就得把仅有的两辆三套马车调给他，其中一辆是信差专用的。将军走了，连谢谢也不说一声。过了五分钟，又响起来车的铃声！……信差把驿马使用证往桌上一扔！……我们把这一切都仔细想一想，我们的心中就会充满真挚的同情，而不是愤怒。我想再说几句：二十年来我连续不断地跑遍了俄罗斯的东西南北，几乎所有的驿道我都熟悉，几代车夫我都认识，难得有一个驿站长我觉得面生，我不曾与之打交道的驿站长也很少。我很想于短时间内把我在旅行中观察到的趣事整理出版，而现在我只想说一点：公众对驿站长这种人的看法是非常错误的。这些受尽诽谤的驿站长一般说来都是些很和气的人，天生殷勤周到，容易相处，对荣誉极少要求，对钱财也不过分贪婪。从他们的谈话中（过往的老爷们偏偏忽视这些话），可以汲取许多有趣和有益的东西。至于我呢，老实说，我宁可听他们的谈话，也不愿听任何一个因公出差的六级文官的言论。

大家不难猜到，在驿站长这一类可敬的人当中有我的朋友。事实上，有一位驿站长留给我的回忆，我是很珍惜的。从前我们有机会接近过，现在我想把他的事讲给亲爱的读者们听听。

---

① 题词引自俄国诗人维亚泽姆斯基的诗《驿站》。
② 牟罗马人，公元 9—12 世纪居住于奥卡河下游的一个部族。牟罗马森林是强盗出没的地方。

一八一六年五月，我曾经顺着一条现在已经废弃的驿道经过×××省。我官职卑微，只能搭每站都得换乘的驿车，付两匹马的租费。因此驿站长们对我都很不客气，我往往得费九牛二虎之力才能争取到在我看来我有权得到的待遇。我年轻、暴躁，每当站长把为我准备的三匹马套到某个官老爷的四轮马车上时，我对站长的卑劣行径和怯懦都深为愤慨。同样，在省长举行的宴会上，势利的仆人常常绕过我先给别人送菜，对此我也很久不能习惯。现在我觉得这些都是正常现象。事实上，如果不按照做官的尊敬做官的这样一条公认的准则，而代之以聪明人尊敬聪明人这种原则行事，那我们的社会将变成什么样子？将会产生什么样的争吵？仆人送菜时该先送给谁呢？不过我们还是言归正传吧。

那是一个大热天，在离×××驿站三里路时稀稀落落地下起雨来了，过了一会儿，便降下了瓢泼大雨，把我淋得浑身透湿。一到驿站，我头一件事就是赶快换衣服，其次是要一杯茶。"喂，杜妮亚！"站长叫道，"生好茶炊，再去拿些鲜奶油。"话音刚落，一个十四岁模样的小姑娘从隔板后面走出来，跑进门廊里去。她的美貌使我深为吃惊。"这是你的女儿？"我问驿站长。"是小女，"他非常得意地回答，"她是那么聪明，那么伶俐，完全像她故世的妈妈。"这时他动手登记我的驿马使用证，我便欣赏他那些用来布置简朴而整洁的房间的图画。这些图画画的是一个浪子的故事：第一幅画的是一个可敬的老人，他头戴睡帽，身穿晨衣，正在送走一个不安分的青年，那青年匆匆接受老人的祝福和钱袋。第二幅用鲜明的笔触画着年轻人的放荡行为：他坐在桌旁，身边围着一群虚伪的朋友和无耻的女人。接着一幅是，挥霍殆尽的年轻人穿着破衣烂衫，戴着三角帽，正在放猪，与猪争食，脸上露出深深悲痛和悔恨的神色。最后一幅画的是儿子回到父亲身边，善良的老人仍戴着睡帽，穿着晨衣，正跑出去迎接儿子。那浪子跪在地上；后面，一个厨师正在宰肥牛犊，哥哥在询问仆人为什么这样高兴。在每一幅画下面我都读到一首相应的德文诗。所有这一切也像那一盆盆的凤仙花、挂着花布帐子的床以及我周围的其他物品一样，至今仍铭记在我的头脑中。就像在眼前一样，我还清清楚楚地记得那位五十来岁、面色红润、精神矍铄的主人，记得他那件绿色的长礼服，上面别着三枚缀在褪色缎带上的奖章。

我还在给那老车夫付钱的时候，杜妮亚已经端着茶炊回来。这伶俐的姑娘从第二眼起就能看出她给了我什么印象。她垂下那对浅蓝色的大眼睛，我便和她聊起天来，她像一个见过世面的姑娘那样，一点都不害羞地回答我的问题。我请她父亲喝一杯潘趣酒，递给杜妮亚一杯茶，我们三个人就像老朋友一样闲聊起来。

马早就准备好了，可我一直不愿同站长及他的女儿分手。我终于和他们告别；父亲祝我一路平安，女儿送我到马车旁。走到门廊时，我停了步，请求她允许我吻她一下；杜妮亚同意了……

自从我那样做了以后，

我可以数得出许多次接吻，但没有一次能给我留下如此长久、如此愉快的回忆。

几年以后，我又有机会经过那条驿道，来到那些地方。我想起老站长的女儿，一想到又能见到她，感到很高兴。但我想，老站长也许已经卸任，杜妮亚大概出嫁了。我头脑中也闪过其中一个人已经不在人世的想法，于是我带着悲伤的预感向某驿站走去。

马匹在驿站的小屋旁停住。一走进房间，我立即认出那几幅画着浪子故事的图画；桌子和床铺仍摆在老地方，但窗台上已经没有花；一切都凋敝而零乱。站长在睡觉，身上盖着皮袄，我的到来把他吵醒了。他欠起身……这正是萨姆松·维林，可他衰老得多厉害！他在动手登记我的驿马使用证时，我瞧着他的白发，瞧着他那好久未刮的脸上出现的深深的皱纹，瞧着他那驼了的背——仅仅三四年时间，他竟从一个精力充沛的男子汉变成一个干瘪的老头，这不能不使我感到震惊。“你还认得我吗?”我问他，“我们可是老相识了。”“也许是吧，”他忧郁地答道，“这是一条大路，我这儿来来往往的旅客多着哪。”“你的杜妮亚好吗?”我接着问。老人皱起眉头。“谁知道。”他回答。“这么说，她出嫁了?”我说。老人装作没听见我的问话，继续轻轻念着我的驿马使用证。我不再问他，叫他给我送茶来。我真想知道究竟是怎么回事，心里好不焦急，于是指望潘趣酒能打开我这位老相识的话匣子。

我没有想错：老人没有拒绝喝酒。我发觉潘趣酒驱散了他脸上的乌云。喝到第二杯，他的话就多起来了。他记起或者装作记起了我的样子，于是我从他那儿听到一个当时使我极感兴趣又使我深深感动的故事。

“这么说，您认识我的杜妮亚啰?”他开始说，“其实还有谁不认识她呀？唉，杜妮亚，杜妮亚！她原是个多好的姑娘啊！过去，不管谁到这儿来，都要夸奖她，没有一个人会责备她。太太们常常送东西给她，有的送一块手帕，有的送一对耳环。过路的老爷们故意留下来，似乎是为了吃一顿午饭或晚饭，其实只是为了多看她几眼。往往有这种情况：来了个老爷，不管他脾气多大，只要她在场，他就会安静下来，心平气和地和我谈话。先生，信不信由您，那些信差、信使和她一谈就是半个小时。这个家全靠她撑着：收拾屋子，准备个什么，她都弄得舒舒齐齐。可我这个老傻瓜，对她总是看不够，疼不够。我还能不爱我的杜妮亚吗？我能不疼自己的孩子吗？难道她的日子还过得不快活吗？可是不，灾难是躲也躲不了的，在劫难逃啊！”于是他就详详细细地向我诉起苦来。——三年前，一个冬天的傍晚，站长正在一本新簿册上面划线，女儿在隔板后面缝衣服，这时来了一辆三套马车，那旅客戴着契尔克斯帽，穿着军大衣，裹着围巾，走进来要马。那时所有的马都派出去了。那旅客一听到这消息就提高嗓门，扬起了鞭子。可是见惯了这种场面的杜妮亚从隔板后面跑出来，亲切地问来人：他要不要吃点什么？杜妮亚的出现产生了与往常一样的效果。旅客的气消了，他答应等候马匹，还定了一客晚饭。旅客摘下湿漉漉的长毛帽子，解下围巾，脱下军大衣，原来是个身姿挺拔、蓄着两撇黑胡子的年轻骠骑兵。他在站长身边坐下，和站长父女俩快快活活地谈起话来。晚饭端上来了，同时，马匹也回来了，站长便吩咐不必喂马，立即把马匹套到来客的马车上。可是站长回到房间里来的时候，却看见那年轻人躺在长凳上，几乎失去了知觉。那年轻人感到身体不舒服，头痛得厉害，无法动身……怎么办！站长把自己的床铺让给他，并决定，病人的病情如不见好转，明天一早便派人到C城去请医生。

第二天骠骑兵病得更重了。他的仆人骑上马，进城去请医生。杜妮亚用一块浸醋的手帕扎在他头上，坐在他的床边缝衣服。病人在站长面前呻吟着，几乎没说过一句话，可是喝了两杯咖啡，还哼哼着要了一份午饭。杜妮亚寸步不离地守着他。他不时要水喝，杜妮亚总是给他端来一大杯亲手做的柠檬水。病人只用嘴唇沾了一下，每次把杯子还给杜妮亚时都要用那只虚弱的手握握杜妮亚的手，表示感谢。午饭前，医生来了。他按按病人的脉搏，用德语和他谈了一会儿话，然后用俄语说，病人只需静养，过两天就可以上路了。骠骑兵付给他二十五卢布诊金，并邀请他吃午饭；医生同意了。两人吃得津津有味，还喝了一瓶葡萄酒，最后高高兴兴地分手了。

又过了一天，骠骑兵的病完全好了。他格外高兴，不停地和杜妮亚或站长开玩笑，用口哨吹着曲子，和旅客聊天，把他们的驿马使用证登记在驿站记事本上，就这样讨得了善良的驿站长的欢心，到第三天早晨，站长和这位可爱的房客分别时便感到依依不舍了。那天是礼拜天，杜妮亚打算去做礼拜。骠骑兵的马车套好了。他和站长道别，慷慨地酬谢了他的留宿和招待；他也和杜妮亚道别，主动表示要送她到村头的教堂去。杜妮亚不知如何是好……“你怕什么呀？”父亲对她说，“他老爷又不是狼，不会把你吃掉的，你就乘车上教堂去吧。”杜妮亚坐到骠骑兵身旁，仆人登上驭座，车夫打了一声唿哨，马匹就飞跑起来了。

可怜的站长弄不懂，他怎么能亲自允许杜妮亚和骠骑兵一起乘车去，他怎么会这样糊涂，当时他的理智上哪儿去了。不到半个小时，他心里便愈来愈烦闷，焦急得坐立不安。他终于忍耐不住，亲自到教堂去。他走进教堂时，发现做礼拜的人都走了，但是杜妮亚既不在院子里，也不在教堂门口。他慌忙走进教堂，神父正从祭坛后面走出来，教堂管事在吹灭蜡烛，两个老太婆还在角落里祈祷，可是杜妮亚却不在教堂里。可怜的父亲好容易下定决心去问那个管事，杜妮亚来做过礼拜没有。管事说她没有来过。站长半死不活地回到家里。他剩下一个希望：杜妮亚年轻好动，也许想起要到下一站她教母那里去。他心急如焚地等待她乘坐的那辆三套马车回来。车夫没有回来。傍晚前他终于独自醉醺醺地回来，带来一个叫人悲痛欲绝的消息："杜妮亚和骠骑兵又从那一站往前走了。"

老人经不起这样的打击，他立即倒在年轻的骗子手头天睡过的那张床上。这时站长回想起这两天的情况，明白骠骑兵的病是假装的。可怜的老人发起高烧来，他被送到C城去看病，他的工作暂时由别人代替。给他看病的就是那个给骠骑兵看过病的医生。他肯定地对站长说，年轻人完全没有病，还说，他当时就猜到那骠骑兵的险恶用心，但他慑于他的鞭子，不敢作声。不管德国人说的是真话，还是想炫耀他有先见之明，都丝毫不能安慰可怜的病人。驿站长身体刚刚康复，就向C城的邮政局长请了两个月假，没跟任何人吐露自己的打算，步行去找女儿。他从驿马使用证上知道，骑兵上尉明斯基是从斯摩棱斯克到彼得堡去的。给他赶过车的车夫说，杜妮亚一路上都在哭，虽然看样子她是自愿跟他走的。站长想："也许我能把我那迷途的羔羊带回家吧。"他就带着这个想法来到彼得堡，住在伊兹马伊洛夫团的驻地他的老同事——一个退伍军士的家里，并开始寻找他的女儿。不久他就打听到，骑兵上尉明斯基在彼得堡，住在杰姆特旅馆。站长决定去找他。

驿站长一大清早就来到明斯基的前厅，请求禀报老爷，说有个老兵要见他。勤务兵刷着一只上着楦头的皮靴，对他说，主人在睡觉，不到十一点钟不接见任何人。站长走了，到规定的时间又来求见。明斯基穿着晨衣，戴着红色小圆帽亲自出来见他。“老兄，你有什么事？”他问道。老人的心激动起来，泪水在眼眶里滚动，声音颤抖着，只说了句：“老爷！……您行行好吧！……”明斯基迅速地瞥了他一眼，脸唰地红起来，他抓住老人的手，把他带进书房，随手关上门。“老爷！”老人继续说，“泼出去的水收不回来了，您至少得把我苦命的杜妮亚还给我。您已经把她玩够了，您别白白糟蹋了她。”“木已成舟，无可挽回了，”年轻人狼狈不堪地说，“我对不起你，愿意请求你的宽恕。不过你不要以为我会扔掉杜妮亚，她会过上好日子的，我向你保证。你要她干什么？她爱我，她已经不习惯过原来那种生活了。你也好，她也好，都不要忘了已经发生的事情。”接着他把一卷东西往站长袖子里一塞，打开房门，站长自己也不明白是怎么回事，已经待在街上了。

他呆呆地站了好久，后来发现翻袖口上有一卷纸。他拿出来展开一看，是几张揉皱的五卢布和十卢布钞票。泪水又一次在他的眼眶里滚动，这是愤怒的泪水。他把钞票捏成一团，扔在地上，用鞋跟狠狠地跺了几下，走了……他走了几步，停下，想了想……转回去……但钞票已经不见了。一个穿着体面的年轻人看见他，立刻向一辆马车跑去，慌忙上了车，喊了声：“走！……”站长没去追他。他决定回驿站去，但走以前想见见可怜的杜妮亚，哪怕只见一面也好。为此，过了两天，他又到明斯基那里去，但勤务兵板着脸对他说，主人谁也不见，便挺起胸脯，把他从前厅里挤出去，当着他的面砰的一声关上门。站长站着站着，最后只好走了。

就在这天晚上，他刚在“一切穷苦人的福音”教堂做完祷告，走上铸造厂大街，突然一辆豪华的四轮马车从他面前疾驰而过，站长认出乘车的是明斯基。马车在一座三层楼房的大门口停下来，那骠骑兵跑上了台阶。站长头脑里闪过一个想碰碰运气的念头。他折了回来，走到马车夫身旁，问道："老哥，这是谁的马车？是明斯基的吧？""正是，"车夫回答，"你有什么事？""是这么回事：你家老爷叫我送封信给他的杜妮亚，可我忘记他的杜妮亚住在哪儿了。""就住在这里，在二楼。可你的信已经送得太晚，这会儿他本人已经在她那儿了。""没关系，"站长心里有说不出的激动，说，"谢谢你的指点，不过我还是得去交差。"说着便登上了楼梯。

门紧锁着，他拉了拉铃，焦急不安地等了几秒钟。响起开锁声，门开了。"阿芙多季娅·萨姆松诺夫娜①住在这儿吗？"他问道。"住在这儿，"一个年轻的女仆回答，"你找她有什么事？"站长没答话就走进大厅。"不行，不行！"女仆在他后面叫起来，"阿芙多季娅·萨姆松诺夫娜有客人。"但站长毫不理会，径自往前走。头两个房间黑咕隆咚的，第三个房间有灯光。他走到一扇开着的门前面站住。在这个布置得十分豪华的房间里，明斯基坐在那儿沉思默想，杜妮亚穿着华丽时髦的服装坐在他那把圈椅的扶手上，就像一个坐在英国式马鞍上的女骑士。她含情脉脉地望着明斯基，把他乌黑的鬈发绕在自己凝脂般的手指上。苦命的驿站长！他从来没有觉得女儿长得这么漂亮，便不由自主地欣赏起她来。"谁在那儿？"她没有抬起头，问道。他仍旧默不作声。杜妮亚没有听到回答便抬起头……接着大叫一声倒在地毯上。明斯基吃了一惊，跑过去扶她，突然他看见老站长站在房门口，便放下杜妮亚，走到他跟

① 阿芙多季娅是杜妮亚的本名，萨姆松诺夫娜是父称。

前，愤怒得浑身颤抖。“你要干什么？”他咬牙切齿地对老站长说，“你干吗像强盗似的处处跟着我？你是不是想杀了我？滚出去！”他用一只有力的手抓住老人的衣领，把他推下楼梯。

老人回到住所。朋友劝他去上告，但站长想了想，把手一挥，决定就此罢手。过了两天，他从彼得堡回到驿站，重新干他的差使。“杜妮亚走后，我孤零零的一个人过日子，这已经是第三年了，”最后他说，“她一点消息也没有，是活是死，只有上帝知道了。什么事都会发生的。被过路的浪荡鬼拐骗的，杜妮亚不是头一个，也不是最后一个，这些姑娘给玩弄了一阵就被扔掉了。这样的人在彼得堡很多，都是些年轻的傻姑娘，今天她们穿的是绸缎丝绒，明天呢，你瞧，她们就得和小酒馆里的穷光蛋一起去扫马路了。有时，我一想到杜妮亚可能也会沦落在那里，就不由得起了罪恶的念头，觉得她还是死了好……”

这就是我的朋友老驿站长讲的故事。在讲故事的过程中，他总是泣不成声，常常把故事打断，令人感动地用衣襟擦去眼泪，就像德米特里耶夫那首优美的叙事诗中真诚的捷连季奇一样。这些眼泪在某种程度上是由于他在讲故事的过程中喝了五杯潘趣酒引起的，但不管怎么说，还是使我十分感动。和他分手后，我久久不能忘记老站长，久久地怀念着可怜的杜妮亚……

不久前，我路过×××地的时候，又想起我的朋友；我听说，他管理的那个驿站已经撤销了。我问过许多人：“老站长还健在吗？”可是谁也不能给我满意的回答。我决定去看看我熟悉的那个地方，我在当地租了几匹马，到H村去。

这是秋天的事。灰蒙蒙的云层遮满了天空，寒风从收割过的田野上吹来，卷走树上的红叶和黄叶。夕阳西斜时我来到村里，在驿站那所旧房子前面停下来。一个胖女人走到门廊里

（苦命的杜妮亚曾在那里吻过我），她回答我的问话说，老站长去世快一年了，他的房子里现在住着一个酿酒师傅，她就是那人的妻子。我有些后悔，因为白白跑了一趟，还花掉七个卢布。“他是怎么死的？”我问酿酒师傅的妻子。“喝酒喝死的，老爷。”她回答。“他葬在哪儿？”“在村外，埋在他老伴旁边。”“能带我到他的坟地上看看吗？”“怎么不能？喂，凡卡！别再跟猫玩了。带这位老爷到坟地上去，把站长的坟指给他看。”

话声刚落，一个衣衫褴褛、栗色头发的独眼男孩跑了过来，立即把我带出村子。

“你认识那个死去的站长吗？”路上我问他。

“怎么不认识？他还教我做过笛子呢。从前（但愿他早日进入天国）他从酒店里出来，我们就跟在他后面叫：‘老爷爷，老爷爷，给我们胡桃！’他就把胡桃分给我们。他总是跟我们在一块儿玩。”

“旅客中有人问起他吗？”

“这会儿旅客很少了，只有陪审官顺便来过，可他顾不上死人的事。夏天来过一个太太，她倒是问起过老站长，还到他坟上去过。”

“什么样的太太？”我好奇地问。

“一个非常漂亮的太太，”男孩回答，“她坐着六匹马拉的轿式马车，带着三个小少爷和一个奶妈，还有一条黑色的哈巴狗。她一听说老站长死了，马上哭起来，对孩子们说：‘你们乖乖地待在这里，我到坟上去一下。’我本想带她去，可太太说：‘我自己认得路。’她给了我一个五戈比的银币，真是个好心的太太……”

我们来到坟地，这是个荒凉的地方，没有围墙，竖着一个个木头的十字架，连一棵能给这些十字架遮阴的小树也没有。我从来没有见过这般凄凉的坟地。

“这就是老站长的坟。”小孩对我说，他跳上一个坟堆，那上面竖着一个镶着铜神像的黑色十字架。

“太太到这儿来过吗？”我问道。

“来过，”凡卡回答，“我远远地看着她。她倒在这儿，躺了很久。后来太太到村里去，叫来神父，给他一些钱就坐车走了，她给了我一个五戈比的银币——真是个好太太！”

我也给小孩五戈比，不再懊悔走了一趟，花费了七个卢布。

扮成农家姑娘的小姐

杜申卡，不管怎么打扮，
你都那么美妙动人。
——波格丹诺维奇①

在我国一个边远的省份里，有一座属于伊凡·彼得罗维奇·别烈斯托夫的庄园。庄园的主人年轻时在近卫军里服务过，一七九七年退伍，来到自己的乡村，从此就没有再出过远门。他娶了个穷贵族小姐为妻，在他一次出门去打猎时，妻子因难产死去了。管理家业使他很快得到安慰。他自己设计建造了一座房子，开了一家呢绒厂，使收入增加两倍，于是他便自命为附近一带最聪明的人，这一点，那些带着家眷、牵着狗来他家做客的邻人并不和他争辩。他平时穿着绒布上衣，一到节日里便穿上家织呢子长礼服。他亲自记开支账，除了《枢密院公报》，他什么也不看。虽然大家觉得他很高傲，但一般说还是喜欢他的。只有他的近邻格里戈利·伊凡诺维奇·穆罗姆斯基和他作对。这是一个地地道道的俄罗斯贵族。他在莫斯科挥霍掉大部分财产，恰好又死了妻子，便回到自己最后一处村庄，在那里继续做出一些古怪的事情来，只是变了另一种花样。他置办了一座英国式花园，在这件事情上几乎花光了全部剩余的收入。他的马夫都打扮成英国骑师的模样。他女儿有一个英国女教师。他家的田地都用英国方法耕种：

可是用外国的方法，
俄国的庄稼不生长。[2]

尽管格里戈利·伊凡诺维奇大大紧缩开支，他的收入仍不见增加。他在乡下发现了借新债的办法，被公认为一个并不愚蠢的人，因为他是全省地主中第一个想到把田产抵押给孤寡监护院的人。这种办法在当时是非常复杂、非常大胆的。在批评他的人中，别烈斯托夫是最厉害的一个。憎恶变革是他性格的一个显著特点。一谈起这位邻人的英国热，他的心就无法平静，因而时时找机会批评他。在他把产业指给客人看的时候，客人要是赞扬他经营得好，他就回答："是啊，先生。"他总是冷嘲热讽地说："我可不像我的芳邻格里戈利·伊凡诺维奇。我们干吗要搞英国式，落得个倾家荡产的下场！我们只要搞俄国式，能吃饱就行了。"多亏邻居们的热心，这一类笑话终于添枝加叶、有声有色地传到格里戈利·伊凡诺维奇那里。这位英国迷像我们的新闻记者一样，无法忍受这种批评。他暴跳如雷，把这个胡乱批评指责的邻人骂作狗熊和乡下佬。

别烈斯托夫的儿子回到父亲的村子时，两家地主的关系就是这样的。他曾在某大学受教育，打算到军界去服务，但他父

① 波格丹诺维奇（1743—1803），俄国诗人。题词引自《杜申卡》。
② 引自俄国剧作家沙霍夫斯基（1777—1846）的讽刺诗。

亲不同意。年轻人觉得自己完全没有能力担任文职工作。父子俩各不相让，年轻的阿列克赛也就暂时过起少爷的生活，并且蓄起小胡子以等待机会。

阿列克赛真是个好小伙子。说实在，如果他那挺拔的身材永远不能穿上军装，如果他不能骑在马上显显威风，而埋头在公文上虚度青春，那真是太可惜了。瞧他在打猎的时候总是不择道路、跑在最前头那副样子，邻居们都异口同声地说，他决不会出息成一个能干的科长。小姐们总是瞧着他，有的还看得入了迷，但阿列克赛对她们并不留意。她们都认为，他一定有了情人，这才对她们这样冷淡。事情也的确是如此，他的信件中有一个通信地址正在人们手中传来传去，这通讯地址是：莫斯科，阿列克谢耶夫修道院对面，铜匠萨维里耶夫家，阿库利娜·彼得罗夫娜·库罗奇金娜惠转。A.H.P.。

我那些从未在乡村里住过的读者无法想象这些乡下小姐有多迷人！她们是在清新的空气中，在花园的苹果树荫底下陶冶出来的，她们从书本上汲取有关世界和人生的知识。幽静的住所、自由自在的生活和博览群书早就培育着她们的情感和爱好，这都是我们城里那些漫不经心的美人儿所不熟悉的。对于乡下小姐们来说，听到马车铃铛的响声已经是不寻常的事情，到附近的城里去是一生中划时代的大事，客人的来访会留给她们长久的甚至是永远难忘的回忆。诚然，人人都可以任意取笑她们的某些怪癖，但是肤浅的观察家的笑谈不可能抹煞她们的优良品格，其中主要是有特性、有个性（individualité）。照让·保尔[①]的说法，没有这些，也就没有了人类的伟大。在京城里女性可

① 让·保尔（1763—1825），德国作家。

以受到更好的教育，但上流社会的习惯很快就会磨平她们的性格，把她们的心灵变得像头饰一样千篇一律。这些话并非妄断，也不是指摘，不过，正如古代一个评论家所说的那样，我们的看法是对的[①]。

不难想象，阿列克赛会在我们这些小姐心中产生什么样的印象。在她们面前，他是第一个显得如此忧郁和失望的人，他第一个向她们诉说自己失去的欢乐和凋萎的青春。而且他还戴着一枚雕有骷髅的黑色戒指。这一切在那个省份里算得上是一件奇特的新闻。小姐们想他都快想疯了。

但是我们那位英国迷的女儿丽莎，或者像格里戈利·伊凡诺维奇通常叫她的那样——蓓西，比谁都更迷恋他。他们的父亲不相往来，她还没有见过阿列克赛，可是邻居的少女们都一个劲儿谈论他。她十七岁。黑色的眼睛使得她那黝黑的、很讨人喜欢的脸蛋显得十分动人。她是独生女儿，因而是个娇生惯养的孩子。她的活泼和一刻不停的淘气使父亲高兴，却使家庭教师贾克森小姐哭笑不得。贾克森小姐四十岁，是个古板的老姑娘，她喜欢涂脂抹粉，还画眉毛，每年把《帕美拉》[②]读两遍，就可以赚到两千卢布，但是，在这个野蛮的俄国她是那么寂寞，几乎要给憋死。

娜斯佳是服侍丽莎的使女，她的年龄比小姐大一点，但像她的小姐一样好动。丽莎非常喜欢她，把秘密全向她公开，还和她一起想出种种怪主意。总之，娜斯佳是普里鲁契诺村一位非常重要的人物，比起法国悲剧中任何一个心腹婢女都有过之

① 原文为拉丁语。
② 英国小说家理查逊的长篇小说。

而无不及。

“请允许我今天去做客。”一天，娜斯佳在给小姐更衣时说。

“好吧，可你要上哪儿去？”

“到杜基洛沃去，上别烈斯托夫家。他家厨师的妻子过命名日，昨天她来请我们去吃饭。”

“好啊！”丽莎说，“两家的老爷在吵架，奴仆们却在互相请客。”

“老爷吵架关我们什么事！”娜斯佳不以为然地说，“再说，我是您的使女，又不是您爸爸的使女。您可还没有和别烈斯托夫少爷吵过嘴呀，只要老人家们高兴，就让他们吵去吧。”

“娜斯佳，你要想办法看到阿列克赛·别烈斯托夫，回来的时候好好跟我说一说，他是个什么样子，为人怎么样。”

娜斯佳一口答应，丽莎一整天都在焦急地等着她回来。傍晚，娜斯佳回来了。

“哎，丽莎维塔·格里戈利耶夫娜①，”她一走进房间就说，“我看见别烈斯托夫少爷了，看了个够。我们一整天都在一块儿。”

“怎么回事？快说说，从头说起。”

“请听我说，小姐：我们去了，我，阿尼西娅·叶戈罗夫娜，涅尼拉，杜尼卡……”

“好，我知道了，后来呢？”

“请听我说，小姐，我从头说起。我们在快吃午饭的时候到了那里。屋子里挤满了人。有科尔宾诺村的，有扎哈里耶沃村

① 丽莎维塔是丽莎的本名，格里戈利耶夫娜是她的父称。

的，女管家带着几个女儿来了，有赫鲁宾诺村的……”

“好，那么别烈斯托夫呢？”

“等一等，小姐。我们都围着桌子坐下，女管家坐首席，我坐在她旁边……她的几个女儿气死了，我才不管她们呢……”

“唉，娜斯佳，你那些没完没了的细节真是烦死人！”

“瞧您多性急！那么我们从桌旁站起来……我们坐了三个钟头光景，这顿饭真是丰盛极了，夹心奶油冻，有蓝色的，红色的和条纹的……我们从桌旁站起来，到花园里玩捉人的游戏，少爷也到那里去了。”

“怎么样？听说他长得很漂亮，是真的吗？”

“漂亮极了，称得上美男子。又端正，又高大，脸上红扑扑的……”

“真的？我还以为他的脸是苍白的。怎么样？你觉得他怎么样？很忧郁，不爱说话？”

“瞧您说的，像他这样疯的人我还从来没有看见过呢。他竟想跟我们一起玩捉人的游戏。”

“和你们一起玩捉人的游戏！不可能！”

“完全可能！瞧他还想出了什么花样！捉到了就要吻一下！”

“随便你说好了，娜斯佳，你骗人。”

“信不信由您，我没骗人。我好容易才躲开了他。他就这样和我们玩了一整天。”

“那怎么有人说他在闹恋爱，对谁都不看一眼？”

“那我不知道，小姐，他对我可是看了又看，对管家的女儿达尼亚也是这样，还有对科尔宾诺村的巴莎，说起来真是罪过，他一个都不放过，真是个坏家伙！”

“这太奇怪了！可在家里人家是怎么说他的？”

“都说少爷真好：那么和气，那么快乐。只有一点不好：太爱追逐女孩子。不过，依我看，这也没有什么大不了，慢慢会变得稳重的。”

“我多么想看看他呀！”丽莎叹了口气说。

“这有什么难？杜基洛沃离我们这儿不远，只有三里路。您可以散步或骑马到那里去，您一定会遇到他的。他每天一大清早就提着猎枪出去打猎。”

“不行，这样不好。他会以为我在追求他。而且我们两家的父亲吵过架，我还是不能和他交朋友……哎，娜斯佳！有办法了，我来打扮成农家姑娘！”

“真的，您穿上粗布衣服，套上萨拉方，就大大方方地到杜基洛沃村去，我敢保证，别烈斯托夫绝不会放过您的。”

“我本地话说得很好。唉，娜斯佳，亲爱的娜斯佳！多么出色的主意！”丽莎下决心一定要实现她那快乐的设想，就躺下睡觉了。

第二天，她着手实行计划，派人到集市上买了粗麻布、蓝色的中国棉布和铜纽扣，由娜斯佳帮忙，裁了衬衣和萨拉方，把所有的女仆都找来缝衣服，傍晚前，所有的衣服就都做好了。丽莎试了试新装，对着镜子照了照，认为自己从来没有这样可爱过。她重演了一遍自己的角色，一边走一边深深地鞠躬，然后又摇几下头，像一只陶土做的猫；她说着农家话，笑的时候用袖子遮住嘴，扮演的结果博得了娜斯佳的满口称赞。只有一件事使她感到为难：她光着脚在院子里走了走，可是草皮扎着她细嫩的脚，沙子和碎石头使她受不了。娜斯佳马上就来给她帮忙：她量了量丽莎的脚，跑到田野里去找牧人特罗菲姆，叫他照量好的尺寸打一双树皮鞋。第二天，天还没有亮，丽莎就醒了。全家人还在睡觉。娜斯佳在大门外等着牧人。响起了一阵号角声，村里的牲口群从老爷的屋前走过。特罗菲姆经过娜斯佳面前时递给她一双小巧的彩色树皮鞋，从她那儿得到半卢布赏钱。丽莎悄悄打扮成一个农家姑娘，小声关照娜斯佳对付贾克森小姐的办法，便来到后门口，穿过菜园跑到田野里去了。

朝霞在东方放射着光芒，金色的云彩仿佛在恭候太阳，犹如满朝文武在恭候国王一样。明朗的天空、清晨新鲜的空气、露水、微风和小鸟的歌唱使丽莎心中洋溢着孩子般的欢乐。她怕遇到熟人，简直不是在走，而是在飞。快走近父亲领地边界的树林时，丽莎放慢了脚步。她应当在这里等候阿列克赛。她的心不知为什么，猛烈地跳动着。但年轻人在淘气时所产生的这种害怕心情正是淘气行为最诱人的地方。丽莎走进幽暗的树林。树林发出阵阵低沉的簌簌声欢迎姑娘的到来。她的快活劲儿慢慢平息下来，她渐渐耽入甜蜜的幻想。她想着……但是谁能断定，一位十七岁的小姐，独自一人待在树林里，在这春日清晨六点钟的时候在想些什么呢？她就这样边沉思，边在两边高大树木遮盖的小路上走着。突然，一条长着波状长毛的漂亮猎狗对她狂吠起来。丽莎吓得高声喊叫。这时响起了一阵吆喝声："别动，斯波格，过来……"[①]接着，一个年轻猎人从灌木丛里走出来。"别怕，亲爱的，"他对丽莎说，"我的狗不咬人。"丽莎刚刚定下神来，她马上抓住这个机会。"不，少爷，"她装作又害怕又害羞的样子，说，"我害怕，你看，它这么凶，又要扑过来了。"阿列克赛（读者已经认出他来了）注视着这个年轻的农家姑娘。"你要是害怕，我就送送你，"他对她说，"你允许

① 原文为法语。

我跟你一起走吗？”“谁能干涉你呢？”丽莎回答，“随你便吧，路是大家的。”“你是从哪儿来的？”“从普里鲁契诺村来的。我是铁匠华西里的女儿，去采蘑菇（丽莎提着一只系着细绳子的篮子）。你呢，少爷？你是杜基洛沃村的吧？”“不错，”阿列克赛回答，“我是少爷的侍仆。”阿列克赛想和她处于平等地位。但是丽莎瞧瞧他，笑了起来。“你骗人，”她说，“你别把我当傻瓜。我知道，你就是少爷。”“你凭什么这样想？”“从各方面看。”“到底凭什么？”“怎么会连主人和仆人都分不清呢？你穿的衣服不像个仆人，说话也不一样，连唤狗也不是用我们的话。”阿列克赛愈来愈喜欢丽莎了。他对漂亮的农家姑娘一向不拘礼节，就想伸手拥抱她；可是丽莎闪开了，她突然摆出一副严厉而冷淡的样子，阿列克赛虽然觉得好笑，却不再对她动手动脚。“如果您想和我做朋友，”她神情庄重地说，“那就请您自重点。”“是谁把你教得这么聪明的？”阿列克赛哈哈大笑，问道，“是不是我的熟人，你们小姐的使女娜斯金卡[①]？原来文明就是这样传播的！”丽莎觉得快要露出马脚，便立即改变态度。“你以为我从来就没有到过老爷家里吗？”她说，“我可是什么都听到过，什么都看见过。可是，”她接着说，“只顾和你说话，我就采不到多少蘑菇了。少爷，你走你的路吧，我要到别的地方去。请你原谅……”丽莎想走开，阿列克赛却抓住她的手。“你叫什么名字，我的宝贝？”“阿库利娜，”丽莎回答，竭力从阿列克赛的手中抽出自己的手指。“少爷，你放开我，我该回家了。”“好吧，我的朋友阿库利娜，我一定要到你父亲华西里铁匠那儿去做客。”“你在说什么？”丽莎急忙阻止他，“看在基督

① 娜斯佳的爱称。

的面上，你可不要来。要是家里知道我在树林里单独和一位少爷谈话，那我会遭殃的，我父亲华西里铁匠准会把我打死。”“可我一定要和你再见面。”“那我以后再到这里来采蘑菇好了。”“什么时候呢？”“那就明天吧。”“亲爱的阿库利娜，我真想把你亲个够，可是我不敢。这么说，就是明天，还在这个时辰，对吗？”“对，对。”“你可别骗我呀！”“不骗你。”“你起誓。”“我凭神圣的礼拜五起誓，我一定来。”

两个年轻人分手了。丽莎走出树林，穿过田野，偷偷溜进花园，慌慌忙忙跑进养畜场，娜斯佳在那里等她。丽莎在那里换了装，心不在焉地回答着急不可耐的心腹使女提出的问题，然后跑到客厅里去。餐桌已经铺好，早餐端上来了，贾克森小姐脸搽得雪白，腰身裹得像只高脚酒杯，正把面包切成薄片。父亲对女儿清晨的散步十分称赞。“没有比起早床更有益于身体的了。”他说。他还举了几个从英国杂志上看到的长寿例子，指出凡是活了一百多岁的人都不喝酒，不管严冬酷暑都一清早就起床。丽莎没有听他说话。她的头脑中反复浮现出早晨会面的全部情景，阿库利娜和年轻猎人的全部谈话，良心开始折磨着她。她徒劳地为自己辩护，说什么他们的谈话没有越礼的地方，认为这种淘气不会产生任何恶果，可是良心的责备却比理智更有力。她答应过明天去见面，这使她更加坐立不安。她几乎下了决心不遵守自己庄严的誓言，可是阿列克赛如果等不到她，就会跑到村里去找华西里铁匠的女儿，那个真的阿库利娜，那个胖墩墩的麻脸姑娘，这么一来，他就会识破她那轻佻的把戏。想到这里，丽莎简直吓坏了，她决定第二天清晨再扮成阿库利娜到树林里去。

阿列克赛那边怎么样呢？他可是快活极了，他整天都想着这个新结识的姑娘，夜里，那黑美人儿的模样也使他魂牵梦萦。天刚蒙蒙亮，他已经穿戴齐全。他等不及装好枪弹就带着忠实的斯波格来到田野里，跑到约会的地点。他心急火燎地等了半个时辰，终于看见灌木丛中闪过一个穿蓝色萨拉方的身影，于是急忙向亲爱的阿库利娜奔去。她对他微微一笑，回答他那表示感激的高兴劲儿，但阿列克赛立刻发现她脸上沮丧和不安的神情。他想知道为什么。丽莎老实对他说，她觉得自己的行为太轻浮，对此深深感到后悔，这一次她不想违反诺言，但是这次见面是最后一次，她请求中止他们的交往，认为这种交往对双方都没有好处。这番话当然都是用农家话说的，但一个普通的姑娘竟会有这种不寻常的思想感情，阿列克赛深深感到惊奇。他费尽口舌，想让阿库利娜打消这种念头，他竭力说明他这种愿望是纯洁无邪的，答应永远不会使她后悔，一切都可以听从她的意思，恳求她不要使他失去唯一的慰藉——和她单独见面，哪怕隔天一次，哪怕每礼拜两次也行。他说得又诚恳又热情，这会儿他真的爱上她了。丽莎默默地听着。“你要保证，”她终于说了话，“你永远不到村里去找我，也不打听我的情况。你要保证，除了我跟你约定的时间，决不再找别的时间和我见面。”阿列克赛正要凭神圣的礼拜五起誓，但她微笑着制止他。“用不着你起誓，”丽莎说，“只要你答应就行了。”接着他们就在树林里散步，友好地谈话，直到丽莎说要回去了才分手。阿列克赛单独留下来，他弄不明白，一个普普通通的农家姑娘怎么能会了两次面就牢牢地吸引住他。他和阿库利娜的关系使他感到新奇而富有诱惑力，虽然这古怪的农家姑娘的规定使他感到难堪，但他从没有想到要破坏自己的诺言。这是因为，阿列克赛虽然戴着命运的戒指，有过神秘的通信和伤心的失恋，但他毕竟是个善良而热情的小伙子，他有一颗纯洁的心，能够感受天真的乐趣。

如果我听凭自己意愿的摆布，那我一定会淋漓尽致地描述这对彼此愈来愈倾心、愈来愈信任的年轻人的约会，描述他们的活动和他们的谈话，但我知道，我的多数读者不愿意和我分享这种快乐。这种详情细节总的说来甜蜜得有点过分，因此我就把它一笔带过，简单点说，不到两个月，我的阿列克赛已经爱得如痴如醉，而丽莎虽然比他沉默，也并不比他冷静。他俩完全沉醉在眼前的幸福之中，将来会怎么样，却很少考虑。

他们常常想到要结成永不分离的伴侣，但彼此都没有提起。原因是显而易见的：阿列克赛尽管对可爱的阿库利娜情意绵绵，却始终没有忘记存在于他和贫穷的农家姑娘之间的鸿沟；而丽莎也明白他们的父亲之间存在着多么深的仇恨，不敢指望他们会言归于好。而且她怀着一种模模糊糊的充满浪漫色彩的希望，很想看到有朝一日这位杜基洛沃村的地主少爷会跪在她这个普里鲁契诺村铁匠的女儿面前求婚。这使她悄悄地滋长了一种自尊心。突然，一个大事故差一点改变了他们的关系。

一个晴朗、寒冷的早晨（这样的早晨在我们俄罗斯的秋天是常见的），伊凡·彼得罗维奇·别烈斯托夫骑马出去散步，他想到也许会碰到什么野物，便带了三对猎狗、一个马夫和几个带响器的家僮一起出门。在同一时间里，格里戈利·伊凡诺维奇·穆罗姆斯基受到好天气的引诱，也吩咐备上他那匹短尾巴的牝马，他骑着马在自己英国式的庄园边上奔跑起来。来到树林边上时，他看见邻人穿着一件狐皮里子、腰间有折裥的高加索男式上衣，神气地骑在马上，正等着家僮们用叫声和响器从灌木丛中赶出来兔子。格里戈利·伊凡诺维奇要是知道会碰上这位邻人，他当然会避到别的地方去，但他这次碰上别烈斯托夫完全是意外，这位邻人突然出现在离他只有手枪射程那么远的地方。毫无办法。穆罗姆斯基像个有教养的欧洲人那样，策马走到他的对头面前，彬彬有礼地向他问候。别烈斯托夫也殷勤地还礼，像一头用铁链拴着的狗熊听从驯兽人的命令向老爷们殷勤鞠躬一样。这时候，一只野兔从树林里窜出来，跑到田野上去了。别烈斯托夫和马夫高声喊叫着，放出猎狗，全速追了上去。穆罗姆斯基的马从未打过猎，受了惊，狂奔起来。穆罗姆斯基自以为是个高明的骑手，便任凭惊马随意奔跑，还暗自庆幸有这么一个机会，可以避开不愉快的谈伴。那匹马跑到一个原先没有注意到的山沟边上，突然转身朝旁边跑去；穆罗姆斯基没有坐稳，跌在冻结的地上，跌得很重。他躺着，嘴里咒骂着那匹短尾牝马。那匹马发现背上没有骑马人，仿佛清醒过来，立即停下了。伊凡·彼得罗维奇骑着马赶来，问他摔伤了没有。这时马夫也把闯了祸的马牵回来。他把穆罗姆斯基扶上马鞍，别烈斯托夫则邀请他到家里去做客。穆罗姆斯基无法拒绝，因为他觉得受了人家的恩惠。于是别烈斯托夫捕获了野兔、带着受了伤几乎像战俘一样的对头，胜利回家了。

两位邻人边吃早饭，边亲切地谈话。穆罗姆斯基向别烈斯托夫商借一辆马车，他坦白地说，因为摔伤无法骑马回家。别烈斯托夫一直把他送到门口，而穆罗姆斯基在动身之前无论如何要别烈斯托夫答应第二天带阿列克赛·伊凡诺维奇像老朋友那样到普里鲁契诺村去吃饭。这样一来，由于短尾牝马受了惊，这两个人家根深蒂固的宿仇似乎涣然冰释了。

丽莎跑出来迎接格里戈利·伊凡诺维奇。“您这是怎么啦，爸爸？”她吃惊地问道，“您怎么拐着脚？您的马呢？这是谁家的马车？”“这你是猜不到的，我亲爱的[1]。”格里戈利·伊凡诺维奇回答她，并把刚才发生的事情一一对她说了。丽莎简直不相信自己的耳朵。格里戈利·伊凡诺维奇没等她明白过来就对她说，明天别烈斯托夫父子要来家里吃饭！“您在说什么！”她脸色煞白，说：“别烈斯托夫父子！明天来我们家吃饭！不，爸爸，随你怎么样，我说什么也不出来。”“你怎么了？疯了？”父亲不同意她的话，“你什么时候变得这么怕羞？要不然你就是像小说里的女主人公那样，连上一辈的仇恨也接受下来了？行了，别傻了……”“不，爸爸，说什么我也不出来，您就是给我再贵重的宝贝我也不出来见别烈斯托夫父子俩。”格里戈利·伊凡诺维奇耸耸肩膀，不再和她争论，他知道和她顶牛没有意思，便回房间里休息去，在这次难忘的散步以后，他得消除消除疲劳。

丽莎维塔·格里戈利耶夫娜回到房间里，把娜斯佳叫来。两人就明天客人来访的事情商量了好久。要是阿列克赛认出这位有教养的小姐就是他的阿库利娜，他会怎么想呢？他对她的行为、家教和理智会有什么看法？另一方面，丽莎也很想知道，他对这种如此意外的见面会有什么感想……她突然想到一个主意。她马上把这个主意告诉娜斯佳，两人像发现了什么珍宝似的欢天喜地，决心付诸实现。

第二天吃早饭的时候，格里戈利·伊凡诺维奇问女儿是不是仍旧打算避开别烈斯托夫父子。“爸爸，”丽莎回答，“如果您要我接待的话，我就接待他们，不过有一个条件：不管我怎样

---

① 原文为英语。

在他们面前出现，不管我做什么，您都不能骂我，也不要显出任何惊讶或不满的样子。”“你又要搞什么恶作剧了！”格里戈利·伊凡诺维奇笑着说，“好吧，好吧，我同意，你想怎么办就怎么办吧，我的黑眼睛的淘气鬼。”说着，他吻了吻她的脑门，丽莎就跑去准备了。

下午两点正，一辆六匹马拉的自制四轮马车驶进院子，一直开到深绿色的圆草坪边上才停下来。老别烈斯托夫在穆罗姆斯基家两个穿制服的仆人搀扶下走到台阶上。他儿子骑马一起来到，和他一起走进饭厅，那里面午餐已准备就绪。穆罗姆斯基极其亲切地接待了邻人，建议吃饭之前先去看看他的花园和动物园，他陪客人顺着打扫得干干净净、铺了砂子的小径走去。老别烈斯托夫看到在这种无益的爱好上白白花掉这么多精力和时间，心中暗自感到惋惜，然而出于礼貌，没有作声。他儿子既不赞同这位精打细算的地主的不满，也不欣赏自尊心很强的英国迷的得意，他急切地等着主人的女儿快点露面，他已经听到过许多有关她的传说，尽管我们都知道他的心已经另有所属，但是妙龄的美人儿总是让他感兴趣的。

他们三人回到客厅里坐下来：老头子们回想起以往的岁月和自己职务上的趣事，阿列克赛考虑着丽莎出场时他该扮演什么样的角色。他断定，持冷漠而漫不经心的态度在任何情况下都是最合适的，他准备就这么做。门开了，他又冷淡又傲慢地随意回过头去，那样子就连惯于打情骂俏的女人看见了也要不寒而栗。可惜进来的不是丽莎，而是老小姐贾克森。她把脸搽得雪白，腰裹得很细，低垂着眼睛，微微行了个屈膝礼，阿列克赛漂亮的军人动作完全白费了。没等他再次打起精神，门又开了，这次进来的是丽莎。大家都站起来，父亲正要介绍客人，但突然呆住，连忙咬住嘴唇……丽莎，他那皮肤黝黑的丽莎，脸上直到耳根搽满了白粉；眉毛画得比贾克森小姐还浓；拳曲的假发比她自己的头发淡得多，像路易十四的假发那么蓬松；泡泡[①]袖高耸着，恰如蓬帕杜夫人[②]的箍骨裙；腰部裹得紧紧的，像英文字母X；她母亲那些还没有送进当铺的钻石首饰全在她的手指上、脖子上和耳朵上闪闪发光。阿列克赛认不出这位可笑的珠光宝气的小姐就是他的阿库利娜。老别烈斯托夫走过去吻她的小手，阿列克赛也不高兴地跟着走过去，当他触及她那白皙纤细的手指时，他觉得她的手在颤抖。这时他注意到她故意伸出来的一只穿得非常花哨的秀足。这稍微减少了他对她的其余打扮的反感。至于她搽粉画眉毛，由于他心地纯朴，老实说，他一开始就没有注意到，后来也没有想到这一层。格里戈利·伊凡诺维奇想起自己的允诺，竭力不露出惊奇的神色，但是女儿的淘气使他感到十分可笑，他好容易才忍住没有笑出声来。古板的英国小姐却不感到好笑。她明白香粉和眉黛是从她的柜子里偷用的，气得那搽粉的脸颊泛出发紫的红晕。她向那年轻的淘气鬼投去愤怒的目光，而丽莎因为准备另找机会向她好好解释，便装作没有看见。

大家入了席。阿列克赛继续扮演漫不经心和沉思默想的角色。丽莎扭扭捏捏，咬着牙齿说话，拿腔拿调，而且只说法语。父亲不明白她的用意，不时出神地望着她，但觉得十分滑稽可笑。英国小姐还在生气，一言不发。只有伊凡·彼得罗维奇像在家里一样：吃东西抵得上两个人，开怀畅饮，自说自笑，说

---

① 原文为法语。
② 蓬帕杜夫人，法国皇帝路易十五的情妇。原文为法语。

话和笑声显得愈来愈亲热。

大家终于起身离座，客人走了，格里戈利·伊凡诺维奇放声大笑，接二连三提了好多问题。“你怎么突然想起来要捉弄他们了？”他问丽莎，“可是你知道吗？你搽了粉倒是很好看的。我不懂女人化妆的秘密，可我要是你，我就搽粉，当然，不能浓妆艳抹，淡淡地搽一点就行。”丽莎由于自己的主意获得成功，十分高兴。她拥抱了父亲，答应考虑他的建议，就跑进去安慰气得发抖的贾克森小姐。贾克森小姐好不容易才答应把门打开，听听她的解释。丽莎说，她觉得在陌生人面前露出那么黑的皮肤很难为情，她又不敢向她要……她相信，善良的、亲爱的贾克森小姐一定会原谅她，等等，等等。贾克森小姐相信丽莎不是存心嘲弄她，也就不再生气。她吻了吻丽莎，还送给她一小盒英国香粉，以表示和解；丽莎表示衷心感谢，收下香粉。

读者一定猜得到，第二天早晨丽莎一定会急忙到树林里去赴约。“少爷，你昨天到我们老爷家去过啦？”她立即问阿列克赛，“你觉得小姐怎么样？”阿列克赛回答说，他没有留意她。“真可惜。”丽莎表示惋惜。“为什么呢？”阿列克赛问道。“因为我想问问你，是不是像别人说的那样……？”“别人说什么？”“人家都说我很像小姐，是不是这样？”“真是胡说八道！她比起你来简直是个丑八怪。”“啊，少爷，你这么说可真是罪过，我们小姐长得那么白，穿得那么漂亮，我怎么能和她比！”阿列克赛对她起誓，说她比无论长得多白的小姐都好看，为了让她完全放心，他便把她们小姐的面貌说得十分可笑，使丽莎打心里发出哈哈大笑。“可是，”她叹口气说，“虽然我们小姐也许很可笑，可我和她比起来总归是个不识字的傻瓜。”“咳！”阿列克赛说，“这有什么可难过的！要是你愿意，我马上就可以教你识字。”“真的！”丽莎说，“我们是不是真的试试看？”“行，亲爱的，哪怕现在开始也可以。”他们坐下来。阿列克赛从口袋里掏出铅笔和记事本，阿库利娜认起字母来真是快得出奇。阿列克赛不能不惊叹她的理解能力。第二天早晨她想学写字。起初铅笔不听她使唤，可是过了几分钟，她描画起字母来已经很像样了。“真是奇迹！”阿列克赛说，“我们的教学方法比‘兰开斯特教学法’[①]还有效。”果然，第三次上课时，阿库利娜已经能按音节读出《贵族小姐娜塔丽雅》[②]了；她还常常停下来发表几句议论，这使阿列克赛着实感到惊讶。此外，她还从这部小说中摘了一些警句，涂满了整整一张纸。

一个礼拜之后，他们就通起信来了。邮局就设在一棵老橡树的树洞里。娜斯佳暗中充当邮差。阿列克赛把字写得很大的信送到那里，又在那里取到他的恋人歪歪斜斜写在普通蓝色纸张上的信。阿库利娜显然已经养成了良好的拼写习惯，她的智力明显有了发展，渐渐开窍了。

这时候，伊凡·彼得罗维奇·别烈斯托夫和格里戈利·伊凡诺维奇·穆罗姆斯基不久前的结交愈来愈牢固，而且很快成了莫逆之交。事情是这样的：穆罗姆斯基常常想，伊凡·彼得罗维奇死后，他的全部产业将传给阿列克赛·伊凡诺维奇，这一来，阿列克赛·伊凡诺维奇将成为本省首屈一指的富豪，他没有任何理由不娶丽莎为妻。老别烈斯托夫这方面虽然觉得这位邻人行为有点乖僻（或者照他的说法，像个英国傻子），但也无法否认他有许多优点，例如：非常善于钻营；格里戈利·伊

① 兰开斯特（1778—1838），英国教育家，他采用能者为师的办法进行互教互学，当时曾流行过这种教学方法。
② 俄国作家卡拉姆辛（1766—1828）的小说。

凡诺维奇是普隆斯基伯爵的近亲，普隆斯基伯爵是个既有名望又有势力的人物，他对阿列克赛可能很有好处，而穆罗姆斯基（伊凡·彼得罗维奇认为）一定会高兴在这种有利的情况下把女儿嫁出去。两个老头至今只是各自在心里盘算着这件事，后来终于交换了意见，互相拥抱，答应认真办好这件事，各人分头去张罗。穆罗姆斯基感到棘手的是：他必须说服蓓西去接近阿列克赛，自从那次难忘的午宴之后，他们还没有见过面。看样子他们彼此都不太喜欢；至少阿列克赛再没有到普里鲁契诺村来过，而伊凡·彼得罗维奇每次光临，丽莎都躲到房间里去。但是格里戈利·伊凡诺维奇认为，只要阿列克赛每天到他家来，蓓西就会爱上他。这是很自然的事，时间会做好这件工作。

伊凡·彼得罗维奇倒不大担心，他认为自己这个主意一定能实现。当天晚上，他就把儿子叫到书房里，他吸着烟斗，沉默了一会儿，便开口说："阿辽沙[①]，你怎么很久都不提到军队里去的事啦？是不是骠骑兵的制服已经不再吸引你了？……""不，爸爸，"阿列克赛恭恭敬敬地回答，"我知道您不想让我去当骠骑兵，我的本分是听从您的吩咐。""好，"伊凡·彼得罗维奇回答，"我知道你是个听话的孩子，这使我感到宽慰，我也不想强迫你，我也不勉强你……马上……去担任文职，我想先给你娶亲。"

"娶谁呀，爸爸？"阿列克赛吃惊地问道。

"娶丽莎维塔·格里戈利耶夫娜·穆罗姆斯卡娅，"伊凡·彼得罗维奇回答，"这样的姑娘可是打着灯笼也没处找啊，是不是？"

---

① 阿列克赛的爱称。

“爸爸，我还不想娶亲。”

“你不想，我可替你想了，而且反复想过了。”

“这是您的事，可我根本不喜欢丽莎·穆罗姆斯卡娅。”

“你以后会喜欢的。习惯忍耐，就会相爱。”

“我觉得我不会使她幸福。”

“你不必为她的幸福担心。怎么？你就是这样听父亲的话的？好啊！”

“不管您怎么说，我不想娶亲，也不会娶亲。”

“你得娶亲，不然我就要诅咒你，至于产业，圣父在上！我要把它卖光用光，分文都不留给你。我给你三天时间考虑，暂时你可别到我跟前来。”

阿列克赛知道，父亲一旦想到什么主意，那就像塔拉斯·斯科季宁[①]所说的那样，用钉子顶都顶不掉；可是阿列克赛也和他父亲一样，谁也拗不过他。他回到房间里，想到父亲的权力，想到丽莎维塔·格里戈利耶夫娜，想到父亲要让他去讨饭的庄严宣告，最后想到了阿库利娜。他第一次发现他是如此热烈地爱着她，他的头脑中突然浮现出一个要娶农家姑娘为妻、靠自己的劳动生活的浪漫念头。他愈考虑到这个断然的行动，就愈觉得这样做有道理。最近由于阴雨连绵，他们在树林里的约会已中断了一段时间。他用极其清晰的笔迹，用最热烈的语言给阿库利娜写了一封信，向她叙说他们所面临的绝境，并且向她求婚。他立即把信送到树洞里的邮局，然后得意扬扬地躺下睡觉。

第二天，阿列克赛打定主意，一早就到穆罗姆斯基家里去，

---

① 俄国作家冯维辛的喜剧《纨绔少年》中的人物。

打算开诚布公地和他谈一谈，争取他的谅解和支持。“格里戈利·伊凡诺维奇在家吗？”他在普里鲁契诺村地主家门前勒住马问道。“他不在家，”仆人客气地回答，“格里戈利·伊凡诺维奇一大早就骑马出去了。”“真可惜！”阿列克赛想，“那么，丽莎维塔·格里戈利耶夫娜大概在家吧？”“在家，少爷。”于是阿列克赛跳下马，把缰绳交给仆人，不经通报就走进门去。

“一切都会了结的，”他走近客厅，心里盘算着，“我要和她当面说清楚。”他走进去……不觉呆住了！丽莎……不，是阿库利娜，可爱的黑皮肤的阿库利娜，不是穿着萨拉方，而是穿着白色晨衣，坐在窗前看他的信。她是那么专注，竟没有听到他进来的声音。阿列克赛喜出望外，忍不住叫了起来。丽莎吃了一惊，抬起头来，她惊叫一声，打算逃掉。他奔过去拦住她。“阿库利娜，阿库利娜！……”丽莎拼命想挣脱……“放开我，少爷，你疯了！”[①]她把脸扭开，一再说。“阿库利娜！我的朋友，阿库利娜！”他边说边吻她的手。贾克森小姐亲眼看到这个场面，不知道怎么办才好。这时门开了，格里戈利·伊凡诺维奇走了进来。

“好啊！”穆罗姆斯基说，“看来，你们的事情已经圆满成功了……”

读者一定不需要我再浪费笔墨来描写故事的结局了。

伊·彼·别尔金小说集到此结束。

① 原文为法语。

戈留欣诺村的历史

要是我能偶然得到几个读者，那么他们也许会饶有兴趣地想了解我是怎样下决心写作戈留欣诺村的历史的。因此我得先谈一些细节。

我一八〇一年四月一日生于戈留欣诺村，我的父母都正直而高尚，我的启蒙教育是从我们的教堂管事那里得到的。后来我对阅读和文学发生兴趣，也得归功于这位可敬的乡下人。我的进步虽然很慢，但学到的知识却是扎扎实实的，因为现在我头脑里记得的东西，在我十岁的时候差不多都已经知道了；我的记忆生来不好，由于体质同样不佳，家里人也不允许我的头脑负担过重。

我总是非常羡慕文学家这个称号。我的父母都是很值得尊敬的人，但他们很朴实，受的是老式教育，从来不读书，因此我们家里除了买给我读的识字课本、历本和《最新尺牍》，什么书都没有。有好长一段时间，读尺牍一直是我很喜欢的作业。我能够把它背诵出来，尽管如此，每天我还是从中发现一些未曾留意过的美妙之处。我以前非常崇拜普列缅尼科夫将军，父亲曾给他当过副官，现在我则把库尔冈诺夫①看作最伟大的人物。我向很多人打听过他的情况，可惜谁也回答不了我的问题，任何人和他都没有私交，我提了那么多问题，回答我的只有一点，即库尔冈诺夫编过一本《最新尺牍》，这一点我早就知道了。我对他一无所知，对我来说，他简直是个古代的神人，有时我简直怀疑是否确有其人。我觉得他的名字好像是虚构的，有关他的传说则是无稽之谈，还得让一个新的尼布尔[②]来考证一番。可是我对他仍念念不忘，我竭力想赋予这个神秘人物以某种形象，最后我断定他大概像地方自治会主席科留奇金，他是个小老头，长了个酒糟鼻子，一对眼睛矍铄有神。

一八一二年我给带到莫斯科，进了卡尔·伊凡诺维奇·梅耶尔办的寄宿学校，我在那里待了不到三个月，因为在敌人入侵前我们给解散了，我又回到乡下。赶走操十二种语言的军队[③]以后，家里又要把我送到莫斯科去看看卡尔·伊凡诺维奇是否回到了原来的废墟上，如果没有回来，便要我进另一所学校，但是我央求母亲把我留在乡下，因为我的身体不好，不适应一般寄宿学校规定的每天早晨七点钟起床的生活。就这样我长到十六岁，只受到初等教育，和小伙伴们打棒球，这是我在寄宿学校读书时学得最好的一门功课。

这时我在某步兵团当上了士官，在那里一直待到刚过去的一八××年。待在军队里那一时期没有给我留下多少愉快的回忆，除了我得到军官军衔和有一次我口袋里只剩下一个卢布十六戈比，却在赌博中赢了二百四十五卢布两件事。我最亲爱的双亲的过世使我不得不退伍并且回到我的世袭领地。

---

① 库尔冈诺夫（1725？—1796），《最新尺牍》的作者。
② 尼布尔（1777—1851），德国历史学家，著有《罗马史》。
③ 指1812年俄军战胜拿破仑入侵。操十二种语言的军队是指拿破仑由许多民族组成的军队。

我非常看重我一生中的这段时期，因此我想把它公之于世；我预先请求好心的读者原谅，如果我滥用了他们对我的盛情关注的话。

那是秋天里一个晦暗的日子。我来到驿站，准备从那里拐进戈留欣诺村。我雇了一辆马车，顺着乡间土路驶去。虽然我生来温文尔雅，但我急于重新看到我度过最美好年华的地方，这种心情是那么强烈，使我时时刻刻催促着车夫，我一会儿许他酒钱，一会儿威胁着要揍他。对于我来说，推推他的背要比掏出钱包和解开钱包方便得多，因此，我承认，我敲了他两三次，这种情况我是从来没有发生过的，因为我自己也不知道为什么，觉得所有的车大都非常亲切。车夫赶着拉车的三匹马，但我却觉得，他是在按照赶车的那套老办法，嘴里催促催促，手里扬扬鞭子，但还是拉紧缰绳。我终于看见戈留欣诺村那片树林，过了十分钟，我的马车驶进地主的庄院。我的心激烈地跳动着，我怀着笔墨难以形容的激动心情环视着四周。我有八年没见过戈留欣诺村了。我在家里时种在栅栏边的那几棵白桦已经长成了枝叶茂盛的大树。院子里从前有三座整整齐齐的花坛，当中还有一条铺着砂子的大路，现在整个院子已变成一片荒地，上面还放牧着一头黄牛。我的四轮马车停在前门的台阶旁。我的仆人走过去开门，但门钉死了，虽然百叶窗开着，里面住着人。一个农妇从仆人居住的木屋里走出来，问我找谁。她一听说主人回来了，便跑回木屋里去，一会儿所有的仆人便把我团团围住。我看到这么多人，有的熟悉，有的不认识，便和他们一一亲切接吻，心里十分感动。那些从前跟我一起玩的小孩一个个都成了庄稼汉，而坐在地板上供人差使的小丫头也都成为嫁了人的婆娘。男人们都流下眼泪。我很随便地对妇女们说："你老多了。"她们也感慨地对我说："老爷，您也没从前那么漂亮了。"仆人们把我带到后门，我的奶妈迎着我跑出来，抱住我嚎啕大哭，仿佛我是那受苦受难的奥德修斯①似的。有的仆人跑到澡堂去生炉子，厨子（由于没事可干，蓄了大胡子）自告奋勇去给我准备午饭，或者说晚饭，因为天已经黑下来了。大家一会儿就给我腾出房间，因为我的奶妈和先母的使女们住在那里。于是我住进父亲那简朴的屋子，就在二十三年前我出生的那个房间里睡着了。

我为各种各样的事情奔忙了近三个礼拜，和陪审官、首席贵族和万能的省里的官吏打交道。终于继承了遗产，掌管了领地。我安闲下来，可是很快就因为无所事事而觉得寂寞。我还没有结识那位善良而可敬的邻居。我不熟悉家务。我的奶妈被我委派为管家，她的话总离不开十五件家庭趣事，本来我对这些事情都很感兴趣，可是她说起来总是一个样，这一来她就成了我的另一本《最新尺牍》，在这本书里我知道哪一行在哪一页。我在贮藏室的破烂中找到那本功德无量的真的尺牍，它已经破损得不成样子。我把它拿出来，想要好好地读一读，但库尔冈诺夫已经不能再吸引我了，我又读了一遍，从此就没有再去动它。

在这种穷极无聊的情况下，我突然想到，是不是可以自己来试试写点什么。好心的读者已经知道，我受的教育不多，也没有机会获得被我放过的知识，因为到十六岁我还在跟仆人的孩子们一起玩，后来我就从一个省被调到另一个省，从一所住

① 荷马史诗《奥德修纪》中的主人公，在海上漂流十年，经历种种艰险，终于回到祖国，夫妻团圆，夺回财产。

宅迁到另一所住宅，和犹太人及随军饮食品商贩消磨时光，在破烂的球台上打弹子，在泥泞中行军。

而且我觉得做一个著作家太难了，是我们这种外行人所不可企及的，因此提笔写作这种想法起初竟使我吓了一跳。我连会见一个作家的热望至今都还未能实现，岂敢奢望有朝一日能成为作家中的一员？但是这使我想起一件事来，我想说一说这件事，以证明我对祖国文学总是满怀热情的。

一八二〇年我还在当士官的时候，我偶然出差到彼得堡。尽管我在那里没有一个熟人，但我还是度过了一个礼拜；那些日子过得快活极了：我每天都悄悄到剧院去，登上第四层楼座。我知道了所有演员的名字，迷上了×××，有一个礼拜天，她在喜剧《对人们的憎恨和忏悔》①中很出色地扮演了阿玛莉亚的角色。早晨，我从参谋总部回来，总是照例拐进一家小点心店，喝一杯巧克力茶，同时看看文学杂志。有一次我坐在那里聚精会神地读《良友》②杂志上的一篇批评文章，一个穿豌豆色大衣的人走到我跟前，从我的书底下悄悄抽去一张《汉堡日报》。我读得非常专心，连眼睛都没有抬一抬。这个陌生人要了一客煎牛排，在我对面坐下；我一直读着，一点没有注意他；他吃着早点，由于受到怠慢而气呼呼地骂小厮。他喝完半瓶酒就走了。有两个青年人也在这里吃早点。“你知道这是谁吗？”其中一个对另一个说：“这是 Б，是个著作家。”“著作家，”我不由自主地叫起来，马上丢下没有看完的杂志和没有喝完的巧克力茶，跑去付账，连找头也没有拿，便跑到街上。我往四下里瞧

---

① 德国作家科采布（1761—1819）的作品。
② 俄国作家伊兹梅洛夫（1779—1831）办的一本自由派杂志。

了瞧，发现那穿豌豆色大衣的人已经走到远远的地方，便沿着涅瓦大街紧追上去，只差没有跑步。我走了几步，突然有人把我拉住，我回头一看，一个近卫军军官对我说，我不应该把他从人行道上撞下去，而应该站住，立正向他敬礼。受了这顿训斥之后，我便小心点了。倒霉的是我时时刻刻都遇到军官，时时刻刻都要停一停，而那个著作家却愈走愈远了。我从来没有感觉到穿着士兵的大衣是这么累赘，从来没有感觉到带穗的肩章是那么令人羡慕。我终于在阿尼奇金桥赶上那个穿豌豆色大衣的人。"请问，"我对他敬了个军礼说，"您是 Б 先生吗？我有幸在《教育竞争者》[①]上看到过您的大作。""不是，先生，"他回答我，"我不是著作家，而是司法稽查官；不过我很熟悉×××；一刻钟以前我在警察桥遇见过他。"就这样，我对俄国文学的崇拜使我扔掉了三十戈比的找头，得到了一次职务上的训斥，几乎没被抓去坐牢，结果还是落了空。

尽管我理智上知道自己成不了作家，但是想当作家的狂妄念头还是在我脑中萦绕不去。我终于无法抗拒自己的爱好，订了一本厚厚的簿子，决心非写满它不可。我反复考虑、比较各种诗歌形式（我还没有想到要写朴实的散文），决定无论如何要写一首取材于祖国历史的史诗。没花多少功夫，我便找到了主人公。我选择了留里克[②]，便动手写起来。

我从流传在军官们手中的小本子里抄下一些诗，其中有《危险的邻人》《评莫斯科林荫道》《普烈斯年池塘》等等，从中学到一些写诗的技巧。虽然如此，我的诗还是进展得很慢，写

① 指《教育与慈善事业竞争者》杂志，一八一八至一八二五年在彼得堡出版。

② 传说中的罗斯创建者。

到第三句我就把它丢开了。我想，写史诗我不行，便动手写悲剧《留里克》。悲剧也写得不顺手。我试着把它写成短篇叙事诗，但是写短篇叙事诗也并不容易。最后，灵感终于使我豁然开朗，我提起笔来，顺顺当当地给留里克的画像写了一首题词。

尽管我的题词并非根本不值得注意，何况这还是一个年轻诗人的处女作，但我还是觉得我生来不是当诗人的料，因此对这第一次习作已经心满意足了。我的创作尝试使我对文学创作更加入迷，我简直无法离开小本子和墨水。我想降低一点要求，写写散文。最初，我不愿意预先做好研究，拟定提纲，把各个部分联系起来，做好这一类工作，只想把个别的想法，互不联系，也不按照一定次序，怎么想就怎么写下来。可惜，我什么也没有想出来，整整两天工夫，我只想出了下面一句话：

“一个人若不遵从理性的原则，而经常放纵情欲，他就会经常误入歧途并后悔莫及。”

这种想法当然没错，可是一点也不新鲜。我丢下这些思想，动手写小说。由于缺少经验，我不懂得把虚构出来的事件加以安排，选了些从前从某些人那里听来的奇闻轶事，竭力要用生动的叙述，有时是自己的美丽想象去美化事实。在写小说的过程中，我逐渐形成了自己的笔法，养成了正确、生动、自由表达的习惯。可是没有多少时候，我的积累用光了，我又去寻找写作的对象。

我想放下琐碎而不可信的奇闻轶事去描写真实而伟大的事件，这种想法早就激起我的联翩浮想。我觉得成为各个时代和民族的评判者、观察者和预言家，这是一个作家所能达到的最高成就。可是我只受过这么一点可怜的教育，我能写出什么历史呢？在哪一方面那些博学而认真的文人学士不会抢在我的前头？还有哪些历史没有被他们详尽地写过？写世界史吗？难道米洛特神父的不朽著作[①]已经不存在啦？写本国历史吗？在塔提谢夫、鲍尔京和戈里科夫[②]之后，我还能说些什么呢？在我连斯拉夫数字都学不会的时候，我能一头钻进编年史里，揭开古代语言隐秘的意义吗？我也考虑过写较小范围的历史，譬如说我们省城的历史，可这里又有多少我所无法逾越的障碍！要到城里去，要拜访省长和大主教，要请求允许我进档案馆和修道院档案室去查阅资料，等等。写我们县城的历史对我来说倒是方便些，可是哲学家和实用主义者对它都不会感兴趣，而且可以发挥的东西也很少：一七××年某地改称为城市；县志里记载着的唯一大事是发生在十年前的一次可怕的大火，在这次大火中，市集和政府机关都烧成一片废墟。

一件意外的事解决了我的疑难。一个婆娘在阁楼上晾衣服，发现一只破箩筐，里面装满木片、破烂和书本。全家都知道我喜欢读书。这时我正坐在那儿，面对着小本子，咬着笔杆，思考着一篇试写的乡村布道式稿子，我的女管家得意扬扬地把箩筐拖进我的房间，很高兴地喊着："书！书！""书！"我喜出望外，也喊了一声，向箩筐奔去。果然，我看见一堆绿色和蓝色封面的书，这是一批旧历本。看到是旧历本，我冷了半截，但意外地发现了这批书，我还是很高兴，这毕竟是一批书啊，我慷慨地赏了这洗衣妇半个银卢布，感谢她的热情关心。剩下我一个人

① 指一七六九年出版的《法国通史》。
② 塔提谢夫，俄国十八世纪国务活动家，著有《俄国史》。鲍尔京，俄国历史学家。戈里科夫，《俄罗斯的英明改造者彼得大帝的功绩》一书的作者。

时，我便翻阅起这批历本，我马上给强烈地吸引住了。这是一七四四年到一七九九年的历本，整整五十五年，一本不漏地连在一起。历本中的蓝色插页上写满了字，都是用古代书法写下的。我瞧了瞧这些字句，很惊奇地发现，这里不仅记载着天气和日常账目，而且还有与戈留欣诺村有关的一些历史上的简短消息。我立即着手清理这些珍贵的记录，并且立即发现，这些资料可以说就是我的领地几乎整整一个世纪的、严格按照时间顺序编排的完整的历史。此外，这些记录还贮存着经济学、统计学、气象学以及其他学科的取之不尽的资料。从这时候起我就一心一意地研究起这些记录来，因为我觉得有可能利用这些资料写出一部严整的、有趣而颇有教益的小说。我充分熟悉了这些珍贵资料之后，又着手寻找戈留欣诺村的新的史料。这些史料是那么丰富，简直使我大为惊奇。我花了整整六个月时间进行写作前的研究，终于开始了我向往已久的工作，结果，靠着上帝的帮助，我在一八二七年十一月三日完成了这项工作。

现在，我像某个和我类似的历史学家①（他的名字我已经记不得了）一样，在完成了一件艰巨的功业以后，放下笔，独自忧郁地走到花园里，思考着自己完成的工作。我觉得，写完戈留欣诺村的历史，世界已不再需要我，因为我已尽了义务，可以长眠于九泉之下了。

附编写戈留欣诺村史参考资料目录：

一、旧历本汇编。共五十四本。前二十本用带省略符号②的

① 指英国历史学家吉本（1737—1794），著有《罗马帝国的衰落和崩溃》。
② 古斯拉夫等文字加于略语或字母之上的符号，表示省略。

古代书法写成。该大事记系先曾祖父安德烈·斯捷潘诺维奇·别尔金编纂。其特点是简明扼要，例如：五月四日。下雪。特里什卡因无礼被打。六日——黄牛倒毙。谢尼卡因醉酒被打。八日——天气晴朗。九日——雨雪。特里什卡因天气不好被打。十一日——天气晴朗。新雪。猎获野兔三只，等等，无任何议论……其余三十五本是用各种各样的字体写成的，大部分是所谓商店体，有的带省略符号，有的不带省略符号，总的说来都写得啰唆、不连贯、不规范。有些地方看得出是女性的手笔。这部分还包括我的祖父伊凡·安德烈耶维奇·别尔金和我的祖母，即他的妻子叶甫普拉克西雅·阿列克赛耶夫娜的手记，也有管家戈尔鲍维茨基的手记。

二、戈留欣诺村教堂管事的大事记。这份有趣的手稿我是从神父那儿找到的，他是大事记作者的女婿。头几页给神父的孩子们撕下来做了风筝。其中有一只掉在我家的院子里。我捡起来，正想还给孩子们，突然发现上面写满了字。我看了头几行就明白，这只风筝是用写大事记的纸做的，幸好还来得及把其余的抢救出来。我用一俄石[①]燕麦的代价买下这些大事记，它写得很深刻，而且极有文采。

三、口头传说。我从不忽视任何消息。但应特别归功于阿格拉菲娜·特里丰诺娃，她是村长阿甫杰伊的母亲，据说从前是管家戈尔鲍维茨基的情妇。

四、纳税阶层[②]花名册，附有历任村长有关农民品行和经济状况的记载（账册和支付账目）。

---

① 俄国旧容量单位，装固体物等于 209.91 升，装液体物等于 3.074 8 升。
② 指农民及市民。

这个按照首府的地名称为戈留欣诺的地方，在地球上占有二百四十多亩[①]土地。居民的数目已达六十三人。它的北面同杰里乌霍沃村和彼尔库霍沃村接壤，两村的居民都贫困、瘦弱而矮小，而高傲的地主们都热中于威武雄壮的猎兔活动。南面，西夫卡河将它同卡拉切沃自由农民的领地隔开，这是些不安分的、以性格残暴著称的邻人。西面界临繁花似锦的扎哈林田野，它在贤明而有教养的地主们管辖下成了个升平世界。东面毗连着一块荒无人烟的地方，一片无法通行的沼泽。那里只生长着一种酸果蔓，那里只响着单调的蛙鸣，根据迷信的传说，那是某个鬼怪出没的地方。

附记：这沼泽称为鬼沼。传说有个傻乎乎的牧女曾在离这片荒无人烟的沼泽不远的地方放猪。她怀了孕，却怎么也说不清楚是怎么回事。老百姓都说这是沼泽上的鬼作的怪。但是这种神话不值得引起历史学家注意，在出现了尼布尔[②]之后，再相信这种无稽之谈就更加不可原谅了。

戈留欣诺自古以来就以其土地肥沃和气候宜人著称。在它肥沃的土地上生长着黑麦、燕麦、大麦和荞麦。白桦林和云杉林供给居民木材和枯枝，让他们得以用来建筑房屋和取暖。胡桃、酸果、越橘和欧洲越橘总是绰绰有余。蘑菇长得极多；用酸奶油炒的蘑菇虽然是不太好消化的食物，却味美可口。池塘里鲫鱼成群，西夫卡河里游着梭鱼和鳕鱼。

---

① 指俄亩，每俄亩等于 1.09 公顷。
② 尼布尔，见本篇前注。他曾推翻前人信以为真的许多臆造的传说。

戈留欣诺人大多是中等身材，体格强壮，生性豪勇，他们的眼睛是灰色的，头发淡黄或栗色。妇女大多长着稍稍翘起的鼻子，颧骨突出，身材高大。

附记："强壮的女人"，这种提法常常可以在纳税阶层花名册里看到，村长常在那上面作这样的说明。男人都忠厚老实，热爱劳动（特别是在田里干活），英勇豪放：许多人都单独去猎熊，并以拳击手闻名遐迩；大家都喜欢饮酒取乐。妇女除了家务，还分担男人的大部分劳动；她们像男人一样勇敢，很少有人怕村长。她们组成了一支强大的卫队，昼夜不息地守卫着老爷的庄院，称为*女矛兵*（从斯拉夫字"矛"得名）。女矛兵的主要职责是连续用石块敲击铁板，以吓唬坏人。她们的贞洁一如她们的美丽，要是有人企图对她们非礼，她们会严峻而毫不含糊地回答他们。

戈留欣诺的居民早就大量贩卖树皮、树皮箩筐和树皮鞋。西夫卡河促进了他们的买卖。春天里，他们像古代的斯堪的纳维亚人那样，乘着独木舟渡过河去；其他季节，他们则把裤脚卷到膝盖上，涉水过河。

戈留欣诺的语言肯定是斯拉夫语的一个分支，但它也像俄语一样和斯拉夫语有所不同。这种语言有许多简写和省略，有些字母根本就不用，有的用别的字母代替。但是俄罗斯人是很容易听懂戈留欣诺人的话的，反过来也一样。

男人一般在十三岁的时候娶二十岁的姑娘。妻子在最初四五年内打丈夫，后来就由丈夫打妻子；男女双方就这样各有一段掌权的时候，于是平衡得到保持。

葬仪是这样的：死人当天就被送到墓地去，使他不至于在木屋里白占一席之地。因此也常常发生这种情况，棺材里的死人刚被抬到村口，突然打起喷嚏或呵欠来，这一下可乐坏了亲人们。妻子们哭丈夫，一边啼哭，一边诉说："我的好人儿，我勇敢的男人！你可把我丢给谁呀？让我用什么来纪念你啊？"送葬回来以后，便摆丧宴追荐亡人，亲戚朋友一般都要大吃大喝两三天，甚至整整一个礼拜，这要看对死人的悼念有多少尽心和悲痛。这种古代的葬礼一直保留到今天。

戈留欣诺人穿衬衫，衣裾散放在裤子外面，这是他们的特征，表明他们是斯拉夫人。冬天，他们穿羊皮袄，但这是为了好看，而不是因为需要——他们总是把羊皮袄披在一边肩膀上，只要干点需要活动身子的极轻微的活，他们就把羊皮袄脱掉。

自古以来戈留欣诺村的科学、艺术和诗歌就很繁荣。除教士和教堂管事外，村里还有一些读书人。大事记提到一七六七年前后有一个录事[①]叫捷连季，他不仅会用右手，而且也会用左手写字。这个不平常的人会写各种书信、呈文、私人证明等文书，因此他在附近一带颇有名气。由于他有这一技之长，又肯为人效劳，并且参与过许多有名的事件，他倒是吃了不少苦头；他死的时候，年纪已经很大，当时他正在练习用右脚写字，因为他两手的笔迹别人已经非常熟悉了。就像读者将要在下文看到的那样，他在戈留欣诺村的历史上是起过重要作用的。

音乐始终是受过教育的戈留欣诺人喜爱的艺术；三弦琴和风笛至今仍在他们家中，特别是在那幢装饰着小松树和双头鹰的古老公共建筑里鸣响，使那些富有感情的心灵得到愉悦。

诗歌也曾一度在古代的戈留欣诺村繁荣过。后代人至今还记得秃顶阿尔希普的诗作。

---

① 被选出来协助村长工作的识字的农民。

在抒情上，他的诗不亚于著名的维吉尔[①]的牧歌，而在想象的优美上，他的诗远远超过苏马罗科夫先生[②]的田园诗。虽然在文体的优雅上它不及我们今天诗神的最新作品，但在别出心裁和俏皮上则可以和这些作品媲美。

试举一首讽刺诗为例：

安东村长一步步
来到老爷的田庄，
他怀里藏着筹码[③]，
把它给老爷送上，
老爷对它看了又看，
不懂得是什么名堂。
你啊，村长安东，
把老爷的财产都偷光，
逼着全村的人去要饭，
还送掉自己的婆娘。

我已向读者介绍了戈留欣诺村的民族志学和统计学状况及其居民的风俗习惯，现在我们就可以言归正传了。

---

① 维吉尔（前70—前19），古罗马诗人，著有《牧歌集》，歌颂理想化的田园生活。
② 苏马罗科夫（1717—1777），俄国作家，俄国古典主义代表人物之一。
③ 指债务。

神话时代

特里丰村长

戈留欣诺村的管理方式经过了几次变革。起初是由公众推选出来的执事地主委派的管家轮流管理的，最后干脆由地主亲自出马掌管一切。各种管理方式的利弊，我将在下面的叙述中一一表明。

戈留欣诺村的创建及其最初的居民已经无从查考。一些模糊不清的传说告诉我们，戈留欣诺从前是个富裕而广阔的村落，所有的居民都过着富足的生活，每年征收一次代役租，用几辆大车装载，不知运到哪里去。那时一切物品都是低价买进高价卖出。没有管家，村长不欺侮任何人，村民干活不多，生活过得乐陶陶，连牧人也穿着皮靴去放牧。我们不应该为这幅令人神往的景象所迷惑。所有的人都梦想着黄金时代，这种梦想只不过证明，人们永远不会满足于现实，根据他们的经验，对未来并不寄予太多的希望，因此就用各种美丽的想象来美化一去不复返的往昔。下面所说的情况才是真实可靠的：

戈留欣诺村自古以来属于著名的别尔金家族。但我的祖先还有很多别的领地，对这个偏远的地方不是很关心。戈留欣诺村只付很少的贡赋，由称为米尔大会的村民会议选出的执事管理村里的事务。

但随着时间的流逝，别尔金家的世袭领地都给分光了，家道也就衰落下来。富贵祖父的贫穷孙子们还是惯于过奢侈挥霍的生活，虽然家产只剩下一成，他们还是要从这点产业中收取从前一样多的进项。严厉的命令一道道接踵而来。村长在村民会议上照本宣科；执事们在会上夸夸其谈，整个会场都沸腾起来了。结果老爷们没有收到两倍的租金，却得到一些巧妙的托辞和可怜巴巴的诉苦信，这些信都是用油污斑斑的废纸写成并且用铜钱封好送给老爷的。

大祸已经临到戈留欣诺村民头上，可是谁也没有想到。在民众推选出来的最后一个村长特里丰任上的最后一年，就在教堂过节的那一天——那时好多人正热热闹闹地围着一座人们在饮酒作乐的屋子（俗称酒店），有些人正在街上游逛，互相拥抱，高声唱着秃顶阿尔希普写的歌曲——一辆藤制的带篷马车驶进了村里，那马车套着一对已经跑得半死不活的劣马，驭座上坐着一个衣衫褴褛的犹太人，从马车里探出一个戴着便帽的人头，好像在好奇地瞧着作乐的人群。居民们都对着马车哈哈大笑，百般嘲弄。（附注：有几个狂徒，卷起衣裾，嘲弄那个驾车的犹太人，故意耻笑他，对他大喊："犹太人，犹太人，吃猪耳朵！……"——*戈留欣诺教堂管事的大事记。*）但是等马车在村里停下，乘车的人从马车上跳下来，命令去叫村长特里丰的时候，大家都惊呆了。当官的在酒店里，这时候由两个执事毕恭毕敬地把他扶出来。陌生人威严地瞧了他一眼，递给他一封信，叫他立即当众宣读。戈留欣诺村的村长们有一个规矩，他们从来不亲自宣读文书。村长不识字。于是派人去找录事阿甫杰伊。在不远的地方把他找到——他正在一条巷子里的篱笆旁边睡觉——把他带到了陌生人跟前。不知是因为被揪来还是突然受了惊，要不就是有什么痛苦的预感，信上写得清清楚楚的字句在他眼里竟成了一片模模糊糊的东西，他完全无法辨认出来。陌生人把村长特里丰和录事阿甫杰伊痛骂了一顿，然后打发他们回家去睡觉，把宣读信件的事放在明天办，接着迈步前往村公所，那犹太人也提着他的小箱子跟他到那里去。

戈留欣诺人默默地注视着这个不寻常的事件，感到十分惊异，但没过多久，他们便把马车、犹太人和陌生人置诸脑后了。这一天他们过得既热闹又愉快，这会儿村子已进入梦乡，谁也没有想到明天会出什么事。

旭日东升，居民们都被一阵敲窗声惊醒，村里叫他们去参加米尔大会。公民们一个个走进村公所的院子，这里就是会场。他们的眼睛浑浊而发红，面孔浮肿，个个打呵欠，抓头皮，望着那个戴便帽、穿旧蓝袍、装模作样站在村公所台阶上的陌生人，竭力回忆这张脸从前在什么时候看见过。村长特里丰和录事阿甫杰伊光着头低三下四、愁眉苦脸地站在他身旁。“全都来了吗？”陌生人问道。“全都到齐了吗？”村长重问了一声。“全到齐了。”公民们回答。这时村长宣布收到老爷的信札，命令录事当众宣读。阿甫杰伊便朝前跨了一步，高声宣读起来。（附注：“这封严厉的信我是从特里丰村长那儿抄来的，他把这封信和其他管辖戈留欣诺村的文献一起藏在神龛里。”我不可能亲自找到这封有研究价值的信件。）

特里丰·伊凡诺夫：

今由余之代理人××携信前往领地戈留欣诺村执行管理事务。代理人到达之后，汝等即应召集村民宣布余之意旨：凡本村村民均应服从代理人××之命令，犹如服从本人之命令。彼之一切吩咐均应绝对服从，否则彼对违抗者即可任意严厉处置。余迫不得已，出此下策，均因村民忘恩负义、执意违抗及汝特里丰·伊凡诺夫阳奉阴违、姑息纵容所致也。

某某（签名）

这时代理人××两腿叉开像个字母X，两手叉腰，像个字母Φ，简单扼要地说了下面一段话："你们可得给我当心点，别过分自作聪明——我知道，你们太逍遥自在了，我要整掉你们的痴心妄想，就像解掉你们昨天的醉意一样。"这时谁都没有一点醉意了。戈留欣诺人好像遭到雷击一样，个个垂头丧气，提心吊胆地回家去。

管家××的管理

××接管了管理权，便着手执行起他的政治制度来了；这个制度值得好好研究一下。

它的主要根据是这么一条原理：庄稼汉愈富就愈蛮横，愈穷就愈驯服。因此，××就千方百计设法整顿这块领地，就像在为农民做一件功德无量的事似的。他吩咐把所有的农民都登记入册，把他们分成富人和穷人。（一）把拖欠的租金分派给富裕农民，严令他们偿还欠款。（二）欠款的穷人和游手好闲的懒汉立即被送去耕田，如果按照他的算法，他们的劳动还不够交租，那么他就把他们送到别的农民那里去当长工，为此这些农户就必须自动向他交纳租金。被送去当农奴的人只要还清欠款，并且交出两倍的年租，就可以完全赎身。一切公共劳役都落在富裕农民头上。征兵是那贪得无厌的统治者最高兴的事情，因为如果没有选中那些无赖或破产的农民，那么所有富裕的农民就得一个个来付赎金。[①]米尔大会被取消了。他收到的租

① 可恶的管家把安东·季莫菲耶夫抓起来，季莫菲老头花了一百卢布才把儿子赎出来；管家关押了彼得鲁什卡·叶烈麦耶夫，他父亲用六十八卢布把他赎回。这可恶的家伙想把列哈·塔拉索夫关起来，但后者逃进了森林，管家对此非常伤心，暴跳如雷，把酒鬼凡卡送到城里去当兵（据戈留欣诺村农民的报告）。——原注

金不多，于是一年到头不断地征收。这还不算，他还搞了许多苛捐杂税。农民们似乎都乖乖地缴纳租税，反抗也不比以前厉害，但他们无论如何挣不到很多钱，当然也无法积攒下什么财产。不到三年，戈留欣诺村便一贫如洗了。

戈留欣诺村凋敝，集市萧条，秃顶阿尔希普编的歌也没有人唱了。孩子们到处去讨饭。一半农民在种地，一半去当长工；教堂的节日，照大事记作者的说法，再不是欢天喜地的日子，而是悲哀和痛苦回忆的纪念日。

罗斯拉甫列夫

读着《罗斯拉甫列夫》[①]，我发现这部小说的开头是根据我非常熟悉的一件真实事情写成的，这使我十分惊奇。我曾经是扎戈斯金君小说里那位不幸的女主人公的朋友。他重新把读者的注意力引到那件大家已经遗忘的事情上去，唤起已被时间冲淡的愤懑，扰乱了阴间的安宁。我要为那幽灵辩护——读者一定会理解我的真诚动机，因而宽恕我这支笔的拙劣。我不得不谈自己的许多事情，因为我的命运和我那可怜朋友的遭遇曾经长时间联结在一起。

我是在一八一一年进入社交界的。我不打算描绘我最初的那些印象，很容易想象，一个十六岁的女孩子，一旦离开阁楼和老师，连续不断地去参加舞会，会有什么感觉。我充分显示了我那个年龄的活泼本性，陶醉在玩乐的旋风里，并没有想到……很可惜，那个时代是很值得好好体察体察的。

在跟我一起出来的姑娘们当中，某公爵小姐（扎戈斯金君管她叫做波利娜，我就沿用这个名字）是很出众的一个。有一件事情使我们很快要好起来。

我哥哥是个二十二岁的小伙子，是当时的纨绔子弟一类的人物；他在外交委员会应卯，住在莫斯科，成天跳舞玩乐，不务正业。他爱上波利娜，叫我想办法，让我们两家人互相接近。哥哥是我们家的宝贝，他想叫我做什么，我就得做什么。

我为了满足他的愿望，便和波利娜接近起来，不久我便真的和她难舍难分了。她身上有许多奇特的地方，而且还有更多的诱人之处。我还没有怎么了解她，便已经喜欢她了。不知不觉之间，我便用她的目光来观察一切，用她的想法来思考一切。

波利娜的父亲是个有功之臣，佩戴着宫廷侍从的钥匙标志和勋章，出门乘坐纵列马车，但为人却风流倜傥、平易近人。和父亲相反，她母亲却是个矜持庄重的女人，架子十足，考虑问题总是正儿八经的。

波利娜到处出现。许多崇拜者围着她转，对她大献殷勤，但她觉得无聊，这种无聊的感觉使她显得高傲而冷淡。这种神气跟她那希腊式的脸庞和乌黑的眉毛极其相称。我常常取笑她，引得这张端正而忧郁的脸儿泛出笑容，那时我是多么得意啊！

波利娜不加选择地读了好多好多书。父亲图书室的钥匙就在她手里。图书室里大多是十八世纪作家的作品。法国文学作品，从孟德斯鸠到克雷比永[②]的小说她都熟悉。卢梭的作品她能背诵。图书室里除了波利娜从来不碰的苏马罗科夫的著作外，没有一本俄国书。她告诉我，她看俄国的出版物很吃力，因此大

---

① 指俄国作家扎戈斯金（1789—1852）的小说《罗斯拉甫列夫，亦名一八一二年的俄国人》，普希金这篇小说是针对扎戈斯金的同名小说而写的。

② 克雷比永（1704—1777），法国小说家。作品描述十八世纪法国上流社会生活，著名小说有《漏勺》《情感和理智的迷惘》等。

概没有读过任何俄文书，包括那些莫斯科诗人献给她的小诗。

我在这里要说几句题外话。荣耀归于上帝，自从人家责备我们这些可怜人，说我们不读俄文书，（似乎）不会用祖国语言来表达自己的意思，已经三十年了。（附注：再对《尤里·米洛斯拉夫斯基》的作者重复那些庸俗的责备是罪过的。我们都读过他的书，看来，他有责任为我们当中的一位女士把他的小说译成法文）。问题是，我们本来也很乐于读俄文书，可是我们的文学作品似乎没有比罗蒙诺索夫[①]更早的，而且也非常有限。不用说，这些文学作品会使我们熟悉某几个优秀的诗人，可是你不能要求所有的读者都特别欢喜读诗。散文方面，我们只有一本卡拉姆辛的历史著作。最早的两三本长篇小说是两三年前才问世的：然而在法国、英国和德国，这时书却一本接一本地出版，一本比一本精彩。我们连译本都没有看到；要是看到啊，嘿，随你怎么说吧，我反正还是要看原著。我们的文学家对杂志是有兴趣的。不管是消息还是概念，一切我们都只能从外文书去了解；这样一来，我们连思考问题都是用外语（至少那些经常在思考问题和留心人类思想的人是这样）。这一点许多最著名的文学家都对我说过。我们的作家总是抱怨我们瞧不起俄文书，就像俄罗斯商人总是抱怨我们向希赫列尔买帽子，而对科斯特罗马制帽女工的产品不满。现在言归正传。

上流社会生活给人们留下的记忆一般说是很淡薄的，甚至在具有历史意义的时代里也是这样。可是一个女旅行家在莫斯科出现，这件事却在我的脑海里留下了深刻的印象。这位女旅

① 罗蒙诺索夫（1711—1765），俄国学者、诗人，他在发展俄国文化教育方面有很大贡献，莫斯科大学是他创办的。

行家是斯塔尔夫人[1]。她是夏天来的，那时绝大部分莫斯科居民都到乡下避暑去了。俄国人的好客使大家手忙脚乱起来；大家都不知道怎样招待这位杰出的外国女人。不用说，人们都纷纷设宴招待她。男人和女士们都从四面八方赶来看她，大多数都对她感到不满。他们看见的是一个年已半百的胖女人，穿戴不合她的年龄。大家不喜欢她的风度，嫌她说话太长，而袖子又太短。波利娜的父亲早在巴黎就认识斯塔尔夫人，这次他特地设宴款待她，把我们莫斯科所有的才子都请来作陪。在那里我看见了《柯林娜》的作者。她坐在首席，双肘支着桌子，用她那秀美的手指把一张纸一会儿卷成圆筒，一会儿又展开来。她似乎心情不好，几次想说话，可是没有说下去。我们的才子们自由自在地吃喝着，似乎对公爵的鱼汤比对斯塔尔夫人的谈话满意得多。女士们都很拘谨。她们觉得自己孤陋寡闻，在这位欧洲名人面前畏畏缩缩，难得打破一下沉默。整个宴会期间，波利娜如坐针毡。鲟鱼和斯塔尔夫人同样吸引客人们的注意。客人们时时刻刻都期待着斯塔尔夫人说出几句俏皮话；最后终于从她嘴里吐出一句双关语，甚至是够大胆的。大家都随声附和，哈哈大笑，私下里惊奇地赞叹着；公爵更是得意忘形。我朝波利娜瞧了一眼。她满脸绯红，眼睛里滚动着泪水。客人们都从桌子旁边站起来，对斯塔尔夫人的态度完全改变了：她说了一句双关语，他们可以奔走相告，把这句话传遍全城了。

“你怎么啦，我亲爱的[2]？”我问波利娜，“难道一句稍微随

---

① 斯塔尔夫人（1766—1817），法国女作家，积极浪漫主义的前驱。作品有小说《黛菲妮》《柯林娜》等。以下出现斯塔尔夫人的名字时，原文均为法语。

② 原文为法语。

便点的笑话就使你这么激动吗？”“哦，亲爱的，”波利娜回答，“我太失望了！我们的上流社会在这位非凡的夫人面前该显得多么渺小啊！她习惯于在了解她的人们当中生活——这些人都有光辉的见解，猛烈跳动的心房，充满灵感的话语；她习惯于倾听受到高等教育的人们引人入胜的谈话。可这里……我的天！三个小时之内，竟没有一点思想，没有一句出色的话！只有一些蠢人，只看到他们妄自尊大！她感到多么无聊！她感到多么厌倦！她知道他们需要什么，知道这些文明的猴子能理解些什么，因而随便对他们说了句双关语。可他们就这样如获至宝！我羞愧得无地自容，简直想痛哭一场……但是，让它去吧，”波利娜继续热烈地说着，“我们这个上流社会是如此无知，让她把这种想法带走吧，他们活该得到这种评价。至少她看到了我们善良纯朴的人民，并且能够理解他们。你听见她对这个叫人无法忍受的老小丑说了什么话吗？这个小丑为了讨好外国女人，竟想要取笑我们俄罗斯人的大胡子。可是她回答他说：‘一百年前保住自己胡子的人，今天他也会保住自己的头颅。’她多么可爱！我多么喜欢她！我多么憎恨那个迫害她的人！”

不单是我一个人注意到波利娜的激动，就在那个时候，另一双敏锐的眼睛也在瞧着她：那是斯塔尔夫人的一双黑眼睛。我不知道她有什么想法，但宴会一结束，她就走到我的朋友面前，跟她谈了好一阵。过了几天，斯塔尔夫人给她写了如下一封信：

我亲爱的孩子，我病得很厉害。如果您能来安慰安慰我，那么您真是太可亲了。请您尽可能取得令堂的允许，并请向她转达爱您的斯塔尔夫人对她的敬意。[①]

这封信保存在我这里。波利娜从来没有对我说起她和斯塔尔夫人的交往，虽然我非常想知道。她对这位如此杰出、善良、有才华的夫人是那么着迷，简直到了神魂颠倒的地步。

某些人爱好诽谤竟达到这样的程度！不久以前，我在一个很正派的团体里谈了这件事。"也许，"他们对我说，"斯塔尔夫人是拿破仑分子的奸细，而某公爵小姐给她送了她所需要的情报。""得了吧，"我说，"斯塔尔夫人被拿破仑迫害了十年，她是个很高贵的女人，善良的斯塔尔夫人在俄国皇帝的庇护下才好容易逃了出来，斯塔尔夫人是夏多勃里昂[②]和拜伦的朋友，斯塔尔夫人怎么会做拿破仑的奸细！……""这非常非常可能，"尖鼻子的 Б 伯爵夫人反驳我，"拿破仑那么老奸巨猾，而斯塔尔夫人也是个极具精明的家伙！"

大家七嘴八舌地谈着即将爆发的战争，就我记忆所及，都谈得极其轻率。模仿路易十五时代的法国腔调成了时髦风气。爱国被看作迂腐。当时的才子们卑躬屈节地疯狂称颂拿破仑，并且取笑我们的失利。可惜，为祖国辩护的人都太老实了；他们被人百般嘲弄讥笑，一点都不能发挥作用。他们的爱国主义只限于无情地指责别人在交际中使用法语和外来语，用各种有威胁性的行动去反对库兹涅茨桥[③]，等等。青年人都用一种轻蔑或冷淡的语气谈论俄国的事情，他们边开玩笑，边预言俄国将

① 原文为法语。
② 夏多勃里昂（1768—1848），法国作家，消极浪漫主义的代表。
③ 指俄国外交部。

遭到莱茵联盟[①]的命运。总之，这个社会是够可恶的了。

突然，敌人入侵的消息和皇帝的号召使我们大为震惊。整个莫斯科都翻腾起来。出现了拉斯托普卿伯爵[②]的平民号召书；人民都同仇敌忾。上流社会那些喜欢打诨说笑的人都安静下来；女士们都惊慌失措。那些指责库兹涅茨桥和反对使用法语的人在社交界占了上风，所有的客厅里都挤满爱国志士：有的把鼻烟壶里的法国烟草倒掉，嗅俄国烟；有的一下子烧掉十来本法国小册子；有的不喝法国的拉斐特酒，宁愿吃俄国的酸白菜汤。大家发誓不再说法语；到处高呼波查尔斯基和米宁的名字，宣传人民战争，可是却准备长途跋涉，逃到萨拉托夫乡下去。

波利娜无法隐瞒自己的轻蔑，就像从前没有隐瞒自己的愤怒一样。这种一百八十度的转变和怯懦使她忍无可忍。在林荫大道上，在普列斯尼亚水池旁，她故意说法语；吃饭的时候，她故意当着仆人的面反驳那些爱国的豪言壮语，故意说拿破仑有庞大的军队，谈论他的军事天才。在座的人都害怕有人告密，吓得面无人色，争先恐后地指责她为祖国的敌人张目。波利娜轻蔑地冷笑着。“上帝保佑，”她说，“但愿所有的俄国人都像我这样爱国。”她的行为很使我吃惊。我深知波利娜是个谦逊文静的姑娘，弄不懂她哪来这么大的胆子。“算了吧，”有一次我对她说，“你总爱多管闲事。让男人们去打仗，去叫喊政治吧；女人又不上战场，波拿巴[③]跟她们没有关系。”她两眼闪耀着炯炯

① 1860 年德国西部和南部的许多国家在拿破仑法国保护下结成的联盟，其使命是要成为法国在中欧的军事、政治支柱。
② 拉斯托普卿（1763—1826），莫斯科总督（1812—1814）。
③ 即拿破仑。

的光芒。“你真不害臊，”她说，“难道女人没有祖国？难道她们没有父亲、兄弟、丈夫？难道俄国人的血不是我们的血？你是不是以为，我们生来只是为了让人家搂着我们在舞会上跳苏格兰舞，在家里绣绣小花狗？不，我知道女人对社会舆论会发生什么影响，或者至少对一个人的心能起什么作用。我反对社会对我们的轻视。你看看斯塔尔夫人吧，拿破仑把她当作一支敌军来对付……而在法国军队兵临城下的时候，我的伯父竟还讥笑她的胆怯！他对她说：‘放心吧，夫人，拿破仑是来打俄国，不是来打您的……’是啊！要是伯父落到法国人手里，那他们会请他到皇宫里去散步的，可斯塔尔夫人在这种情况下却会死在国家监狱里。而夏洛蒂·科德[①]呢？我们的玛尔法夫人[②]呢？达什科娃公爵夫人[③]呢？我哪一点比她们差？决不会是勇敢果断吧。”我非常惊讶地听着波利娜的这一席话。我从来没有想到她会这样热情和大义凛然！唉！她这种非凡的气质和高尚的勇气会造成什么后果呢？我所喜爱的那位作家说得对：“只有沿着前人踏出来的道路才能找到幸福。”[④]

皇帝的驾到使大家更加兴奋。上流社会也终于洋溢着爱国热情。客厅成了议会大厦。到处都在议论爱国募捐的问题。大家都重复着献出全部产业的青年伯爵马蒙诺夫[⑤]的不朽言论。后来有些做妈妈的曾说，伯爵已不是一个那么值得眼红的女婿了，不过我们大家都很钦佩他。波利娜对他极其崇拜。“你捐献

---

① 暗杀法国资产阶级革命领袖马拉的凶手，波利娜把她看作英雄。

② 中世纪诺夫哥罗德封建派别的首领，反对诺夫哥罗德和莫斯科合并，波利娜把她看作保卫自由权利的英雄。

③ 达什科娃（1743—1810），俄国女社会活动家。

④ 原文为法语，可能是法国作家夏多勃里昂的话。

⑤ 德米特里耶夫-马蒙诺夫（1790—1863），一八一二年曾用自己的财产组织骑兵团抵抗拿破仑入侵。

什么？”有一次她问我哥哥。“我还没有掌管产业，”我那不务正业的哥哥回答说，“我只有三万卢布的债，我愿把这身债献到祖国的祭坛上。”波利娜勃然大怒。“对于某些人来说，荣誉也好，祖国也好，都是微不足道的小事，”她说，“他们的兄弟正在战场上流血牺牲，可他们却在客厅里胡闹耍笑。我不知道能不能找出这么一个下贱的女人，会允许这种无赖向自己卖弄爱情。”我哥哥也大发脾气。“您也太刻薄了，小姐，”他反驳说，“您想让大家都把您看成斯塔尔夫人，还要对您念上一段《柯林娜》里的话吗？您可知道，一个跟女人开玩笑的人倒不一定会在祖国和敌人面前开玩笑。”说完这句话，他就转过身去。我以为他们要吵一辈子架，可是我错了：我哥哥的无礼倒使波利娜很高兴；看到他发出这种充满自尊心的脾气，她宽恕了他的不适当玩笑。而且过了一个礼拜，当她知道他进了马蒙诺夫团，她还亲自请我替他们调解。我哥哥喜出望外，当时就向她求婚。她答应了，但是要求把婚期推到战争结束之后。第二天，我哥哥就上部队去了。

拿破仑打到莫斯科，我们的军队在撤退。莫斯科告急。居民一个接一个逃出去。公爵和公爵夫人要我母亲跟他们一起到×××乡下去。

我们来到离省城二十里路的一个大村庄×××。我们周围还有许多人，他们大多是从莫斯科来的。大家每天都聚在一块儿。我们乡下的生活也跟城里差不多。军队里几乎每天有信来，老太太们在地图上寻找军队扎营的地方，找不到就生气。波利娜只关心政治，除了报纸和拉斯托普卿的公告，她什么也不看，一本书都没有翻过。她周围都是一些无知的人，老是听着他们那些荒谬的议论和毫无根据的新闻，她感到非常沮丧，心灰意懒。她对于祖国的得救愈来愈感到绝望，她觉得俄国正在迅速走向灭亡，每一期战报都在加深她的失望，拉斯托普卿伯爵的警察局公告使她逐渐失去耐心。她觉得公告里那种戏谑的文体极不严肃，所采取的措施又野蛮得叫人无法忍受。她不理解当时那个大胆得叫人咋舌的了不起的主意——由于大胆地实现这个主意，俄国得到了拯救，欧洲得到了解放。[①]她两肘支在俄国地图上，随着部队的迅速运动，计算着里程，一坐就是几个小时。她头脑里转着一些怪念头。有一次她对我说，她准备离开乡下，到法军军营里去，潜到拿破仑身边，亲手杀死他。我没有费多大工夫就使她相信这种举动是不理智的，但夏洛蒂·科德的事迹还是久久地萦回在她心头。

就像你们所知道的，她父亲是个风流倜傥的人物；他只考虑在乡下怎么尽可能过得像在莫斯科一样。开宴会，办家庭业余剧社，[②]在演出中朗读法国谚语[③]，竭力使我们的娱乐丰富多彩。城里来了几个被俘的法国军官。公爵对来了几个新人物感到高兴，求得省长同意，把他们安置在自己家里。

军官共有四个——其中三个是极其平庸的人，拿破仑的狂热信徒，饶舌得叫人受不了；诚然，他们都为自己的吹牛付出了代价——各人都可敬地负了伤。但另一个军官却是个非常出色的人物。

当时他二十六岁。他出身高贵的门第。他的脸很讨人喜欢，风度也很潇洒。我们立刻就看出他与众不同。他彬彬有礼地接受我们的亲切款待。他话说得很少，却说得很有道理。波

---

① 俄军总司令库图佐夫为了保存俄军有生力量，最终战胜拿破仑入侵，决定放弃莫斯科，使法军进入这一坚壁清野的空城，孤军深入而大败。

②③ 原文为法语。

利娜对他颇有好感，因为他是第一个能够向她清楚地解释军事行动和军队调动的人。他安慰她，对她解释俄国军队的退却并不是无意义的逃跑，这种退却使俄国人产生多少仇恨，就使法国人产生多少恐惧。“但是您，”波利娜问他，“难道您不相信你们的皇帝是不可战胜的吗？”西内库（这是扎戈斯金君给他取的名字，我也沿用这个名字）沉吟了一下，回答说，处在他的地位，坦率是有困难的。波利娜一定要他回答。西内库承认，法国军队深入俄国腹地是危险的，一八一二年的进军看样子结束了，可是眼看不会取得什么效果。“结束了！”波利娜表示不同意，“可拿破仑还在进攻，我们还在撤退！”“这样对我们更糟。”西内库回答了一句，接着便转到别的话题上去了。

波利娜听厌了邻居那些提心吊胆的预言和无聊的吹牛，如饥似渴地听着有真知灼见和公正的论断。我不断收到哥哥的来信，可是从这些信里是得不出什么结论的。这些信写了许多有意思和没有意思的笑话，询问波利娜的各种情况，庸俗地向她倾诉爱情，还写了些别的东西。波利娜读了这些信，总是表示不满，耸耸肩膀。“我说，你的阿列克赛是个非常无聊的人。在目前这种情况下，他还从战场上想方设法写来这些无聊的信，那么以后在长期平淡的家庭生活中，他会跟我谈些什么呢？”她错了。哥哥写这些无聊的信并不是因为他庸俗，而是出于他的偏见，但是这种偏见恰恰使我们感到极其屈辱：他认为给女人写信应该用适合她们低下的理解能力的语言，而正经事情跟我们是风马牛不相及的。这种看法不管在哪里说都是无礼的，在我们这儿则尤其愚蠢。毫无疑问，俄国妇女比起那些不知在干些什么的男人来有更好的教养，书读得更多，问题也思考得更多。

到处流传着鲍罗金诺会战的消息。人人都在谈论这件事；

随便哪个人都有确实的消息，随便哪个人都有伤亡人员的名单。哥哥没有给我们写信。我们都非常担心。最后有一个传播消息的人告诉我们，说他被俘了，同时悄悄地对波利娜说他阵亡了。波利娜深为悲痛。她并没有爱上我哥哥，还常常对他表示不满，但这时却把他看成一个殉国的英雄，并且背着我偷偷地为他痛哭。我好几次看到她在流泪。这一点我并不感到奇怪，我知道，她对我们灾难深重的祖国的命运是多么深切关注。我毫不怀疑，使她如此痛苦的一定还有些什么原因。

一天早晨，我和西内库一起在花园里散步，我们谈到波利娜。我发现他很了解波利娜那种非凡的品格，也很欣赏她的美丽。我笑着对他说，他的境遇是够浪漫的了——一个受伤被俘的骑士爱上了城堡高贵的女主人，打动了她的心，终于得到了她的爱情。"不，"西内库对我说，"公爵小姐把我视为俄国的敌人，她永远也不会同意离开祖国。"这时波利娜在林荫路的那一头出现了，我们向她走去。她大步向我们走来。她脸色苍白，使我很吃惊。

"莫斯科失守了。"她没有回应西内库的鞠躬，对我说。我的心缩紧了，泪如泉涌。西内库默默无言，垂下眼睛。"那些高贵而又文明的法国人正在隆重庆祝自己的胜利。"她用气愤得发抖的声音继续说，"他们放火焚烧莫斯科。莫斯科已经烧了两天了。""您在说什么？"西内库高声叫起来，"这不可能。""等到夜里，您也许会看到火光的。"她冷冷地回答。"我的天哪！他完了，"西内库说，"怎么，难道你们还不明白，莫斯科大火正意味着法军的全军覆灭，意味着拿破仑再也无法支持下去，意味着他在冬季即将来临的时刻不得不拖着溃乱、不满的军队穿过毁坏殆尽、物资撤空的大片土地尽快撤退！你们可以认为，是法国人在自掘坟墓！不，不，是俄国人，是俄国人放火烧了莫斯科。这是一种可怕、野蛮的宽宏大量！现在一切都决定了：你们的祖国得救了，可是我们会落得个什么下场，我们的皇帝会落得个什么下场……”

他离开我们走了。波利娜和我都闹不清是怎么回事。“难道是像西内库所说的那样，莫斯科大火是我们放的？”她说，“要是这样……噢，我真可以以一个俄国妇女的名义感到骄傲！全世界都会为这种伟大的牺牲目瞪口呆！现在连我们的灭亡我也不感到可怕，我们的荣誉得救了；欧洲再也不敢和一个敢于砍掉自己的双手、放火焚烧自己京城的民族打仗了。”

她的眼睛是这样炯炯有神，她的声音是这样高亢。我紧紧拥抱着她，我们一起流着高尚而兴奋的热泪，一起为祖国而热烈地祈祷。“你还不知道吧？”波利娜现出庄严的神色对我说，“你哥哥……他很幸福，他没有被俘——你应该高兴：他为拯救俄国捐躯了。”

我惊叫了一声，昏倒在她怀里……

杜勃罗夫斯基

第一卷

第一章

几年前，有个俄国世袭贵族基里拉·彼得罗维奇·特罗耶库罗夫住在他的一个庄园里。他的财富、显赫的门第和广阔的交游使他在其庄园所在的几个省份里享有很高的声望。邻村的人都乐于迎合他每一个最小的怪念头；省里的官员一听到他的名字就浑身发抖；基里拉·彼得罗维奇把别人对他的卑躬屈节都视为理所当然；他家里总是宾客盈门，个个都想和他一起投入热闹的、有时甚至是狂热的娱乐，好让他快快活活地度过贵族的悠闲时光。谁也不敢拒绝他的邀请，或者在一定的日子里不到波克罗夫村去向他表示应有的敬意。在家庭生活中，基里拉·彼得罗维奇表现出一个没有教养的人常有的一切恶习。他在周围的环境中养成了一种专横跋扈的性格，他那火暴脾气一发作就不可收拾，那智力极其有限的脑子一想到什么事，就非办成不可。尽管他具有非凡的体力，但一个礼拜中总有那么两三次要因为暴食而闹病，而且每天晚上都要喝得酩酊大醉。他家的一间厢房里住着十六个使女，都在做她们所专长的女红。厢房的窗子钉着木栅，房门锁着，钥匙就在基里拉·彼得罗维奇手里。这些被关在里面的年轻女人可以在规定的时间内，由两个老太婆监视着，到花园里散步。基里拉·彼得罗维奇陆续把其中几个嫁出去，接着便陆续有新的补充进来。他对农奴和仆人都非常严厉和任性；他们却因主人的富足和名声而自以为了不起，并且仗着主人的有力庇护而对邻人干了不少坏事。

特罗耶库罗夫每天干的事情就是骑马到他广阔的领地上去走走，无休无止地吃喝和作恶，这种作恶每天都可以变换新花样，受害者往往是他新结识的人，老朋友也难免遭殃，只有安德烈·加甫里洛维奇·杜勃罗夫斯基例外。这个杜勃罗夫斯基是退伍的近卫军中尉，他的紧邻，拥有七十个农奴。特罗耶库罗夫对显贵们一向很傲慢，但对杜勃罗夫斯基却很尊敬，虽然他的地位很卑微。从前他们在军队里共事过，因此特罗耶库罗夫根据平时的接触，知道杜勃罗夫斯基是个急躁和果断的人。各人不同的境遇使他们分别了很久。杜勃罗夫斯基因为破产被迫退了职，在他仅剩的村子里定居下来。基里拉·彼得罗维奇获悉这一切以后，表示愿意庇护他，但杜勃罗夫斯基婉言谢绝，宁可受穷，但保持着独立。过了几年，特罗耶库罗夫以陆军上将衔解甲归田，他们见了面，彼此都很高兴。从此他们每天都在一起，基里拉·彼得罗维奇从来不肯赏脸到谁家去一次，现在竟也经常随随便便到这位老朋友的小屋子里去做客。他们两人同年，出生在同一个阶层里，受同样的教育，在性格和嗜好方面也多少有点相似。他们的遭遇也有共同之处：两个人都是经过恋爱再结婚，都是早年丧妻，都有一个孩子。杜勃罗夫斯基的儿子在彼得堡受教育，基里拉·彼得罗维奇的女儿在父亲身边长大，因此特罗耶库罗夫常常对杜勃罗夫斯基说："我跟你说，安德烈·加甫里洛维奇老兄：你家弗洛季卡[①]将来要是有出息，我就把玛莎嫁给他；尽管他穷得叮当响。"安德烈·加甫里洛维奇总是摇摇头，回答："不，基里拉·彼得罗维奇，我家伏洛季卡配不上玛丽亚·基里洛夫娜[②]。他是个穷贵族，最好还是讨个穷贵族家的姑娘，自己当家作主，这样比做一个娇生惯养的娘儿手下的管家自在些。"

很多人都羡慕高傲的特罗耶库罗夫和他那贫穷的邻人之间的友好关系，对他那邻人的大胆无不惊奇，这位邻人竟敢在基里拉·彼得罗维奇的饭桌上直言不讳，全不考虑是否和主人的意见相左。有些人想学他的样子，越出应当服从的界限，基里拉·彼得罗维奇就结结实实地教训他们一顿，叫他们永远也别想再动这种念头，只有杜勃罗夫斯基一个人是不受这种规矩约束的。但是一个偶然的事件把这一切破坏和改变了。

有一年初秋时节，基里拉·彼得罗维奇打算到远离庄园的野地里去打猎。前一天就吩咐犬夫和马夫第二天早晨五点钟必须做好准备。帐篷和炊具预先送到基里拉·彼得罗维奇应当用饭的地方去。主人和客人们一起去看犬舍。那里有五百多条猎狗和灵猩[③]过着温暖富足的生活，用它们的狗语颂扬着基里拉·彼得罗维奇的慷慨。那里还设有一所小小的狗医院，由军医提莫什卡照管，另有一处产房，让高贵的母狗在那里产崽和喂奶。基里拉·彼得罗维奇为这座精美的犬舍而扬扬得意，从来不放过一次机会向他的客人夸耀一番，虽然这些客人中每一个

① 弗拉基米尔的爱称。
② 玛丽亚是玛莎的本名，基里洛夫娜是父称。
③ 一种行动敏捷的俄国猎犬。

都至少参观过二十次了。他在客人们的簇拥下，由提莫什卡和几个主要的犬夫陪同，巡视了犬舍；他时而在一些狗窝前停留，时而问问病狗的健康情况，时而提出一些多少有点严厉和公正的批评，时而把几只熟悉的狗唤到跟前，和它们亲切地谈话。客人们都认为自己有义务赞赏一番基里拉·彼得罗维奇的犬舍。只有杜勃罗夫斯基一个人默默无言，还皱紧了眉头。他是个非常喜欢打猎的人。但是他的境况只允许他养两只猎狗和一群灵猩；看到这么一座富丽堂皇的犬舍，他不禁有些嫉妒。“你干吗皱紧眉头啊，老兄，”基里拉·彼得罗维奇问他，“你不喜欢我的犬舍吗？”“是的，”他很严肃地回答，“犬舍精美极了，可您家里的仆人未必能过上您家的狗这样的生活。”一个犬夫生了气。“感谢上帝和主人，”他说，“我们对自己的生活没什么好抱怨的，不过，说句实话，要是有哪个贵族愿意拿他的庄园来换这里的任何一个狗窝，那是不会吃亏的。他在这里会吃得饱些，穿得暖些。”基里拉·彼得罗维奇听到仆人说了这番无礼的话，不禁哈哈大笑起来，客人们也跟着哈哈大笑，虽然他们感到犬夫开这个玩笑也有可能是针对他们的。杜勃罗夫斯基脸上变得煞白，一句话也没有说。这当儿，有人把一箩筐刚生下的小狗端来给基里拉·彼得罗维奇看；他一只只细细看过，挑选了两只，吩咐把其余的淹死。然而这时安德烈·加甫里洛维奇不见了，谁也没有注意到。

基里拉·彼得罗维奇和客人们回到家里，坐下来吃晚饭，只是到这个时候，他没有见到杜勃罗夫斯基，才想起来找他。仆人们回答，说安德烈·加甫里洛维奇回家了。特罗耶库罗夫吩咐马上去追他，务必把他请回来。他出去打猎，从来少不了杜勃罗夫斯基，杜勃罗夫斯基对于鉴别狗的优劣很有经验，而且非常精细，对于猎事中可能发生的种种争论也能够作出万无一失的判断。追赶他的仆人回来时，大家还在吃饭。他向主人禀告，说安德烈·加甫里洛维奇不听他的话，不肯回来。基里拉·彼得罗维奇照常因为多喝了几杯，变得暴躁起来，他很生气，再次派原来那个仆人骑马去找安德烈·加甫里洛维奇，关照好对他说，要是他不马上回来，在波克罗夫村过夜，那么他特罗耶库罗夫就要和他绝交。仆人又骑上马跑去，基里拉·彼得罗维奇从桌子旁边站起来，打发掉客人，便睡觉去了。

第二天，他一起来就问，安德烈·加甫里洛维奇来了没有。仆人没有回答他，只交给他一封折成三角形的信；基里拉·彼得罗维奇命令文书大声读给他听，于是他听到：

我最仁慈的阁下：

您如果不打发犬夫帕拉莫什卡来向我道歉，我就不到波克罗夫村去。是惩罚他或饶恕他得由我决定，我不能忍受您家奴才的嘲笑，也不能忍受您的嘲笑，因为我不是小丑，而是个世袭贵族。

恭顺地为您效劳的
安德烈·杜勃罗夫斯基

按照当今的礼节，这封信是很不客气的，但使基里拉·彼得罗维奇勃然大怒的并不是信中奇怪的措辞和写法，而仅仅是它的内容。“什么，”特罗耶库罗夫光着脚从床上跳起来，大发雷霆，“打发我的仆人去向他道歉，听任他饶恕或惩罚！他究竟想干什么！他知道不知道是在跟谁打交道？瞧我得给他点……我要叫他吃吃苦头，让他知道和特罗耶库罗夫作对会有什么结果！”

基里拉·彼得罗维奇穿好衣服，像往日那样阔气地去打猎，但这次出猎没有什么收获。一整天只看见一只野兔，而且没有打到。在野外的帐篷里吃午饭也不顺心，至少食物很不对基里拉·彼得罗维奇的胃口，他把厨师揍了一顿，破口大骂客人，回家时故意带领全部出猎的人马从杜勃罗夫斯基的田地上走过。

已经过了几天，可是两个邻人之间的敌意并没有消除。安德烈·加甫里洛维奇没有到波克罗夫村去。他不在，基里拉·彼得罗维奇就感到无聊，于是他的恼怒就以最难听的话大声发泄出来。由于当地贵族的热心搬弄，这些话都传到杜勃罗夫斯基耳中，而且不是面目全非就是添油加醋。一个新的情况使他们和解的最后希望破灭了。

有一次，杜勃罗夫斯基骑着马去巡视他那小小的领地；他走近一片桦树林时，听见有人在砍树，一会儿树倒下来了。他急忙策马跑进树林，当场发现几个波克罗夫村的农奴正在不慌不忙地偷他的树木。他们看见他，拔脚就跑。杜勃罗夫斯基和车夫抓住其中两个，把他们捆起来，带回自家的院子里。对方的三匹马也作为战利品带回。杜勃罗夫斯基非常生气：从前特罗耶库罗夫家的仆人，这帮子出了名的强盗知道他和他们的主人交好，都不敢在他的地界里胡作非为。杜勃罗夫斯基看到，现在他们正是利用了他和特罗耶库罗夫之间产生的裂痕，于是不顾交战法的一切规定，决定用这些俘虏在他树林里砍伐来的树枝教训他们一顿，并把缴获的马匹没收，用作役畜。

这件事当天就传到基里拉·彼得罗维奇那里。他气疯了，在气头上他本想带领全部家仆去袭击基斯捷涅夫卡（这是他邻人的村子），把它夷为平地，并把地主本人困在他的庄园里。如此大动干戈对他来说本来算不了什么事。但他很快转了另一种念头。

他步子沉重地在大厅里踱来踱去，无意中往窗外看了一眼，看见门外停着一辆三套马车：一个戴皮便帽、穿粗呢大衣、个子矮小的人从马车里走出来，到厢房去找管家；特罗耶库罗夫认出这是陪审官沙巴什金，便吩咐把他叫来。过了一会儿，沙巴什金已经站在基里拉·彼得罗维奇面前，对他连连鞠躬，毕恭毕敬地听候他的吩咐。

“你好，你叫什么名字，我想不起来了，”特罗耶库罗夫对他说，“你光临敝村有什么事？”

“大人，我要到城里去，”沙巴什金回答，“顺便到伊凡·杰米扬诺夫这儿来问问，看您大人是不是有什么吩咐。”

“你来得正好，你叫什么名字，我想不起来了；我正用得着你。你来喝杯伏特加，慢慢听我说。”

陪审官碰到这么亲切的接待，真是受宠若惊。他谢绝了伏特加，一字不漏地注意听着基里拉·彼得罗维奇的话。

“我有一个邻居，”特罗耶库罗夫说，“是个不知好歹的小地主；我想把他的产业弄到手，你看有什么办法？”

“大人，您要是有什么文书或者……”

“废话，老弟，要什么文书，只要下命令。要剥夺他的产业，用不着任何法律根据。不过你等一等。这份产业从前是我们的，是向一个叫斯皮岑的人买来的，后来卖给了杜勃罗夫斯基的父亲。从这里是不是可以找出点什么理由来？”

“很难。尊敬的大人，这项交易一定是完全按照法律程序办理的。”

“想想看，老弟，好好地找点岔子。”

“大人，要是，譬如说，您能够随便用什么办法拿到您的邻居拥有产业的有效地契或买契，那当然……”

“我懂得你的意思，不过倒霉的是，他所有的文契都在大火中烧掉了！”

“怎么，大人，他的文契都烧掉了！那再好没有了！这么一来您就可以按法律行事了，毫无疑问，您一定可以称心如意。”

“你是这样想的吗？好，那你就瞧着办吧。我全都拜托你了，你可以相信，我一定会重重地谢你的。”

沙巴什金深深鞠了一躬，走了出去。从这天起他就为这件预谋的事情奔忙起来，由于他办事灵活麻利，正好过两个礼拜，杜勃罗夫斯基就接到城里的通知，要他立即把拥有基斯捷涅夫卡村产权的有关证明送去。

安德烈·加甫里洛维奇对这次意外的查询感到吃惊，当天他就写了一封极不客气的覆函，声明基斯捷涅夫卡村是他父亲亡故后遗留给他的，他是根据继承权拥有这块土地的，此事与特罗耶库罗夫毫不相干，任何外人想染指他这份财产均属诬赖和敲诈。

陪审官沙巴什金看到这封信，心里头不由得感到喜滋滋的。他发现，第一，杜勃罗夫斯基对于诉讼不大内行，第二，要让这种又急躁又不谨慎的人吃个大亏是不难的。安德烈·加甫里洛维奇冷静研究了陪审官的查询后，认为有必要答覆得更详细些。他写了一份极有条理的说明，但后来这份诉状还是显得根据不足。

案子拖了下来。安德烈·加甫里洛维奇深信自己有理，并不把这件事放在心上，他不想，也不可能花钱去打通关节，他平常最爱笑话那些舞文弄墨的师爷，说他们出卖良心，却从来没有想到自己会成为别人诬告的牺牲品。特罗耶库罗夫也不太关心他所预谋的官司会不会打赢，一切都有沙巴什金在张罗，以他特罗耶库罗夫的名义行事，威吓和收买法官，恣意歪曲一切有关的法令。

不管怎么样，一八××年二月九日，杜勃罗夫斯基收到城里警察局转来的一份通知，要他到县城某法官那里听取对他——杜勃罗夫斯基中尉和特罗耶库罗夫陆军上将之间有关田产纠纷的判决，并且签字表示服从或不服。当天，杜勃罗夫斯基就动身到城里去；特罗耶库罗夫在路上越过他。他们彼此轻蔑地看了一眼，杜勃罗夫斯基注意到了这个仇人脸上露出的奸笑。

第二章

安德烈·加甫里洛维奇来到城里，歇在一个熟悉的商人家里，在他家过了一夜，第二天早上就到县级法院听候宣判。谁也没有理睬他。接着基里拉·彼得罗维奇也来了。文书们都站起来，把笔夹在耳朵上。法官们露出卑躬屈节的神情迎接他，为了表示对他的官衔、年龄和魁梧身材的尊敬，特地给他搬来圈椅；他在敞开的门旁坐下，安德烈·加甫里洛维奇则靠墙站着，法庭上鸦雀无声，书记便高声宣读法庭的判决书。我们现在把它全文发表出来，我们认为每一个人都乐于看到有一种方法可以使我们在俄国失去自己的产业，而拥有这份产业本来是我们不容置辩的权利。

> 一八××年十月二十七日××县级法院审理了近卫军中尉安德烈·加甫里洛维奇·杜勃罗夫斯基非法占有属于陆军上将基里拉·彼得罗维奇·特罗耶库罗夫之产业一案。该产业坐落于××省基斯捷涅夫卡村，计有男性农奴××人，草地及可经营土地××亩。此案详情如下：该特罗耶库罗夫陆军上将曾于一八××年六月九日递交本院诉状一纸，内称：其亡父八级文官、勋章获得者彼得·叶

菲莫维奇·特罗耶库罗夫于一七××年八月十四日在总督衙门任省府秘书时从贵族出身之公务员法杰依·叶戈罗维奇·斯皮岑手中购得地产一处。该地产坐落于××区上述基斯捷涅夫卡村（该村于当时第×次户口调查时称基斯捷涅夫新村），据第四次户口调查记载，该地产包括连同本身财产及田庄在内的男性农奴××人、耕地、荒地、树林、草场、基斯捷涅夫卡河渔区，以及该处地产所属之可经营土地、地主之木屋等，总之，卖主将彼从其亡父贵族出身之中士叶戈尔·捷连季耶维奇·斯皮岑手中继承并拥有之一切财产，未保留一名农奴或一小块土地，全部作价二千五百卢布出售，于当日在××法院签订契约，原告之父遂于同年八月二十六日通过××县级法院办妥一切过户手续。嗣后，原告之父于一七××年九月六日去世，当时原告特罗耶库罗夫陆军上将从一七××年起，几乎于少年时代就在军队供职，且大多数时间远征国外，因而未能获悉其父逝世及遗留地产之详情。现原告退职返回亡父遗留之田庄，其产业计有××、××省、××、××、××县等多处乡村，共有农奴三千人。根据上述第×次户口调查，原告发现其父遗产中有若干名农奴（据最近第×次户口调查，该村有农奴××名）连同田地及全部可经营土地均为上述近卫军中尉安德烈·杜勃罗夫斯基在毫无凭据之情况下非法占有，因此，原告将卖主斯皮岑付与其父之地契正本一纸附于诉状递交本院，请求追回杜勃罗夫斯基氏上述非法占有之田产归原告特罗耶库罗夫全权掌管。被告非法占有田产期间所得之收益于查清之后亦应依法偿还特罗耶库罗夫。

兹经××县级法院对该案进行调查，获悉：该争议地产之现占有人近卫军中尉杜勃罗夫斯基已当场向贵族陪审官申述理由，谓目前彼所掌管之基斯涅夫卡村田产并××名农奴、田地及可经营土地均系继承自其亡父炮兵少尉加甫里拉·叶甫格拉福维奇·杜勃罗夫斯基之手。此项田产系其父从原告之父，前省府秘书后授八级文官特罗耶库罗夫手中购得，该特罗耶库罗夫氏有委托书一件经××县法院证明无误，于一七××年八月三十日交九级文官格里戈利·瓦西里耶维奇·索波列夫办理此事。根据此项委托书，受委托人应将该地产之文契交被告之父，因该委托书载明，特罗耶库罗夫氏从公务员斯皮岑手中购得之田产并××名农奴及土地售与杜勃罗夫斯基之父，双方协议之价款三千二百卢布已收讫无误，请受委托人索波列夫将该地契交其父保存。同时委托书还载明其父由于已付清全部价款，即有权拥有已购得之田产，在签署地契之前即可作为实际业主管辖该处地产，而卖主特罗耶库罗夫及任何人今后均不得干预该田产事务。然此项地契究于何时、于何处政府机关由被委托人索波列夫交与其父，当时安德烈·杜勃罗夫斯基因年纪尚幼而不知详情，其父亡故后亦未能找到该地契，只能推测系于一七××年家中失火时连同其他文契及财产被焚毁，而家中失火之事该村村民尽人皆知。此外，该地产自特罗耶库罗夫售出之日或将委托书交付索波列夫之日，即自一七××年起至其父于一七××年去世，迄今均归杜勃罗夫斯基一家掌管，并无任何人提出异议，对此，邻近居民皆可作证。作证居民共五十二人，对法庭之讯问均愿起誓证明，就其记忆所及，上述争议中之地产七十年前即由杜勃罗夫斯基一家掌管，在此期间并未发生任何争议，至于杜勃罗夫斯基氏系根据何种文据或契约据有此项田产，则彼等并不知晓。上述此项地产之买主，前省府秘书彼得·特罗耶库罗夫是否掌管过此项地产，彼等已无从忆起。杜勃罗夫斯基家之房屋确于三十年前某夜间发生之火灾中焚毁，局外人认为，该争议中之地产，自其时起，每年进益一般不少于二千卢布。

对此，基里拉·彼得罗维奇·特罗耶库罗夫陆军上将于今年一月三日向本院提出反驳，指出近卫军中尉安德烈·杜勃罗夫斯基在法庭审理此案过程中虽提出其亡父加甫里拉·杜勃罗夫斯基曾交付八级文官索波列夫有关购买地产之委托书一纸，但不仅提不出地契正本，甚至提不出任何符合民法总则第十九章及一七五二年十一月二十九日法令之有力证据以证明此事究于何时办妥。现在鉴于其父——委托人业已亡故，根据一八一八年五月×日法令，该委托书自然随之完全失效，此外——

争议中之地产应依法判定归属——持有地契者凭地契拥有地产，无地契者再作调查。

彼已提出地契证明该地产实属其父所有，根据上述法令理应取消杜勃罗夫斯基氏之非法所有权，依照继承权规定将上述地产判归原告。鉴于地主杜勃罗夫斯基在毫无凭据之情况下非法占有他人地产，并非法占有该地产之收益，故应在查明数目之后由地主杜勃罗夫斯基如数偿还特罗耶库罗夫。××县级法院于审理此案后，根据有关法律规定，兹判决如下：

此案经调查足以判明：陆军上将基里拉·彼得罗维

奇·特罗耶库罗夫对现被近卫军中尉安德烈·加甫里洛维奇·杜勃罗夫斯基占有之争议中地产——基斯捷涅夫卡，据最近一次户口调查共有男性农奴××名，并田地及可经营土地——已呈交由贵族出身之公务员法杰依·斯皮岑于一七××年签押交付其亡父省府秘书、八级文官地契正本一纸，同时，据该地契所载，买主特罗耶库罗夫已于同年于××县级法院办理过户手续，该地产业已划归买主名下。虽然近卫军中尉安德烈·杜勃罗夫斯基对此提出异议，并呈交已故买主特罗耶库罗夫交付九级文官索波列夫之委托书一件证明该田产已立契归其父杜勃罗夫斯基所有，但根据此项文书非但不足以肯定该不动产之产权，甚至临时占有亦属违反……法令；同时，由于委托人业已亡故，该委托书已告完全失效。此外，从本案开始审理之日，即一八××年起，杜勃罗夫斯基迄今未能提出任何有力证据，证明该争议中地产之买契确已于何时何地根据该委托书签押。据此确认：该田产连同农奴××名并田地及其余可经营土地根据已交验之地契应按现状悉归陆军上将特罗耶库罗夫所有；有关剥夺近卫军中尉杜勃罗夫斯基之占有权、为特罗耶库罗夫先生办理过户手续并确认其继承权等事宜均由××县级法院予以办理。至于陆军上将特罗耶库罗夫要求近卫军中尉杜勃罗夫斯基赔偿非法占有该田产期间所得之收益一节，据当地居民证实，杜勃罗夫斯基氏占有该地产若干年，并未发生过争议，同时在本案审理过程中确未发现特罗耶库罗夫在本案发生前对杜勃罗夫斯基非法占有该地产提出异议。

对此，法律规定：凡在他人土地上播种或围地造屋，一经业主提出要求并查明属实，则应将该土地及播种之作物、一应建筑归还原主。

据此，陆军上将特罗耶库罗夫要求近卫军中尉杜勃罗夫斯基赔偿收入一节应予驳回，因该地产已毫无保留判归原主。至于在移交过程中所有财物是否全部归还，如陆军上将特罗耶库罗夫对此提出要求，并确有真凭实据，则应准其所请，另行审处。根据法律规定，本判决书应通过诉讼程序向原告及被告双方预先宣读，特经由警察局传有关双方来庭听取宣判，并签字表示是否服从判决。

出席本庭有关方面签字：

书记读完判决书，陪审官站起来，向特罗耶库罗夫深深鞠躬，送上判决书请他签字，胜诉的特罗耶库罗夫从他手中接过鹅毛笔，在法院的判决书上签字表示完全服从。

接着轮到杜勃罗夫斯基。书记把判决书递给他，但杜勃罗夫斯基站着不动，低下头。

书记再次请他签字表示完全服从，或者，万一确实认为自己有理，准备在法律规定的期限内上诉，签字明确表示不服本判。杜勃罗夫斯基一声不响……突然，他抬起头，眼睛放射着光芒，跺了跺脚，用力把书记推倒，抓起墨水瓶向陪审官掷去。大家都吃了一惊。“怎么！竟敢不敬畏上帝的教堂！滚出去，你这个无赖！”接着，他转过身子，朝着基里拉·彼得罗维奇吼道：“从来没有听见过，大人，犬夫竟把狗带进上帝的教堂！让狗在教堂里乱跑，我要狠狠地教训您一顿……”卫兵听见喧哗都跑进来，花了好大力气才把他制服，人们把他带出去，让他坐在雪橇上。特罗耶库罗夫在全体法官的陪伴下跟着走了出去。

杜勃罗夫斯基突然发疯使他受到强烈的震动，他虽然胜诉，却因此怏怏不乐。

法官们本来满心希望得到他的感谢，结果却连一句好话也没有听到。他当天就回波克罗夫村去了。这时杜勃罗夫斯基已躺在床上；县里的医生幸亏还不全是饭桶，给他放了血，还贴水蛭和斑蝥硬膏。到晚上，他略有好转，恢复了知觉。第二天，他就被送回基斯捷涅夫卡，这个村子实际上已经不是他的了。

第三章

过了些时候，可怜的杜勃罗夫斯基的健康仍不见好转；疯癫固然不再发作，但身体却明显地日渐衰弱。他常常忘记从前的事务，难得走出自己的房间，日夜闷闷不乐。一个好心的老太太，从前照管过他儿子的叶戈罗夫娜，现在做了他的保姆。她像照看孩子一般照看着他，提醒他按时吃饭和睡觉，喂他吃饭，服侍他睡觉。安德烈·加甫里洛维奇默默地听从她的安排，除了她，跟谁都不来往。他已经不能考虑自己的事务，安排家中的事情，因此叶戈罗夫娜觉得有必要把这一切报告小杜勃罗夫斯基，那时少爷正在一个驻扎在彼得堡的近卫军步兵团服务。于是，她从账簿上撕下一张纸，口授基斯捷涅夫卡村唯一识字的厨师哈里东写了一封信，当天就送到城里寄出了。

现在该让读者们认识一下本书真正的主人公了。

弗拉基米尔·杜勃罗夫斯基在武备中学受教育，毕业后派往近卫军任骑兵少尉；父亲为了让他过上体面的生活，什么也不吝啬，因此这个青年人从家中得到了比他所期待的还要多的供给。他是个随意挥霍而又虚荣心十足的人，不管开销多大，想干什么就干什么；他经常赌博，债台高筑，却不操心未来的日子怎么过，以为迟早会娶一个有钱的新娘，这是一般贫穷的年轻人所向往的。

一天晚上，几个军官在他那里聊天，一个个斜躺在沙发上，用他的琥珀烟斗抽烟，他的侍从格里沙给他送来了一封信，信封上的字迹和邮戳立刻使这个年轻人大吃一惊，他连忙拆开信封，看到如下一封信：

弗拉基米尔·安德烈耶维奇少爷：

我是你的老保姆，特写信向你报告父亲的健康情况。他病得很重，有时说胡话，整天呆坐着，是生是死，只有听从上帝的意旨了。你快回来吧，我的小宝贝，我们把马匹送到彼索奇诺耶去接你。听说，县级法院派人到我们这里来，要把我们交给基里拉·彼得罗维奇·特罗耶库罗夫管辖，据说我们是属于他们的，可我们从来就是你们的——我们从来也没有听说过这种事。你住在彼得堡，可以把这事奏明皇帝爷，他一定不会让我们受委屈的。

你忠实的奴仆、保姆
奥莉娜·叶戈罗夫娜·布兹廖娃

我给格里沙送去母亲的祝福，他是不是好好地服侍你？我们这里已下了一个多礼拜雨，牧人罗吉亚在圣尼古拉节[①]前去世了。

弗拉基米尔·杜勃罗夫斯基异常焦急地把这封条理不清的

① 东正教节日，在俄历五月九日。

信一连看了几遍。他自小失去母亲，八岁时就给带到彼得堡，因此几乎不认识自己的父亲。然而他却怀着一种浪漫的情调依恋着父亲，他所享受的家庭和睦的欢乐愈少，就愈热爱家庭生活。

一想到可能会失去父亲，他就心如刀割，他从保姆的信中推测到的那可怜病人的状况使他感到害怕。他想象着父亲被丢在偏僻的乡下，听凭那愚昧的老太婆和仆人们摆弄，正受到某种灾难的威胁，由于受到肉体和精神上的折磨，正在束手待毙的情景。弗拉基米尔深深地自责，认为自己太疏忽，实在是罪孽深重。他很久没有接到父亲的来信，也没有想到写信去问问情况，以为他出门去旅行或忙于家务事。

他打定主意回去看望父亲，假使父亲的病情需要他留下来照顾，他甚至可以退伍。伙伴们看到他心事重重，便走掉了。弗拉基米尔独自一个留下来，他写了一张请假申请书，吸着烟斗，沉思起来。

当天他就张罗起请假回家的事，过了三天，他就起程了。

弗拉基米尔·安德烈耶维奇的马车已经驶近岔路上的驿站，他就要从这里拐进基斯捷涅夫卡。他心里充满了不幸的预感，怕见不到父亲的面，想象着面临的乡下那种令人发愁的生活方式、荒凉的田野、冷静的环境、贫困和繁忙的事务，这种事务他是一窍不通的。到了驿站，他进去找驿站长，向他要几匹私人拉脚的马。驿站长了解到他要到哪里去后，告诉他，基斯捷涅夫卡送来接他的马匹已经等候四天了。不一会儿，从前曾带他到马厩去玩，并照料他的小马驹的老车夫安东来了。安东一看到弗拉基米尔·安德烈耶维奇，眼泪不禁夺眶而出，他向少爷深深地鞠躬，告诉他老爷还活着，接着就跑去套马。弗拉基米尔·安德烈耶维奇不肯吃早饭，急急忙忙地上路。安东带他走乡间小道，路上两人就谈起话来。

“请你告诉我，安东，我父亲跟特罗耶库罗夫发生什么事了？”

“天知道他们发生了什么事，弗拉基米尔·安德烈耶维奇少爷……看来老爷有什么事和基里拉·彼得罗维奇闹别扭，基里拉·彼得罗维奇就告到法院去了，其实，他自己就是法官。老爷的事我们当奴仆的本来不该说三道四，可说实在，我们老爷何苦去得罪基里拉·彼得罗维奇，那不是拿鸡蛋去碰石头吗！”

“可见这个基里拉·彼得罗维奇在你们这儿总是为所欲为啰？”

“那还用说，少爷：陪审官在他眼里根本不值一文钱，县警察局长要听他的调遣。各处的老爷都来给他磕头问安，正如俗话所说的，有了猪槽，就有猪来吃食。”

“他真要来抢我们的地产吗？”

“唉，少爷，我们也听说啦。前几天，一个波克罗夫村的圣堂工友在我们村长这儿吃洗礼饭，他说：你们舒服够了，基里拉·彼得罗维奇马上要来收拾你们了。铁匠米基塔对他说：行啦，萨维里奇，别叫亲家伤心，别让客人难过。基里拉·彼得罗维奇有他的脾气，安德烈·加甫里洛维奇也有他的脾气，而我们都是上帝和皇上的臣民；你可管不了人家这么多。”

“这么说，你们不愿意让特罗耶库罗夫来管你们啰？”

“让基里拉·彼得罗维奇来管我们！上帝救救我们吧，这可使不得：他手下的人日子都不好过，要是别人落到他手里，他不但会剥他们的皮，连肉都会撕光呢。不，但愿上帝赐给安德烈·加甫里洛维奇长寿，假如上帝想把他接去，那么我们除了你，我们的衣食父母，我们谁也不要。你别丢下我们，我们永远跟着你。”说到这里，安东扬了扬鞭子，抖了抖缰绳，他的马便大步向前跑去。

老车夫的忠心使杜勃罗夫斯基深为感动，他一言不发，又沉思起来。过了一个多小时，格里沙突然喊了一声：“瞧，波克罗夫村到了。”把杜勃罗夫斯基惊醒过来。杜勃罗夫斯基抬起头。他的马车沿着一个大湖的岸边行驶着，从湖边引出一条小河。小河在丘陵中蜿蜒流向远方。在一座草木葱茏的山岗上耸立着一幢绿色屋顶的房屋和一幢巨大的石头房屋的瞭望塔，在另一座山岗上，耸立着一座有五个圆屋顶的教堂和一座古老的钟楼。许多木屋连同菜园和水井疏疏落落地散布在教堂的周围。杜勃罗夫斯基认出了这个地方。他记起就在这座山岗上，他曾同小玛莎·特罗耶库罗娃一起游玩，她比他小两岁，当时就看得出她一定会长成一个美人儿。他想向安东打听打听她的情况，但他感到不好意思，也就没有开口。

马车驶近地主的宅院，他看见花园的树丛里有一条白色衣裙时隐时现。这时，安东出于乡下和城里的车夫所共有的虚荣心，狠狠地朝马匹抽了一鞭，马车便全速驶过小桥和村子。马车驶出村子，爬上一座山，弗拉基米尔看见一座桦树林，树林左边的空地上有一座红屋顶的灰色屋子；他的心怦怦地跳了起来，眼前就是基斯捷涅夫卡和他父亲那座寒伧的屋子。

过了十分钟，他的马车驶进了地主的院子。他环视着周围，心情的激动是笔墨难以形容的。他有十二年没有见到自己的家乡了。他在家里的时候刚刚在篱笆旁边种下的白桦树苗，现在已经长成又高又大、枝叶纷披的大树。院子里从前有三个方方正正的花坛，花坛之间有一条打扫得干干净净的宽阔的通道，现在这个院子已经变成一片杂草丛生的荒地，上面还有一匹拴住的马在吃草。几条狗正要吠叫起来，但认出安东，便安静下来，并摇起毛茸茸的尾巴。仆人们纷纷从他们居住的屋子里跑出来，七嘴八舌，高高兴兴地围着小主人。他花了好大力气挤过热情亲切的人群，登上残破的台阶；叶戈罗夫娜在门廊里迎接他，边哭边拥抱这个她从小带大的孩子。“你好啊，你好啊，妈妈，”他抱住这善良的老婆婆，一再说，“父亲怎么啦？他在哪儿？他身体怎么样？”

这时，一个高个子老头，又苍白又憔悴，穿着睡衣，戴着睡帽，吃力地挪动着双脚，走进堂屋。

“你好，弗洛季卡！”他有气无力地说，弗拉基米尔立即迎上去热烈地抱住父亲。见到儿子，病人心里非常高兴，他激动得浑身没有了力气，两腿发软，要不是儿子扶住他，他早就倒下了。

“你干吗从床上爬起来？”叶戈罗夫娜对他说，“站都站不住，人家走到哪里你也要跟到哪里。”

老头子被扶进卧室里。他很想和儿子谈谈，但脑子里千头万绪，说的话语无伦次。他停下话头，接着便打起盹来。弗拉基米尔看到这种情况，心里暗暗吃惊。他在父亲的卧室里安顿下来，叫大家出去，让他和父亲单独待在一起。仆人们听从他的吩咐，于是大家都去找格里沙，把他带到下房里，在那里用乡下的饭菜款待他，和他百般亲热，又是问话，又是问好，搞得他疲惫不堪。

第四章

从前摆满佳肴的餐桌，
现在停放着灵柩。①

小杜勃罗夫斯基回来几天后，想研究一下案情，但父亲无法对他作出必要的说明。安德烈·加甫里洛维奇没有请律师。小杜勃罗夫斯基在清理文书时，只找到陪审官的第一封信和父亲回信的草稿；从这两封信中他还弄不清楚这次争讼的始末，他指望他家在这个案件中是有理的，因此决定静观事情的后果。

这时安德烈·加甫里洛维奇的健康情况愈来愈恶化了。弗拉基米尔看出父亲已不久于人世，便寸步不离地守着这个变得十分孩子气的老人。

这时候，规定的日期已经过去了，杜勃罗夫斯基家却没有上诉。基斯捷涅夫卡属于特罗耶库罗夫了。沙巴什金来到特罗耶库罗夫家，向他表示敬意和祝贺，并请他决定什么时候去掌管这块新取得的产业，是亲自去呢还是委托什么人。基里拉·彼得罗维奇一下子难住了。他本来不是个贪财的人，由于想报复，在这件事情上做得太过分，这时他良心上正感到过意不去。他知道，他年轻时的老伙伴、他的仇人现在的处境怎么样，打赢官司并没有使他高兴。他严厉地瞪了沙巴什金一眼，想找个理由把他臭骂一顿，但没有找到合适的借口，便气呼呼地对他说："你滚吧，没工夫跟你磨牙。"

沙巴什金看到他情绪不好，对他鞠了一躬，便连忙走掉。剩下基里拉·彼得罗维奇一个人。他在房间里走来走去，用口哨吹着"轰鸣吧，胜利的炮声"②。每当他吹起这首歌，就说明他心中正非常烦躁。

最后他吩咐给他套好轻便马车，穿得暖和些（这时已是九月底），便亲自驾着马车出了院子。

一转眼他便看见了安德烈·加甫里洛维奇那座小房子。两种互相对立的感情在他心里翻腾着。他想结结实实报复一顿，摆摆威风，这种感情多少压制了另一种比较高尚的感情，但比较高尚的感情终于胜利了。他决定和自己的老邻居言归于好，消除争吵的痕迹，把财产还给他。这种善意的念头使基里拉·彼得罗维奇心头轻松了些，他策马奔跑起来，马车向邻居的庄园驰去，直接驶进了院子。

这当儿病人正坐在卧室的窗边。他认出基里拉·彼得罗维奇，脸上立即现出极其慌乱的神情。他那苍白的脸涨得通红，眼睛喷射出光芒，嘴里喃喃地说着什么。他儿子这时正坐在那里看账目，抬起头来，看见父亲这副模样，不禁大惊失色。病人现出惊慌愤怒的神色，用手指着院子。他急急忙忙撩起睡衣的下摆，准备从圈椅上站起来，他刚刚抬起身子……便突然倒下

① 题词引自杰尔查文的诗《悼梅谢尔斯基公爵》。
② 俄国国歌中的一句。

了。儿子向他奔过去，老头儿已经失去知觉，停止呼吸，直挺挺地躺在地上，他中风了。“快，快到城里去请医生！”弗拉基米尔叫喊着。“基里拉·彼得罗维奇在外面求见。”一个仆人走进来说。弗拉基米尔狠狠地瞪了他一眼。

“对基里拉·彼得罗维奇说，叫他快滚，别让我叫人把他赶出去……走！”仆人高高兴兴地跑出去执行主人的命令；叶戈罗夫娜两手一拍。“我的少爷，”她尖着嗓子说，“你会惹祸的！基里拉·彼得罗维奇会把我们吃掉的。”“别说了，妈妈，”弗拉基米尔生气地说，“马上叫安东到城里去请医生。”叶戈罗夫娜出去了。

前厅里一个人也没有。所有的人都跑到院子里去看基里拉·彼得罗维奇。保姆走到台阶上，正好听见仆人在传小主人的话。基里拉·彼得罗维奇坐在马车上听完他的话。他的脸顿时变得比黑夜还阴沉，他冷笑一声，恶狠狠地瞪了仆人们一眼，驾着马车从院子旁边慢慢走开。他看了看窗口，刚才安德烈·加甫里洛维奇就坐在那里，这会儿他已经不在。保姆站在台阶上，忘记了主人的吩咐。仆人们高声谈论着刚才发生的事。突然，弗拉基米尔来到人群里，泣不成声地说：“不必去请医生了，老爷已过世了。”

大家乱成一团。仆人们都奔进老主人的房间。他躺在圈椅上，是弗拉基米尔把他抱到那里去的。他的右手垂到地上，头耷拉在胸前，身体已经失去生命的征象，虽然还没有冷，但由于已经死去，变得很难看了。叶戈罗夫娜恸哭起来，仆人们围着交给他们照料的遗体，给他洗了身，穿上早在一七九七年就做好的制服，把尸体安放在餐桌上，多少年来他们一直在这张餐桌旁服侍自己的主人。

第五章

葬礼在第三天举行。可怜老头的遗体安放在餐桌上，遗体上盖着白布，周围点着蜡烛。饭厅里挤满仆人。大家正在准备出殡。弗拉基米尔和三个仆人抬起灵柩。一个神父走在前面，诵经士跟在他后面念着殡葬的祷文。这位基斯捷涅夫卡的主人最后一次出了家门。灵柩抬进小树林。教堂就在树林后面。天气晴朗而寒冷。秋天的树叶一张张从树上飘落下来。

一走出树林大家就看见了基斯捷涅夫卡的木头教堂和老菩提树成荫的墓地。那里安葬着弗拉基米尔母亲的遗体；在她的坟墓旁边，前天已经挖了一个新坑。

教堂里挤满了基斯捷涅夫卡村前来给主人送葬的农奴。小杜勃罗夫斯基站在唱诗班旁边；他既没有哭也没有祈祷，但他的脸色很难看。悲伤的葬仪结束了。弗拉基米尔第一个走过去和遗体告别，接着，所有的仆人也都去告了别。人们抬来棺盖，把它钉在棺木上。婆娘们呼天抢地地哭着；庄稼汉们偶尔用拳头擦擦眼泪。弗拉基米尔和原来的三个仆人把灵柩抬往墓地，全村的人都在后面送行。棺材落了葬，所有在场的人都撒上一把泥土，填满了墓穴，大家向它鞠个躬便散去了。弗拉基米尔匆匆离开墓地，赶到所有的人前面去，接着便消失在基斯捷涅夫卡树林里。

叶戈罗夫娜以小主人的名义邀请神父和全体教堂神职人员去参加丧宴，她告诉他们，小主人不打算出席，于是安东神父、费多托夫娜神父太太和教堂管事便徒步向地主庄院走去，一路上和叶戈罗夫娜谈论死者的德行和死者继承人可能遭到的境遇。左邻右舍都知道了特罗耶库罗夫的来访和他所受到的对待，当地的政治家们都预言将会产生严重的后果。

“只能听天由命了，”神父太太说，“要是弗拉基米尔·安德烈耶维奇不能做我们的主人，那就太可惜了。他是个男子汉，没话说的。”

“不是他，还有谁来做我们的主人呢？”叶戈罗夫娜打断她的话说，“基里拉·彼得罗维奇光火也没有用。他的对手可不是好惹的：我这小宝贝能够保护好自己，再说，上帝会保佑他，他的恩人们也不会丢下他不管。别看基里拉·彼得罗维奇那副神气活现的样子！我家格里沙向他吆喝了一声：‘滚，你这条老狗！从院子里滚出去！’他还不是夹着尾巴逃走了！”

“唉，叶戈罗夫娜，”教堂管事说，“格里戈利[①]怎么说得出这种话；我宁愿去骂大主教，也不敢斜着眼瞟一下基里拉·彼得罗维奇。一看见他，我就心惊肉跳，浑身发抖，光想叩头，背脊就自动往下弯，往下弯……”

“万事皆空，”神父说，“有朝一日人们也要送基里拉·彼得罗维奇上西天的，就像今天送安德烈·加甫里洛维奇一样，只不过是葬礼的排场大一点，客人请得多一点，可是对上帝来说，还不是一回事！”

---

① 格里沙的本名。

"唉，神父老爷！我们也想把左邻右舍都请来呀，可弗拉基米尔·安德烈耶维奇不愿意。我们家样样都有，还是拿得出点东西请客的，可有什么办法。这回人不多，至少可以让你们诸位饱餐一顿，我们亲爱的客人。"

这一番亲切的允诺和能吃到可口馅饼的希望使谈话的人加快了脚步，他们顺利地来到地主的家里，那里已布置好餐桌，送上了伏特加。

这时弗拉基米尔向树林的深处走去，竭力想用奔走和疲劳压下心中的痛苦。他不择路径，随意走去，树枝时时在他身上划过，他的脚时时踩进泥潭，但他一点也没注意到。最后他来到一个四周长满树林的小山谷，一条小溪默默从树丛旁边蜿蜒流过，树上的叶子已被秋风扫去了大半。弗拉基米尔停住脚步，坐在冰冷的草地上，各种念头一个比一个阴沉，一起涌上他心头……他感到自己非常孤独。对他来说，未来正蒙上一层可怕的乌云。和特罗耶库罗夫作对将给他带来新的灾难。他那一点可怜的财产很可能落到别人的手里；这一来，等待着他的就只有穷困。他在那里呆呆地坐了好久，眼睛出神地望着那带走几片枯叶的静静的流水，出现在他眼前的是一幅酷似现实生活的生动图景，这种酷似，实在是屡见不鲜啊！他终于发现天黑下来了。他站起来，寻找着回家的路径，但是在这片陌生的树林中他又迷失了方向，找了好久才找到那条通往他家大门的小路。

杜勃罗夫斯基看见神父和教堂里的人迎面向他走来。他感到这是个不祥之兆①。他不由自主地走到一边去，躲在一棵树的

① 俄国人的迷信，认为路上遇见神父是不祥之兆。

背后。神父一行没有发现他，走过他身旁的时候还在热烈地谈着话。

“是非之地不可久留，”神父对神父太太说，“我们没必要留在这里。不管案子结果怎么样，都没有我们的事。”神父太太回答了句什么，弗拉基米尔听不清楚。

快到家的时候，他看见许多人：农民和仆人都聚集在东家的院子里。弗拉基米尔还在远处就听见一片不寻常的喧闹声。草棚旁边停着两辆三驾马车。几个穿制服的陌生人站在台阶上，似乎在说明什么事情。

“这是怎么回事？”他生气地问向他跑来的安东，“这是些什么人？他们想干什么？”

“唉，弗拉基米尔·安德烈耶维奇少爷，”老头儿气喘吁吁地回答，“法院来人了。要把我们从你少爷手里交给特罗耶库罗夫！”

弗拉基米尔低下头，仆人们围住这不幸的主人。“你是我们的主人，”他们吻着他的手，齐声喊叫着，“除了你，我们不要别的主人。少爷，你下命令吧，我们来对付法院。我们宁死也要保护你。”弗拉基米尔瞧着他们，他心里激荡着一种不同寻常的感情。“你们不要胡来，”他对他们说，“我去跟这帮当官的理论。”“去交涉吧，少爷，”人群里有人对他大声说，“叫那帮该死的恶棍懂得害臊。”

弗拉基米尔走到官吏们跟前。沙巴什金头上戴着便帽，双手叉腰，显出一副不可一世的样子，环视着周围。县警察局长是个又高又胖的汉子，五十岁光景，长着个红脸膛，留着两撇小胡子，他一看见走过来的杜勃罗夫斯基，便得意地清清嗓子，用沙哑的声音说：“那么，我把说过的话再对您说一次：根据县级法院的判决，从今天开始，你们就是属于基里拉·特罗耶库罗夫的了，他的代表人沙巴什金先生就在这里。不管什么事，你们都要听他的吩咐。你们这些女人，要爱他，尊敬他，他是非常欢喜你们的。”县警察局长开了这么个俏皮的玩笑，自以为得意，哈哈大笑起来，沙巴什金和别的官吏也跟着大笑，弗拉基米尔胸中燃烧着怒火。“请问这是什么意思？”他故意装得很冷静，问那得意忘形的县警察局长。“我的意思就是，”那难以捉摸的县警察局长回答说，“我们是来替基里拉·彼得罗维奇·特罗耶库罗夫接收产业并且要求其他不相干的人趁早滚蛋的。”“但您在找我的农奴之前，似乎可以先来找我，向地主宣布剥夺他的产权……”“你是什么人？”沙巴什金眼睛里带着蛮横的神情问道。“原先的地主安德烈·加甫里洛维奇·杜勃罗夫斯基已经按照上帝的旨意死掉了，我们不认识您，也不想认识您。”

“弗拉基米尔·安德烈耶维奇是我们的少主人。”人群中有人说。

“谁敢在那里插嘴？”县警察局长厉声说，“什么主人？什么弗拉基米尔·安德烈耶维奇？你们的主人是基里拉·彼得罗维奇·特罗耶库罗夫，听见了吗，笨蛋？”

“没那么便宜。”同一个声音说。

“要造反啦！”县警察局长吼起来，“喂，村长，到这儿来！”

村长走上前去。

“马上给我找出来，是谁敢跟我顶嘴，我要教训教训他！”

村长转过身去，问人群中是谁在说话。但所有的人都默不作声；过了一会儿，后排发出了一阵轻轻的议论，并且渐渐响起来，过了一会儿变成了一片极其可怕的喊叫。县警察局长压低声音，本想叫大家不要吵闹，但几个仆人喊叫起来：“干吗瞧着他，弟兄们，叫他们滚！”人群立即向前移动。沙巴什金和其他官吏连忙奔进门廊，关起门来。

“弟兄们，把他们捆起来。”同一个声音喊道，于是人群直逼过去……“站住！”这时杜勃罗夫斯基喊了一声。“笨蛋！你们这是干什么？你们是在害自己，也在害我。你们都回自己家里去，别打扰我。你们不要怕，皇上是仁慈的，我要去求他，他不会让我们受委屈。我们都是他的子民。你们要是造反，像强盗一样，那他还怎么为你们伸冤？”

小杜勃罗夫斯基的话，他那响亮的声音和那威武不屈的神情产生了预期的效果。人群安静下来，散开了，院子空了下来。官吏们仍坐在门廊里。最后沙巴什金悄悄打开门，走到台阶上，低首下心地向杜勃罗夫斯基鞠躬，感谢他宽宏大量地保护了他们。弗拉基米尔神情轻蔑地听着他的话，什么也没有回答。“我们决定请求您允许我们在这儿过夜，”陪审官继续说，“因为天已经黑了，而且您那些庄稼汉半路上会来袭击我们。请您行个方便，吩咐仆人哪怕在客厅里给我们铺点草也好，天一亮我们就回去。”

“你们想怎么办就怎么办吧，”杜勃罗夫斯基冷冷地说，“我已经不是这里的主人了。”说着他举步往父亲的房间走去，随手把房门关上。

第六章

“这么一来，一切就都完了。”杜勃罗夫斯基自言自语着，“早晨我还有个栖身的地方和一块面包充饥，明天我就得离开这座我出生和父亲去世的房子，把它留给害死父亲、逼得我家破人亡的仇人。”他举目凝视着母亲的肖像。在画家笔下，母亲穿着白晨衣，头上戴着红玫瑰，凭栏伫立。“连这张肖像也要落到我家的仇人手里，”弗拉基米尔想着，“它将和那些破椅子一起给丢进贮藏室，或者给挂在前厅里，任凭那些犬夫取笑和评头品足。而在她的卧室里，在父亲死去的房间里将住进他的管家或者情妇。不行！不行！我是从这座房子里被赶出去的，这座叫人伤心的房子决不能落在他手里。”弗拉基米尔咬咬牙，脑子里产生了一个可怕的念头。官吏们的声音不时传到他的耳朵里，他们在那里作威作福，要这要那，老是打乱他那悲愤的思绪，使他感到非常厌烦。最后，声音终于静息下来了。

弗拉基米尔打开柜子和箱子，开始清理父亲的文件。其中大都是账目和有关各种事务的往来信件。弗拉基米尔看也不看就把它们撕掉。他看到一包东西，上面写着：“妻子的信。”弗拉基米尔心情激动地读起信来：这些信写于远征土耳其[①]时期，是从基斯捷涅夫卡村寄往军队里的。她向父亲倾诉自己孤寂的生活、繁忙的家务，情意绵绵地诉说离别之苦，要父亲快点回家，投入善良伴侣的怀抱。在一封信里，她诉说自己对小弗拉基米尔健康的担忧；在另一封信里，她为儿子很早就显得聪明懂事而高兴，并且预见到他一定有个幸福而光明的前程。弗拉基米尔读得入了迷，把世界上的一切都丢到九霄云外，全部心灵都沉醉在家庭的幸福之中，完全没有注意到时间是怎样流逝的。挂钟敲了十一下。弗拉基米尔把信放在口袋里，端着蜡烛走出书房。官吏们睡在大厅的地板上。桌上放着喝光的酒杯，整个房间弥漫着强烈的甜酒味。弗拉基米尔嫌恶地走过他们身边到前厅里去。门锁着。弗拉基米尔没有找到钥匙，便回到大厅里——钥匙放在桌子上。弗拉基米尔打开门，和一个躲在角落里的人撞了个满怀。那人的手里提着一把闪亮的斧头，弗拉基米尔拿蜡烛朝他照了照，认出是铁匠阿尔希普。“你躲在这里干什么？”他问道。“哦，弗拉基米尔·安德烈耶维奇，是您哪，”阿尔希普悄声回答，“上帝保佑！幸好您带着蜡烛！”弗拉基米尔惊奇地望着他。“你躲在这里干什么？”他问铁匠。

“我想……我来这儿……想看看家里怎么样。”阿尔希普支吾着，轻声回答。

“干吗带斧头？”

“干吗带斧头？眼下怎么能不带斧头？这些当官的可不是好东西，弄得不好……”

“你喝醉了，丢下斧头睡觉去吧。”

“我喝醉了？弗拉基米尔·安德烈耶维奇少爷，上帝可以作

---

① 指一七八七至一七九一年俄土战争。

证，我一滴酒也没有沾过……再说，会想到喝酒吗？这种事听到过吗？这帮当官的想来管我们，要把我们的主人从家里赶走……瞧他们还睡得直打呼噜呢，这帮该死的家伙，最好给他们来这么一下子，再来个毁尸灭迹。”

杜勃罗夫斯基皱起眉头。“我跟你说，阿尔希普，”他沉吟了一下，说，“你这不是办法。不是官吏们的错。你打上灯笼，跟我来。”

阿尔希普从主人手里接过蜡烛，在炉子后面找到灯笼，点亮以后，两个人便悄悄走下台阶，从院子旁边走出去。更夫敲响铁板，狗吠叫起来。“今天是谁守夜？”杜勃罗夫斯基问道。“是我们，少爷，”一个尖细嗓子回答，“华西丽莎和鲁凯莉亚。”“你们回家吧，”杜勃罗夫斯基对她们说，“这里用不着你们。”“没事了。”阿尔希普也说了一句。“谢谢啦，主人。”两个农妇回答着，即刻回家去了。

杜勃罗夫斯基继续往前走。有两个人朝他走来，他们喊住他。杜勃罗夫斯基认出是安东和格里沙的声音。“你们干吗不睡觉？”杜勃罗夫斯基问他们。“顾得上睡觉吗？”安东回答，“怎么会碰上这种糟心事，谁想得到……”

“别作声！”杜勃罗夫斯基打断他的话，“叶戈罗夫娜在哪儿？”

“在少爷屋里，她自己的房间里。”格里沙回答。

“把她带到这儿来，再有，把我们家的人，除了那些当官的，一个不剩地带出来。你，安东，去套一辆大车。”

格里沙走了，一会儿，带着他母亲来了。这一夜老太婆没有脱衣服，除了那些官吏，谁都没有合过眼。

“大家都来了吗？”杜勃罗夫斯基问道，“还有人留在屋里吗？”

“除了那些当官的，没有人了。”格里沙回答。

“把干草或者麦秸搬到这里来。”杜勃罗夫斯基说。

人们跑到马厩去，抱着一捆捆干草回来。

“堆在台阶下面。就这样。好吧，伙计们，点火！”

阿尔希普打开灯笼，杜勃罗夫斯基点燃了松明。

“等一等，”他对阿尔希普说，“我刚才匆忙中好像把前厅的门锁上了，你快去把它打开。”

阿尔希普急忙跑进门廊，门没有锁。阿尔希普把门锁上，轻轻地说：“打开！没那么便宜。”接着回到杜勃罗夫斯基身旁。

杜勃罗夫斯基用松明点燃干草，火焰一下子蹿起来，照亮了整个院子。

“哎呀，”叶戈罗夫娜痛苦地叫喊起来，“弗拉基米尔·安德烈耶维奇，你这是干什么呀！”

“别叫了，”杜勃罗夫斯基说，“好吧，伙计们，别了，我要走了，走到哪里算哪里；祝你们在新主人手下过得快乐。”

“少爷，我们的主人，”人们齐声回答，“我们死也不能丢下你，我们跟你一起走。”

大车赶来了，杜勃罗夫斯基和格里沙登上大车，他和仆人们约定以基斯捷涅夫卡树林作为碰头的地方。安东朝马匹抽了一鞭，他们便驶出了院子。

起风了。火焰一下子吞没了整座屋子。火红的浓烟在屋顶上升腾着。玻璃劈啪作响，爆裂散落下来，燃烧的屋梁倾倒了，响起了哀嚎和呼救声：“我们要烧死了，救命，救命！”“没那么便宜。”阿尔希普望着大火，露出幸灾乐祸的微笑说。“阿尔希普什卡[①]，”叶戈罗夫娜对他说，“救救他们这帮该死的吧，上帝会奖赏你的。”

“没那么便宜。”铁匠回答。

这时，官吏们跑到窗口，想尽办法拆开双层窗框。但这时候屋顶哗啦一声塌了下来，哭叫声也随着静息了。

一会儿工夫，所有的仆人都拥到院子里来了。婆娘们叫嚷着跑去抢救自己的破衣烂衫，孩子们蹦跳着，兴高采烈地观看着大火，火星满天飞扬，周围一些小屋子也烧着了。

“这会儿一切都称心了，”阿尔希普说，“烧得怎么样，啊？大概从波克罗夫村也可以看得清清楚楚吧。”

这时有件事引起了他的注意。一只猫在烧着的板棚顶上跑来跑去，不知道往哪儿逃好。火焰从四面八方包围着它。这只可怜的小动物喵呜喵呜地叫着，呼求着人们去救它。孩子们看着它那绝望的样子，个个都纵情大笑。“有什么好笑的？鬼东西，”铁匠气呼呼地对他们说，“你们就不怕上帝，上帝创造的生灵快烧死了，你们还那么快活，糊涂蛋。”说着他找了一把扶梯，把它靠在烧着的屋顶上，爬上去救小猫。猫儿懂得阿尔希普的意思，匆匆对他表示感激，马上抓住他的袖子。身上着了火的铁匠带着猫儿爬下了扶梯。“好吧，弟兄们，再见了，”他对那些惊慌失措的仆人说，“我在这儿没事可干。祝你们幸福，有对不起大家的地方，请大伙别在意。”

铁匠走了。大火又猛烈地烧了一阵子，终于熄灭了。一堆堆没有火苗的木炭在黑夜中明亮地燃烧着，一群被大火烧掉了房屋的基斯捷涅夫卡居民在火场周围踱来踱去。

---

① 阿尔希普的爱称。

第七章

第二天，火烧的消息传遍了邻近各个村子。大家都在谈论这件事，作出各种推测。有人认定，是杜勃罗夫斯基的仆人在丧宴上喝醉酒，不小心烧着屋子；另一些人责怪官吏们不该在新居中饮酒作乐；许多人则认为是杜勃罗夫斯基自己放火，和县级法院的官吏们以及所有的仆人同归于尽。有些人猜到了真相，断言这场可怕的大火是杜勃罗夫斯基本人造成的，仇恨和绝望促使他出此下策。特罗耶库罗夫第二天也来到失火的地点，亲自查问情况。结果查明，县警察局长、县级法院的陪审官、司法稽查官和文书也像弗拉基米尔·杜勃罗夫斯基、保姆叶戈罗夫娜、仆人格里戈利、车夫安东和铁匠阿尔希普一样不知去向。所有的仆人都说，屋顶塌下来的时候，官吏们都烧死了。烧焦的尸骨都挖出来了。华西丽莎和鲁凯莉亚两个婆娘都说，起火前她们看见过杜勃罗夫斯基和铁匠阿尔希普。从大家所说的情况看，铁匠阿尔希普还活着，即使他不是火灾的唯一的肇事者，至少也是个主犯。杜勃罗夫斯基有重大嫌疑。基里拉·彼得罗维奇把事件的经过情形写了一份详细的报告寄到省长那里去，一场新的官司又打起来了。

没多久，又有一些消息引起人们的好奇和议论。某地出现了一帮强盗，使周围各地的人闻风丧胆。政府采取的剿灭这帮强盗的措施显得软弱无力。抢劫一次接着一次发生，干得一次比一次漂亮。无论是路上还是乡村都不安全。几辆满载强盗的三驾马车光天化日之下在全省各地横冲直撞，拦劫旅客和驿车，驶进乡村，抢劫地主的宅院，放火焚烧地主的房屋。到处都传说强盗帮的首领聪明、勇敢，而且宽宏大量。到处都在叙说他的传奇故事。人人都谈到杜勃罗夫斯基的名字，相信就是他，而不是别人，在带领这帮勇敢的强盗。只有一点使大家感到奇怪——特罗耶库罗夫庄园竟然太平无事。强盗们没有抢劫过他的一间板棚，没有拦劫过他的一辆大车。特罗耶库罗夫像平常那样傲慢地把这种例外说成是全省对他敬畏（这是他在全省有意造成的）的结果，同时也因为他在村子里建立了一支出色的保安队。起初邻人们都笑话特罗耶库罗夫的高傲，每天都在等着不速之客光临这个有利可图的波克罗夫村，但最后不得不同意特罗耶库罗夫的看法，承认强盗们对他怀有不可理解的敬意……特罗耶库罗夫胜利了，于是每听到杜勃罗夫斯基进行一次新的抢劫，就竭力嘲笑省长、县警察局长和连长们，说他们总是让杜勃罗夫斯基从他们眼皮底下安然无恙地跑掉。

这时，十月一日到了，这是特罗耶库罗夫村子里的教堂节日。不过在描写这次隆重的庆典和下面的情节以前，我们应该向读者介绍几个新的人物，也可以说，这几个人物在本书开头时曾略为提到。

第八章

读者想必已经猜到，我们只是稍微提到过的基里拉·彼得罗维奇的女儿是本书的女主人公。在我们所描写的这个时间里，她才十七岁，正是出落得最漂亮的时候。父亲爱她爱得发疯，但对待她却像平时那样专横，有时竭力满足她的极其细微的要求，有时却对她非常严厉，甚至很残酷，以此来恐吓她。他相信女儿对他的深情，却从来得不到她的信任。她总是对父亲隐瞒自己的思想感情，因为她从来无法确切地知道父亲会怎样对待她。她没有什么小姐妹，生来就很孤独。邻人的妻女很少到基里拉·彼得罗维奇家里来，平常的谈话和娱乐，他只要男人来做伴，而不要女人参与。我们的美人儿很少参加基里拉·彼得罗维奇招待客人的饮宴。一间很大的图书室，里面大部分藏书都是十八世纪法国作家的作品，都交给她使用。她父亲除了一本《能干的女厨师》①，什么书也不看，也就无法指导她选择书籍，因此玛莎翻遍各种图书之后，很自然就选中了小说。她就这样完成了自己的教育，这种教育是在法国小姐咪咪的指导下开始的。基里拉·彼得罗维奇对咪咪小姐极其信任和宠爱，只是在他们暧昧关系的后果过于明显之后，他才不得不把她悄悄送到别的田庄去。咪咪小姐给人留下相当愉快的印象。

她是个善良的姑娘，从来不滥用基里拉·彼得罗维奇对她显然言听计从这种有利条件去干什么坏事，这一点她和特罗耶库罗夫那些经常调换的情妇不同。基里拉·彼得罗维奇似乎最爱她，因此那个黑眼睛的孩子，和咪咪小姐南方人容貌十分相似的九岁小家伙是在他亲自关怀下受教育的，他还承认这孩子是他的儿子。还有好多赤着脚的小孩，尽管他们和基里拉·彼得罗维奇长得一模一样，常常在他的窗前跑来跑去，然而他们却被当作奴仆对待。基里拉·彼得罗维奇还为小萨沙从莫斯科请来一位法国老师，这位教师就是在我们所描写的这段故事所发生的时间里到波克罗夫村来的。

基里拉·彼得罗维奇很喜欢这位教师，因为他的外表讨人喜欢，待人接物也很实在。教师把文凭和特罗耶库罗夫一位亲戚的推荐信交给基里拉·彼得罗维奇，他在特罗耶库罗夫那位亲戚家里做过四年家庭教师。基里拉·彼得罗维奇一一看过这些证件，他不满意的只是这位法国人太年轻，这并不是因为他认为这种可爱的缺点和教师这种不幸的职业所需要的耐心和经验不相容，而是因为他有顾虑，他决定把这种顾虑立即当面对教师说清楚。为此他吩咐人去叫玛莎（基里拉·彼得罗维奇不会说法语，她给他当翻译）。

“你过来，玛莎：告诉这位法国先生，我决定聘请他；只有一点，不许他追求我的使女，要不然，我就叫这狗崽子……把这话翻给他听，玛莎。”

玛莎脸红起来，她转过身去用法语对教师说，父亲希望他待人谦恭，行为检点。

---

① 一本烹调书。

法国人对她鞠了个躬，回答说，如果他不能得到他们的喜欢，至少也想取得他们的尊重。

玛莎把他的回答逐字逐句翻译出来。

“好，好，”基里拉·彼得罗维奇说，“用不着他来讨取喜欢和尊重。他的事情是照顾萨沙，教他语法和地理。翻给他听。”

玛丽亚·基里洛夫娜把父亲粗暴的话翻译得婉转些，接着，基里拉·彼得罗维奇便叫法国人到厢房去，指定那个厢房做他的住所。

玛莎完全不留意这个年轻的法国人。她是在贵族的偏见中教养长大的，在她看来，教师是属于仆人或工匠之类的用人，对她来说，仆人或工匠并不是男人。她不曾留意她给这位德福热先生留下什么印象，也没有注意到他的腼腆、他的颤栗和他那变得不自然的声音。后来有好几天她常常看到他，也没有怎么注意他。突然有一件事使她对这位教师刮目相看。

基里拉·彼得罗维奇的院子里通常驯养着几头小熊，这是这位波克罗夫村地主的一项主要娱乐。小熊还在很小的时候每天都给送到客厅里，基里拉·彼得罗维奇就在客厅里逗弄着它们，让它们和小猫小狗斗，这样一玩就是好几个小时。小熊长大后就用锁链拴住，准备让它们去打斗。有时仆人把这些狗熊带到主人的窗前，把一只钉满钉子的空酒桶滚给它们；狗熊嗅嗅酒桶，然后用爪子轻轻地碰碰，结果刺痛了熊掌，它发起脾气，便更使劲地推它，这下子就扎得更痛。狗熊完全发狂了，它吼叫着，一次又一次地向酒桶扑去，一直到把这只使可怜的狗熊白白发怒的空酒桶撤去为止。也有这样的情况，把一对狗熊套在大车上，然后强令几个客人坐上去，让狗熊拉着大车跑，跑到哪里算哪里。但是基里拉·彼得罗维奇最得意的还是下面这种恶作剧。

通常把一只饿熊关在空房子里，用绳子把它拴在一只固定在墙上的铁环上。绳子几乎有整个房间那么长，只有对面一个角落才能躲避这头残暴野兽的攻击。他们通常把初来乍到的人带到这个房间的门口，出其不意把他推到狗熊那里去，锁上门，就让这不幸的牺牲者单独和那头毛烘烘的隐士待在一起。可怜的客人衣服给撕得稀巴烂，满身给抓得血迹斑斑，很快找到了那个安全的角落，但他还得把身子紧贴在墙边整整站上三个小时，看着这头疯狂的野兽在他面前吼叫、蹦跳、用两只脚直立起来，竭力向他猛扑，千方百计要抓住他。这就是一个俄国地主的高尚娱乐！我们那位教师来到这里几天之后，特罗耶库罗夫就想起他来，动他的脑筋，想叫他尝尝关在熊房里的滋味：为了达到这个目的，有一天早晨，特罗耶库罗夫把教师找来，带着他走到一条昏暗的走廊上；突然，旁边一扇门打开了，两个仆人把这法国人推进房间，把门锁上。教师醒悟过来后，看见那头拴住的狗熊；那野兽发出呼哧呼哧的声音，从远处嗅着客人，蓦地用后脚直立起来，向他走过去……法国人并不惊慌，他没有逃，却等着狗熊的攻击。狗熊走近了，德福热从衣袋里掏出一支小手枪，把枪筒伸进饿熊的耳朵，开了枪。狗熊倒下去了。大家都跑拢来，门打开了，基里拉·彼得罗维奇走进来，对自己这种恶作剧的结局感到大为惊奇。基里拉·彼得罗维奇决心要把这件事搞个水落石出：是谁把这次预谋的把戏通给德福热的，为什么他口袋里要藏着实弹的手枪。他派人去叫玛莎，玛莎跑来，把父亲的问题翻译给法国人。

“我没有听说过狗熊的事，”德福热回答，“但我身上总是带着手枪。因为我的身份不允许我和别人决斗，而我又不愿意忍

《杜勃罗夫斯基》（木刻版画） P. Φ. 施坦因 绘　涅伊曼 刻　1887 年

受别人的侮辱。”

玛莎惊奇地望着他，把他的话翻给基里拉·彼得罗维奇听。基里拉·彼得罗维奇什么也没有回答，他吩咐把狗熊拖出去，把熊皮剥下来，然后对仆人们说：“这是个多么勇敢的小伙子！他一点都不害怕，真的，一点都不害怕。”从此，他就开始喜欢德福热，再不想试探他了。

但这件事给玛丽亚·基里洛夫娜的印象却深刻得多。她深深受到震动。她的脑海中总是浮现出那头死熊和从容不迫地站在死熊旁边、从容不迫地和她谈话的德福热。她看到，勇敢和高贵的自尊心并不是仅仅属于一个阶层的，从此她对这年轻教师产生了敬意，这种敬意一天比一天深厚。他们两人便日益接近起来。玛莎有一副金嗓子，并且很有音乐才能；德福热自告奋勇去给她授课。此后读者已经不难猜到，玛莎爱上了德福热，虽然她自己还不承认。

第二卷

第九章

节日前夕，客人纷纷来到，有些住在地主的府邸和厢房里，有些住在管家家里，有些住在神父家里，还有一些住在富裕的农民家里。马厩里拴满了马匹，院子和板棚里挤满了各种马车。上午九点钟，教堂鸣起钟来，召唤人们去做礼拜，于是人们成群结队向新造的砖砌教堂走去。这座教堂是基里拉·彼得罗维奇建造的，他每年还捐款为它修缮。这一天来了好多可敬的信徒，因此一些普通的农奴无法挤进教堂，只能站在台阶上和院墙里边。礼拜还没有开始，在等基里拉·彼得罗维奇。他乘着六套马车来到教堂，在玛丽亚·基里洛夫娜陪同下威风凛凛走到他的位子上。男女信徒们都注视着玛丽亚·基里洛夫娜；男人们看到她长得那么俊秀，都暗暗称奇，妇女们则细细打量着她的服饰。礼拜开始了，家庭唱诗班在台上唱着赞美诗，基里拉·彼得罗维奇也跟着唱，他专心地祈祷着，并不东张西望，当助祭大声提到这座教堂的创建者时，他带着傲慢的神色谦恭地深深鞠了一躬。

礼拜结束了。基里拉·彼得罗维奇首先走上前去吻十字架，接着大家都跟着走上去，然后邻居们都恭恭敬敬地走到他跟前。女士们围住玛莎。基里拉·彼得罗维奇走出教堂的时候，邀请大家到他家去吃饭，便乘上马车回府。大家都跟着去了。房间里挤满了客人。新的客人不时来到，他们要花好大力气才能挤到主人跟前。女宾们规规矩矩地坐成半圆形，她们穿着过时的、穿旧了的贵重服装，打扮得珠光宝气，男人们则围住鱼子酱和伏特加，高声谈论着。大厅里摆好八十个人吃饭的餐桌。仆人们送上瓶酒，铺着桌布，忙得不可开交。最后管家宣布："请入席。"于是基里拉·彼得罗维奇第一个走过去就座，接着，太太们也走过去，按照年龄大小依次庄重地坐下，小姐们像一群胆小的羊羔，扭扭捏捏，互相推让着，选好位置，一个挨一个坐定。她们的对面坐着男宾。末席上，教师坐在小萨沙的身边。

仆人们按照官阶大小依次送上菜碟子，碰到疑难，他们就按照拉法特①的相面术决定次序，几乎从来没有错过。杯盘和匙子的碰击声和客人热闹的谈话声汇成一片，基里拉·彼得罗维奇高兴地环视着饮宴的客人，完全沉浸在大宴宾客的快乐之中。这时一辆套着六匹马的四轮马车驶进了院子。"这是谁？"主人问道。"安东·巴甫努季奇。"好几个人不约而同地回答。门打开了，安东·巴甫努季奇·斯皮岑走进了餐厅，他是个大胖子，约莫五十岁，滚圆的脸上布满了麻斑，有三重下巴，他满面春风，一进来就鞠躬，准备道歉……"把餐具放在这里，"基

---

① 拉法特，十八世纪瑞士著名作家，著有《相面术》。

里拉·彼得罗维奇大声说，“安东·巴甫努季奇，请坐。告诉我们，你这是怎么一回事，为什么没有来和我们一起做礼拜，吃饭也迟到了。这可不像你的为人，你是那么虔诚，又喜欢参加宴会。”“很抱歉，”安东·巴甫努季奇把餐巾系在豆绿色长袍的钮扣上，回答说，“很抱歉，基里拉·彼得罗维奇老爷，我早就出门了，想不到还没走上十里路，前轮的轮箍突然断成两半，你说有什么办法？幸好离村子不远，我们勉强赶到那里，找了个铁匠，马马虎虎修了一下，三个钟点就这样过去了，毫无办法。抄近路走基斯捷涅夫卡树林我又不敢，只好兜圈子……”

“唉！”基里拉·彼得罗维奇打断他的话说，“你啊，虽然算不得什么英雄豪杰，但又怕什么呢？”

“我怕什么？基里拉·彼得罗维奇老爷，怕杜勃罗夫斯基啊，一不留神，说不定就掉进他的爪子里去。他是个精明的小伙子，谁也不放过，要落在他手里，会剥掉我两层皮的。”

“老弟，他为什么要对你另眼相看？”

“为什么，基里拉·彼得罗维奇老爷？为了已故的安德烈·加甫里洛维奇那场官司呀。难道不是我为了使您高兴，也就是凭着良心和公理证明杜勃罗夫斯基一家没有任何权利占有基斯捷涅夫卡村，只是因为您的宽宏大量，他们才领有这份产业的。那死人（愿他早日进入天国）说过要和我算账，他儿子一定会实践他父亲的诺言的。到现在，总算上帝大发慈悲，总共才抢劫了我的一座谷仓，可随时会来抢我的庄园的。”

“到了你的庄园，他们一定会抢个痛快的。”基里拉·彼得罗维奇说，“你那个红色的小首饰箱想必装得满满的……”

“哪儿的话，基里拉·彼得罗维奇老爷。以前是满满的，可眼下已经空了！”

“完全是瞎说，安东·巴甫努季奇。我们了解你；你有什么地方好花钱？家里过着猪一样的生活，谁也不款待，那些庄稼汉都给你榨干了，你只知道一门心思积攒金钱。”

“您老是开玩笑，基里拉·彼得罗维奇老爷，”安东·巴甫努季奇笑着咕哝说，“老天在上，我们真的破产了。”安东·巴甫努季奇暗暗把主人的玩笑当作一块油腻的大烤饼往肚里咽。基里拉·彼得罗维奇丢下他，回过头去和新任县警察局长谈话。这位新任警察局长是第一次来他家做客，他坐在餐桌的另一头，教师的旁边。

“怎么，警察局长先生，您能逮住杜勃罗夫斯基吗？”

警察局长心里直打鼓，他鞠了一躬，脸上堆着笑，支吾了半天，最后才说了一句：“我们尽力而为，大人。”

“哼，尽力而为。老早老早就在尽力而为了，可是到现在还是毫无结果。说实在的，干吗要逮住他呢？杜勃罗夫斯基的抢劫对于警察局长们来说倒是一桩美事：出差、侦查、车马，都能支钱，结果都落进了你们的腰包。这样的恩人怎么能消灭？我说得对不对，警察局长先生？”

“一针见血，大人。”县警察局长狼狈不堪地回答。

客人们哄堂大笑。

“我就喜欢痛快的男子汉，”基里拉·彼得罗维奇说，“我们那警察局长塔拉斯·阿列克谢耶维奇死了真可惜；要是他不烧死，我们这一带会平靖些。杜勃罗夫斯基有什么消息没有？最后一次是在哪里看见他的？”

“在我家里，基里拉·彼得罗维奇，”一个女人用低沉的声音哭诉道，“上礼拜二在我家吃过饭……”

所有的目光都集中到安娜·萨维什娜·格洛鲍娃身上，她是一个头脑简单的寡妇，大家都喜欢她温和而快乐的脾气。这会儿在座的宾客都带着好奇心想听听她的故事。

“是这么回事，三个礼拜前我派管家到邮局寄钱给我那瓦纽沙。孩子我不溺爱，就是想溺爱也没有那个能力；可是你们自己也知道，一个近卫军军官生活总该过得体面些吧，所以我尽可能把那一点点收入分些给他。这一次就给他寄去两千卢布。虽然我也好几次想到杜勃罗夫斯基，可是我想：县城很近，一共只有七里路，上帝也许会保佑我平安无事的。到了晚上，我看到管家回来了，他脸色煞白，衣服破碎，是走回来的。我不由得惊叫了一声。‘这是怎么回事？你怎么啦？’他对我说：‘安娜·萨维什娜太太，碰上强盗啦；我自己差一点给打死，杜勃罗夫斯基本人就在那里，他想吊死我，后来可怜我，把我放了。可是东西全给抢光，连车带马都抢去了。’我呆住了，我的老天爷，我的瓦纽沙可怎么办哪？毫无办法，我便写了一封信给儿子，把这事一五一十地告诉他，远远地为他祝福，可是一个子儿也没给他寄去。

“过了一个礼拜，又过了一个礼拜，突然有一辆马车驶进我的院子。一个将军要见我：我当然欢迎；一个三十五岁光景的男人走进来，他脸色黝黑，长着黑头发，蓄着唇髭和大胡子，活脱是个库利涅夫[①]，他自称是亡夫伊凡·安德烈耶维奇的朋友和同事；他说有事路过，知道我住在这里，不能不顺便来看看朋友的寡妻。我拿出家里现成的东西款待他，和他东拉西扯，最后谈到杜勃罗夫斯基的事儿上来了。我把这次祸事详详细细对他

① 库利涅夫（1773—1812），俄国中将，1812年卫国战争的英雄，曾释放过农奴。他是弗拉基米尔·杜勃罗夫斯基的原型。

说了一遍。那将军皱起眉头。‘这件事倒是蹊跷，’他说，‘我听说杜勃罗夫斯基并不随便抢劫人，只抢有名的大富翁，而且只抢一部分，绝不洗劫一空，至于杀人则从来没有听说过。是不是其中有诈，请把管家叫来问问。’于是派人去叫管家，管家来了；他一看见将军，立刻吓得呆若木鸡。‘请你说说，老兄，杜勃罗夫斯基是怎样抢劫你，还要把你吊死的。’我那管家吓得瑟瑟发抖，立刻扑倒在将军脚下。‘老爷，我该死，是我鬼迷心窍，撒了谎。’‘既然是这样，’将军回答，‘那么你就把事情的经过跟太太说说，让我也听听。’管家一下子无法镇定下来。‘怎么样，’将军继续说，‘说吧，你在哪儿遇见杜勃罗夫斯基？’‘在两棵松树旁，老爷，在两棵松树旁。’‘他对你说了些什么？’‘他问我，你是谁的管家，到哪里去，去干啥。’‘后来呢？’‘后来他要了我的信和钱。’‘说下去。’‘我给了他信和钱。’‘那么他呢？……呃，他怎么样？’‘老爷，我该死。’‘说下去，他怎么样？’‘他把钱和信还给我，对我说：走吧，上帝保佑你，把它寄出去。’‘那么你呢？’‘老爷，我该死。’‘亲爱的，让我来治治你，’将军威严地说，‘太太，请您吩咐手下的人搜搜这个骗子手的箱子，而且把他交给我，让我教训教训他。您知道，杜勃罗夫斯基本身也是一位近卫军军官，他是不会欺负同事的。’我心里明白这位大人是谁，我跟他没有什么可说的。几个车夫把管家绑在马车的驭座上。钱搜出来了；将军在我家里吃了饭，然后立刻带着管家走了。第二天才发现我的管家在树林里，他给绑在一棵树上，衣服给剥得精光。”

大家都一声不响地听着安娜·萨维什娜的故事，尤其是小姐们更加听得津津有味。她们当中有许多人对杜勃罗夫斯基暗暗产生了好感，认为他是一个传奇式的英雄，尤其是玛丽亚·

基里洛夫娜，她是一个迷恋于拉德克利夫夫人[①]惊险小说的热烈的幻想家。

“安娜·萨维什娜，你认为到你家里去的是杜勃罗夫斯基本人吗？”基里拉·彼得罗维奇问道，“你大错特错了。我不知道，到你家做客的是什么人，但绝对不是杜勃罗夫斯基。”

“怎么不是杜勃罗夫斯基，老爷？要不是他，还有谁会在半路上拦住行人，检查他们的东西？”

“我不知道，但肯定不是杜勃罗夫斯基。他小时候的样子我还记得；我不知道他的头发是不是变黑了，可当时他长着满头又鬈又黄的头发。但是我知道，杜勃罗夫斯基大约比我家玛莎大五岁，因此他应该是二十三岁左右，而不是三十五岁。”

“正是这样，大人，”县警察局长说，“我口袋里还有一张有关弗拉基米尔·杜勃罗夫斯基特征的说明。上面写得清清楚楚，他是二十三岁。”

“噢！”基里拉·彼得罗维奇说，“这太凑巧了：你读给我们听听，能知道他的特征倒是不错；要是碰巧给我们碰上，那他就逃不了了。”

县警察局长从衣袋里掏出一张肮脏不堪的纸来，一本正经地把它展开，拉长声调读了起来。

“据弗拉基米尔·杜勃罗夫斯基原来的仆人供称，他的特征是：

“二十三岁，身材中等，面孔白皙，不留胡子，眼睛棕色，头发淡黄，鼻子笔直。没有突出的特征。”

“就是这一点？”基里拉·彼得罗维奇问道。

---

① 拉德克利夫夫人（1764—1823），英国女作家。

“就是这一点。”县警察局长折起文书，回答。

“我祝贺你，警察局长先生。这张文书真不错！根据这些特征，你们要捉到杜勃罗夫斯基真是不费吹灰之力。你倒说说，哪一个不是中等身材，哪一个不是淡黄头发，不是笔直鼻子和棕色眼睛！我敢跟你打赌，你就是跟杜勃罗夫斯基本人谈上三个钟点，还不知道在跟谁谈话。没说的，你们这些当官的头脑实在太聪明了！”

县警察局长谦恭地把文书藏进衣袋里，默默地吃起鹅肉炖白菜来。这个时候，仆人已经给客人们斟过几回酒。几瓶高加索葡萄酒和齐姆良红酒被冠以香槟酒的美名，它们的塞子被砰然拔掉。来宾的脸开始发红，谈话变得更响亮、更杂乱、更快活。

“是啊，”基里拉·彼得罗维奇继续说，“我们再也看不到已故塔拉斯·阿列克谢耶维奇这样的警察局长啦！他是个精明强干的人。可惜这样一条好汉给烧死了，要不然，强盗帮里休想有一个能从他手心里逃掉。他会一个不剩地把他们统统捉拿归案，连杜勃罗夫斯基也逃不了，他要贿赂也不可能。塔拉斯·阿列克谢耶维奇拿钱归拿钱，可是不会放掉他：已故的警察局长的脾气就是这样。毫无办法，看样子，我得亲自出马，带领我的家丁去捉强盗。首先我派二十个人把贼窝那片树林砍个精光；我的人可不是胆小鬼，每一个人都能单独打一头熊，他们看到强盗是不会退缩的。”

“您那头熊还在吗，基里拉·彼得罗维奇老爷？”安东·巴甫努季奇问道。听到基里拉·彼得罗维奇提起熊的事，他想起了那头他曾与之打交道的毛烘烘的野兽和那些恶作剧，当时他在这些恶作剧里差点丧了命。

“米沙[①]已经长眠了，”基里拉·彼得罗维奇回答，“它光荣地死在敌人的手里。喏，这就是它的战胜者，”基里拉·彼得罗维奇指着德福热说，“崇拜我这位法国人吧。恕我直说……是他替你报了仇……你记得吗？”

“怎么不记得，”安东·巴甫努季奇搔着头皮说，“记得可清楚啦。这么说，米沙已经死了。真可惜了米沙，真可惜！它多好玩啊！它那么机灵！这样的狗熊哪里去找啊！可这位法国先生干吗要打死它？”

基里拉·彼得罗维奇得意扬扬地把法国教师的壮举原原本本地说了一遍，他天生有一种令人羡慕的才能，善于炫耀他周围的一切。宾客们聚精会神地听着打死米沙的故事，惊奇地瞧瞧德福热，而德福热并没有想到人家正在谈论他的勇气，正神态自若地坐在那里教导他那淘气的学生。

延续了三个小时的宴会散席了。主人把餐巾放在桌上，客人们都站起来，走到客厅去，在那里他们可以喝咖啡、打牌，继续开怀畅饮，尽管他们在饭厅里已经喝得很痛快了。

---

① 熊的名字。

第十章

快到晚上七点钟的时候，有些客人想走了，但是喝多了潘趣酒而兴奋起来的主人吩咐仆人锁上大门，并且宣布，不到明天早晨，谁也不准走。一会儿，音乐轰鸣起来，大厅的门打开了，舞会开始了。主人和他的亲信们坐在角落里，一杯接一杯地喝着酒，欣赏着青年们的纵情玩乐。老太太们都在打牌。就像一切没有驻枪骑兵部队的地方一样，男舞伴总是比女士们少，因此，凡能跳舞的男人都被拉去参加舞会。在男舞伴当中，教师显得十分出众，跳得比谁都多，所有的小姐都请他跳舞。她们发现，和他一起跳华尔兹真是如鱼得水，十分轻快。他和玛丽亚·基里洛夫娜跳了几圈，小姐们都脸带讥笑注视着他们。到了半夜时分，疲乏的主人宣布舞会结束，吩咐开晚饭，他自己则回去睡觉。

基里拉·彼得罗维奇不在，客人们感到更自由，因而也更加活跃。男舞伴们大着胆子，坐到女士们旁边去。姑娘们吃吃地笑着和坐在旁边的男宾喁喁细语。太太们隔着桌子高声谈话。男人们喝酒、争论、放声大笑。总之，晚餐吃得特别快活，给大家留下许多愉快的回忆。

只有一个人独自闷闷不乐。安东·巴甫努季奇默默无言地坐着，心不在焉地吃着，显得忧心忡忡。宴会上大家谈到强盗的事，使他心惊肉跳。我们很快就会看到，他害怕这些强盗是有充分理由的。

安东·巴甫努季奇请大家证明，他那红色的小首饰箱已经空了，这不是撒谎，也没有违背教规：红色小首饰箱果真空了，从前藏在里面的钱，现在转移到皮夹子里面去了，这个皮夹子就挂在他的胸口贴身衬衣里面。采取这种预防措施以后，他才放心了一些，不再对每个人都怀着猜疑，那没有止境的恐惧总算减轻了些。这一天要在别人家里过夜，他害怕让他住到单独的房间里，小偷会轻而易举地钻进去。他用眼睛寻找一个可靠的同伴，终于选中了德福热。德福热的外表所显示出来的力量，尤其是他在遇到狗熊时表现出来的胆量使安东·巴甫努季奇最终选中了他。这可怜的安东·巴甫努季奇到现在一想起那头狗熊都不能不浑身发抖。晚饭散席以后，安东·巴甫努季奇就在年轻的法国人身旁转来转去，他清清喉咙，干咳几声，终于对法国人说明了他的意思。

“嘿，嘿，先生，今晚我能不能在您屋里住一夜，因为您知道……”

“您有什么吩咐，先生？”[①]德福热恭恭敬敬地对他鞠了一躬，问道。

“唉，真糟糕，你这位先生还没有学会俄国话。我想在您那里睡觉[②]，你懂吗？”

“先生，我很荣幸，”德福热回答，“该办什么事，请您吩

---

① 原文为法语。
② 此句是不准确的法语。

咐吧。”①

安东·巴甫努季奇为能听懂几句法语而得意扬扬，立刻就去安排。

宾客们互相道别，各自到安排好的房间去安寝。安东·巴甫努季奇和教师到厢房去。天很黑。德福热举着灯笼照着路，安东·巴甫努季奇挺神气地跟在他后面，不时摸摸胸口上的皮夹子，看看钱是不是还在。

来到厢房，教师点亮蜡烛，两人便开始宽衣就寝；这时候，安东·巴甫努季奇在房间里走来走去，瞧瞧门锁和窗户，检查的结果使他很不满意，因此直摇头。门上只有一根门闩，窗户也只有一层。他本想对德福热埋怨一番，可是他的法语知识实在太有限，这么复杂的话他可是说不清楚，法国人肯定听不懂，因此安东·巴甫努季奇只好把话咽下去。他们的床铺并排放在房间里，两人躺下后，教师便吹灭了蜡烛。

“你为什么吹灭蜡烛？你为什么吹灭蜡烛？”②安东·巴甫努季奇叫嚷着，他勉勉强强用法语的变位法来变俄语“吹灭”这个词。“熄了灯我睡③不着。”德福热听不懂他在叫什么，只对他说了句晚安。

“可恶的异教徒。”斯皮岑嘀咕着，钻进被窝里。“他要把蜡烛吹灭，这样对他更糟。可我没有灯睡不着。先生，先生。”他继续唠叨着，“我要跟您说句话。”④但是法国人没有回答他，一

---

① 原文为法语。

② 这是一句不准确的法语。安东·巴甫努季奇不会说法语“吹灭”这个词，便用俄语代替。

③ 不准确的法语。

④ 不准确的法语。

会儿便打起呼噜来。

“这法国无赖在打呼噜。”安东·巴甫努季奇想，“可我一点睡意也没有。小偷随时都会走进开着的房门或者从窗户里钻进来的，可他这个无赖用大炮都轰不醒。”

“先生！喂，先生！让鬼把你抓去。”

安东·巴甫努季奇不再作声，疲劳和酒力渐渐压倒他的恐惧，他迷迷糊糊地入了梦，一会儿便睡得很沉很沉。

他迷迷糊糊，将醒未醒。睡梦中感到有人在轻轻地扯他衬衣的领口。安东·巴甫努季奇睁开眼睛，在秋天早晨熹微的曙光下，他看到面前站着德福热：法国人一只手持着手枪，另一只手正在解他那秘藏的皮夹子。安东·巴甫努季奇一下子惊呆了。

“这是干什么？先生，这是干什么？”①他战战兢兢地说。

“安静点，别出声，”教师用道地的俄语回答，“您要么不作声，要么回老家。我是杜勃罗夫斯基。”

---

① 这是一句不准确的法语。

第十一章

现在请读者允许我解释一下我们的小说刚刚提到的那些事情，在这以前发生的某些情况，我们还没有来得及叙说呢。

在我们提到过的某某驿站的站长室里，角落里坐着一个旅客，他神色沉静，表现得很有耐心，看来是个非贵族出身的知识分子或者外国人，也就是说，他是没有资格使用驿马的。他的马车停在院子里等待加油。马车上有一口小箱子，这多少可以证明他的境况是相当拮据的。这旅客不要茶，也不要咖啡，他只是望着窗口，不断地吹口哨，这使坐在隔壁的站长老婆老大不高兴。

“来了这么一个浪荡子，”她轻轻地说，“口哨吹个不停，让他死掉才好呢，这该死的异教徒。”

“那又怎么样呢，”站长说，“那算得了什么，让他吹好了。”

“那算得了什么？”怒气冲冲的站长老婆却不以为然。“莫非你不知道吹口哨会有什么结果？”

“会有什么结果？吹口哨会吹掉钱。咳！巴霍莫夫娜，对于我们吹不吹都一样：没有钱还是没有钱。”

“你打发他走吧，西多雷奇，你何必把他留在这里。给他马，让他滚吧。”

“让他等等吧，巴霍莫夫娜；马厩里一共只有三组三套马，第四组在休息。说不定会来几个有身份的旅客，我可不愿意为一个法国人掉脑袋。你听，一点不错，可不是来啦！喏，跑得可快哩；说不定是个将军！”

马车在台阶前停下。一个仆人从驭座上跳下来，打开车门，接着，一个穿军大衣、戴白制帽的青年人下了马车，走进驿站来找站长；仆人手捧着一个小首饰箱跟着走进来，把小首饰箱放在窗台上。

“给我马匹。”军官用命令的口气说。

“就来，”站长回答，“请您出示一下驿马使用证。”

“我没有驿马使用证。我是到……难道你不认识我吗？”

驿站长着了忙，立即跑去催车夫。青年人便在房间里走来走去，他随随便便地走进隔壁房间，轻声问站长老婆：那个旅客是谁？

“天知道，”站长老婆回答，“一个法国人。他等马已经等了五个钟头，一个劲儿吹口哨。真讨厌，该死的家伙。”

青年人用法语同那旅客攀谈起来。

“请问您上哪儿去？”青年人问法国人。

“到附近一个城市，”法国人回答，“从那里再到一个地主家里去，他托人请我去当教师。我以为今天就可以到达目的地了，可站长先生似乎另有打算。在这个国家里要雇到马匹真是一件难事啊，军官先生。”

“您是到本地的哪一个地主家去任职的？”军官问道。

“到特罗耶库罗夫先生家。”法国人回答。

“到特罗耶库罗夫家？这位特罗耶库罗夫是谁呀？”

“是的，军官先生……[①]说他好话的不多。人家都说，他是个专横跋扈的地主老爷，对待用人很残酷，谁也没法跟他和睦相处，大家一听到他的名字就发抖，说他不尊重教师（avecles outchitels），已经把两个教师打得死去活来了。”

“有这样的事！可您还要到这样的怪物家里去做事。”

“有什么办法，军官先生。他答应给我优厚的待遇，年薪三千卢布，一切都由他供给。也许我会比别人走运一些。我家里有个老母亲，我要把一半薪水寄给她维持生活，剩下的我积累五年就可以成为一笔小小的资本，够我将来独立生活使用，到那时我们就再见[②]吧，我将到巴黎去，把这笔钱用来做生意。”

“特罗耶库罗夫家里有人认识您吗？”军官问道。

“一个也没有，”教师回答，“他是通过一个朋友从莫斯科把我雇来的，他那个朋友的厨师是我的同胞，他把我推荐给他。不瞒您说，我本来不想当教师，想去做糖果点心买卖，可是人家对我说，在贵国当教师要有利得多……”

军官沉思起来。

“您听我说，”军官打断他的话，“如果有人愿意给您一万现款，让您马上回巴黎，而不去当教师，您愿意不愿意？”

法国人目瞪口呆地望着军官，笑了笑，摇摇头。

“马匹准备好了。”驿站长走进来说。仆人又重说了一遍。

“就来，”军官回答，“你们先出去一会儿。”驿站长和仆人出去了。“我不是说着玩的，”他继续用法语说，“我可以给您一万现款，我只要您马上离开，留下您的证件。”说着，他打开小首饰箱，拿出几沓纸币。

---

①② 原文为法语。

法国人瞪大眼睛。他完全手足无措了。

“马上离开……留下证件，”他吃惊地重复说着，“这就是我的证件……不过您是在开玩笑吧：您干吗要我的证件？”

“这不关您的事。我只问您，您同意不同意？”

法国人仍旧不相信自己的耳朵，他把证件递给年轻的军官，军官迅速地把证件检查了一遍。

“您的护照……好。推荐信，让我看看。出生证，好极了。好，这是给您的钱，您回去吧。再见。”

法国人呆若木鸡地站着。

军官又走回来。

“我差点忘记一件最重要的事情了。您要用名誉担保，这件事绝不说出去，请您用名誉担保。”

“我用名誉担保，”法国人回答，“可是我的证件呢，没有证件我可怎么办？”

“您到了头一个城市就说，您遭到杜勃罗夫斯基拦劫了。他们会相信您，给您必要的证明。再见吧，愿上帝保佑您快点到达巴黎，见到您健康的母亲。”

杜勃罗夫斯基走出房间，乘上马车走了。

驿站长望着窗外，等到马车离开了，他回过头来惊叹着对老婆说：“巴霍莫夫娜，你知道这是怎么回事吗？这是杜勃罗夫斯基呀。”

站长老婆急忙奔到窗口，但已为时太晚：杜勃罗夫斯基已经走远了。她便骂起丈夫来：

“你怎么不敬畏上帝，西多雷奇，你干吗不早点告诉我，哪怕让我看一眼杜勃罗夫斯基也好啊，这会儿你就等着他回来吧。你这个没良心的，真是的，没良心！”

法国人呆若木鸡地站着。和军官达成协议，钞票，他感到这一切好像在做梦。但是几沓纸币还在他口袋里，无可辩驳地向他证明这次奇遇是确确实实的。

他决定雇几匹马拉车到城里去。车夫慢吞吞地赶着车，一直到深夜才来到城外。

快到城门口的时候——那里没有卫兵，只有一座倒塌的岗亭——法国人吩咐停车，他跳下马车，用手势告诉车夫，马车和箱子都赏给他作酒钱，便徒步往前走去。车夫对他的慷慨惊奇得目瞪口呆，那程度跟法国人听到杜勃罗夫斯基的建议时不相上下。但是车夫认为这是德国人[①]发疯了，便对他诚心诚意地鞠了一躬表示感谢，然后直接到一个他所熟悉的、老板和他很熟的娱乐场所去，因为他认为进城并没有什么好处。他在那里消磨了整整一夜，第二天早晨带着三匹马回家去，这时马车和箱子都没有了，而他的脸却浮肿着，眼睛也红了。

杜勃罗夫斯基带着法国人的证件，正如我们所看到的那样，大胆地到特罗耶库罗夫那里去，并且在他家里住下。尽管杜勃罗夫斯基心中怀着秘密的打算（这我们以后会知道），但他的行为却是无可指摘的。不错，他很少关心小萨沙的教育，让小萨沙自由自在地玩，并不严格查问仅仅是形式上布置给小萨沙的功课，却全心全意注视着他的女学生音乐上的进步，常常一连几小时和她一起坐在钢琴前练琴。大家都喜欢这个年轻教师——基里拉·彼得罗维奇喜欢他打猎时的勇敢和机灵，玛丽亚·基里洛夫娜喜欢他无限的热诚和谨慎的关心，萨沙喜欢他对待自己的淘气总是宽容原谅，仆人们喜欢他的善良和那与自

---

① 车夫误以为法国教师是德国人。

己的经济状况不相称的慷慨。他自己似乎也很眷恋这个家庭，把自己看成这个家庭的一员。

从他开始执教到那个值得纪念的节日已经过去了将近一个月，谁也没有想到这个温良谦恭的年轻法国人竟是使邻近地主闻风丧胆的可怕强盗。在这段时间里，杜勃罗夫斯基并没有离开过波克罗夫村，但由于村民们生动想象，有关他在进行抢劫的传闻却没有停息过，当然，也可能是他那一帮人在首领离开的时候，仍然在活动。

跟这么一个人——自己的仇人和致使自己家破人亡的罪魁祸首中的一分子——在一个房间里过夜，杜勃罗夫斯基无法抵抗报复的诱惑。他知道这个人有一个钱包，决心要把它拿到手。我们都看到，他从一个教师突然变成一个强盗，这使那可怜虫安东·巴甫努季奇有多么吃惊。

早晨九点钟，留宿在波克罗夫村的客人们都先后来到客厅里，那里茶炊已经烧开，玛丽亚·基里洛夫娜穿着晨衣坐在茶炊跟前，基里拉·彼得罗维奇穿着呢绒常礼服和便鞋，用一个漱口杯那样大的杯子在喝茶。安东·巴甫努季奇最后一个进来，他脸色苍白，失魂落魄，那样子使在座的人都大吃一惊，基里拉·彼得罗维奇连忙问他是不是身体不舒服。斯皮岑不知所云地回答了几句，恐惧地看了看若无其事地坐在那里的教师。过了几分钟，一个仆人进来向他报告马车已经备好，安东·巴甫努季奇匆匆施了礼，不顾主人的劝告，慌慌张张走出客厅，立即乘车走了。大家都弄不明白他出了什么事，基里拉·彼得罗维奇断定他吃坏了肚子。喝过茶，吃过告别早宴以后，其他客人也陆续登程，没多久，波克罗夫村的客人便都走光，一切又恢复了常态。

第十二章

几天过去了，没有发生什么值得注意的事情。波克罗夫村居民的生活天天都一个样。基里拉·彼得罗维奇每天出去打猎；玛丽亚·基里洛夫娜每天的生活内容不外乎读书、散步、上音乐课，特别是上音乐课。她渐渐意识到自己的心事，不由得苦恼地承认，对于那年轻法国人的美好品格，她是不能无动于衷的。而他那一方面则从来没有越过尊重和严守礼节的常轨，这使她那高傲的自尊心和忧虑稍稍得到宽慰。她愈来愈信赖他，完全沉浸在这种使人心醉的情意里。德福热不在，她就感到寂寞，只要德福热在她身边，她就时时刻刻和他在一起谈这谈那，不管什么事，她都想听听德福热的意见，并且总是同意他的看法。也许她还没有爱上他，可是一遇上什么偶然的障碍或者命运的意外打击，她那恋情的火焰就一定会在她心中猛然迸发出来。

有一天，玛丽亚·基里洛夫娜走进大厅，教师正在那里等她，她惊奇地发现教师苍白的脸上神情慌张。她打开钢琴，唱了几段曲子，可是杜勃罗夫斯基借口头痛，对她表示歉意，停止了授课，在合上乐谱的时候，悄悄递给她一张纸条。玛丽亚·基里洛夫娜不知是怎么回事，她接过纸条，立刻就感到后悔，可是杜勃罗夫斯基已经不在大厅里了。玛丽亚·基里洛夫娜回到自己的房间里，打开纸条，里面写着：

“今晚七点，请您到小溪旁的凉亭里去，我有事要和您面谈。”

这纸条在她心里唤起了强烈的好奇心。她早就在等着他的表白，但是既充满希望，又有点害怕。如果能够听到他证实她的猜测，那她会感到很愉快的，但是她又感到，听这样一个就其身份来说不可能得到她允婚的人向她表白爱情，这是不应当的。她决定去赴约，但是有一点她拿不定主意，她该如何对待教师的表白：是对他表示贵族式的愤慨呢，还是给以友爱的规劝，是跟他嘻嘻哈哈地开个玩笑呢，还是对他默默表示同情。在这段时间里，她不时抬头看看钟。天黑下来了，屋里点燃了蜡烛，基里拉·彼得罗维奇坐下来和邻村的来客打波士顿。台钟敲了六点三刻，于是玛丽亚·基里洛夫娜悄悄走到台阶上，往四下里看了看，便往花园跑去。

夜色很黑，天空乌云密布，两步之外就什么也看不见了，但是玛丽亚·基里洛夫娜仍然摸黑顺着熟悉的小径走去，一会儿便来到凉亭旁；她在那里站住，以便喘喘气，装出漠然和自若的样子和德福热见面。但是德福热早已站在她面前了。

“谢谢您，”他轻轻地、用一种悲哀的声调对她说，“您没有拒绝我的请求。您要是不同意，我会感到很失望的。”

玛丽亚·基里洛夫娜早就准备好了回答，她说：

“我希望您不至于使我对自己的宽容感到后悔。”

他没有说什么，看样子在为自己打气。

“出于情势所迫……我必须离开您，”他终于说，“也许您很快就会听说的……但是在分手之前，我必须亲口对您说清楚……”

玛丽亚·基里洛夫娜什么也没有回答。听到这几句话，她知道这是意料中的表白的开场白。

“我并不是您所认为的那种人，”他低下头，接着说，“我不是法国人德福热，我是杜勃罗夫斯基。”

玛丽亚·基里洛夫娜惊叫了一声。

“别害怕，看在上帝的面上，听到我的名字您不应该害怕。是的，我就是那个不幸的人，您父亲夺去了我的生计，把我从祖祖辈辈居住的老家赶出来，迫使我去拦路行劫。但是您不必害怕我，不必为自己害怕，也不必为您父亲害怕。一切都已结束。我饶恕他了。我告诉您，是您救了他。本来，我要在他身上实现我的第一个流血的壮举。我在他那座房子周围侦察过，确定在哪里放火、从哪里进入他的卧室、怎么切断他所有的逃路，就在那个时候，您像仙女一样走过我的身旁，于是我的心平静下来了。我明白，您所居住的房子是神圣的，任何一个和您有亲缘关系的人都不应该受到我的诅咒。我放弃了复仇，就像不再做出失去理智的行为一样。我整天整天在波克罗夫村的花园周围徘徊，希望能在远处看见您那白色的衣裙。在您漫不经心地散步的时候，我曾从一棵灌木后面钻到另一棵灌木后面跟踪您，我一想到，我正在保护您，您在那里不会遭到危险，因为我暗中守在那里，这时我就感到很幸福。机会终于来了。我住进了你们家。这三个礼拜是我最幸福的日子。回忆这些日子将是我悲惨一生中的欢乐……今天我得到情报，我不可能再在这里待下去了。今天我就要和您分手……马上……但在走以前，我必须向您说明真情，以免您咒骂我、轻视我。希望您有时想想杜勃罗夫斯基。您应该知道，我生来是负有另一种使命的，我的心懂得怎么爱您……，永远也不会……”

这时响起一声轻轻的口哨声，于是杜勃罗夫斯基停住话头。他抓住她的手，紧贴在自己火热的嘴唇上。又响起了口哨声。

“再见吧，”杜勃罗夫斯基说，“他们在叫我，拖延一分钟我就会毁灭。”他走开了，玛丽亚·基里洛夫娜呆呆地站着，杜勃罗夫斯基走回来，又拉起她的手。

“随便什么时候，”他用温柔而又动人的声音对她说，“随便什么时候，您要是遭到什么灾难，又找不到任何人帮助和庇护，在这种情况下，您答应不答应来找我，让我来解救您？您接受不接受我的忠诚效劳？”

玛丽亚·基里洛夫娜啜泣起来。响起了第三次口哨。

“您会毁掉我的！”杜勃罗夫斯基大声说，“您不回答我，我就不离开您，您答应不答应？”

“答应。”那可怜的美人儿轻轻地回答。

和杜勃罗夫斯基的会见激荡着玛丽亚·基里洛夫娜的心，她从花园回家去。她觉得，所有的人都在往四面八方奔跑，房子也好像在转动，院子里有许多人，台阶旁边停着一辆三套马车，她远远地就听见基里拉·彼得罗维奇的声音，便赶紧往屋里走去，生怕她不在会引起注意。在大厅里基里拉·彼得罗维奇看见了她，客人们围着我们熟悉的那个县警察局长，连珠炮似的向他提出一大堆问题。县警察局长穿着旅行服装，从头武装到脚，神秘而慌乱地回答着他们。

“你到哪里去了，玛莎？”基里拉·彼得罗维奇问道，“你看见德福热先生吗？”玛莎费了好大力气才作出否定的回答。

“你想想看，”基里拉·彼得罗维奇接着说，“警察局长来抓他，硬说德福热先生就是杜勃罗夫斯基。”

“所有的特征都符合，大人。”县警察局长毕恭毕敬地说。

“算了吧，老弟，”基里拉·彼得罗维奇打断他的话，“滚你的特征吧！在我没有把事情弄清楚之前，我决不把我们的法国教师交给你。怎么能相信胆小鬼和骗子手安东·巴甫努季奇的一句话：他简直是大白天见了鬼，说什么教师要抢他的钱。那天早上他干吗一句话也不对我说？”

“法国人恐吓他，大人，”县警察局长回答，“要他起誓不说出去……”

“胡说八道，”基里拉·彼得罗维奇斩钉截铁地说，“我马上就给你搞个水落石出。——教师在哪儿？”他问一个走进来的仆人。

“老爷，哪儿也找不到。”仆人回答。

“把他找来。”特罗耶库罗夫有点怀疑，吆喝了一声。“把你那吹得天花乱坠的特征给我看看，”他对县警察局长说，县警察局长立即把文书递给他，“哼，哼，二十三岁……这不错，可这什么也证明不了。教师到底怎么啦？”

“老爷，哪儿也找不到。”回答还是一样的。基里拉·彼得罗维奇有点坐立不安，玛丽亚·基里洛夫娜几乎要昏过去。

“你的脸色好苍白，玛莎，”父亲对她说，“把你吓成这个样子了。”

“不，爸爸，”玛莎回答，“我头痛。”

“玛莎，你回自己房间去吧，不要害怕。”玛莎吻吻他的手，急忙回房间里去，一进门，她就扑到床上，歇斯底里地嚎啕大哭起来。女仆们闻声赶来，帮她脱下衣服，用冷水和各种酒精制品给她擦洗，费了九牛二虎之力才使她镇静下来，然后安置她躺下，她这才昏昏睡去。

然而，法国人还是没有找到。基里拉·彼得罗维奇在大厅里走来走去，怒气冲冲地用口哨吹着“轰鸣吧，胜利的炮声”。客人们窃窃私议着，县警察局长受到了愚弄，法国人没有找到。他大概得到消息，藏起来了。然而到底是谁走漏了风声，怎样预先通知他，这一点谁也不知道。

时钟敲了十一下，可谁也不想睡。最后基里拉·彼得罗维奇忿忿地对县警察局长说：

“怎么样？你总不能在这里等到天亮吧，我家可不是小酒馆。他要真是杜勃罗夫斯基，你这么笨手笨脚可逮不到他，老弟。回家去吧，以后可得机灵点。你们也该回家去了，”他回头对客人们说，“吩咐仆人套马，我要睡觉了。”

特罗耶库罗夫就这样不客气地和客人们分了手！

第十三章

有一个时期没有发生什么引人注目的事情。但是在次年初夏时节，基里拉·彼得罗维奇的家庭生活中却发生了许多变化。

离他家三十里的地方有一座富裕的庄园，那是维烈伊斯基公爵的领地。公爵长期旅居国外，一个退职少校全权管理着他的庄园，波克罗夫村和这个阿尔巴托沃村一向不相往来。但是公爵五月底从国外回来，并且来到这个他从来没有见过的村庄。他过惯吃喝玩乐的生活，无法忍受这种孤寂的日子，还乡的第三天便来到老相识特罗耶库罗夫家吃饭。

公爵年近五十，但看起来要老得多。花天酒地的生活夺去他的健康，在他身上打下不可磨灭的印记。尽管如此，他的外表还是令人感到愉快，显得颇为出色，出入交际场所的习惯使他懂得待人要客气殷勤，特别是和女性相处的时候。他须要不断寻欢作乐，因此经常感到无聊。对于他的来访，基里拉·彼得罗维奇特别高兴，认为这是一个见过世面的人对他的尊敬。基里拉·彼得罗维奇按照自己的习惯请客人去参观庄园里的各种设施，带他到犬舍去。但是公爵差点被猎狗的臭味熏死，他赶快用洒过香水的手帕捂住鼻子，跑了出来。老式花园以及其中修剪过的菩提树、方形水池、笔直的林荫道，他都不喜欢；他喜爱英国式的花园和所谓大自然，但他对这里的花园仍然赞不绝口，连连感叹。仆人来禀告筵席已准备就绪，两人随即回去吃饭。公爵已经走得很累，走起路来一瘸一拐，对这次访问颇感后悔。

玛丽亚·基里洛夫娜在大厅里迎候他们，这个老色鬼被她的美貌惊倒了。特罗耶库罗夫让客人坐在女儿旁边。由于她的在场，公爵显得很活跃，他谈笑风生，说了好些引人入胜的故事，好几次引起玛丽亚·基里洛夫娜的注意。饭后基里拉·彼得罗维奇提议骑马出去溜达溜达，但是公爵谢绝了，他指着天鹅绒的靴子，对自己的痛风病开了一番玩笑；他宁可乘敞篷马车出去兜风，这样就可以寸步不离他邻座这位可爱的姑娘。敞篷马车套好了。两个老头和美人儿三个人一起登上马车出发。谈话一刻也没有中断。玛丽亚·基里洛夫娜听到这位上流社会的人物对她恭维备至，表示愉快的祝愿，心里喜滋滋的。突然维烈伊斯基转过身来问基里拉·彼得罗维奇，这片瓦砾场是怎么回事，是不是他的产业？……基里拉·彼得罗维奇皱起眉头；想起这座烧毁的庄园，感到很不愉快，他回答说，这片土地现在是他的，从前是杜勃罗夫斯基的。

"是杜勃罗夫斯基的？"维烈伊斯基重复了一句，"怎么，是这个有名的强盗的？……"

"是他父亲的，"特罗耶库罗夫回答，"他父亲也是个赫赫有名的强盗。"

"我们这位里纳尔多[①]藏到哪儿去了？他还在吗？抓到

---

① 里纳尔多·里纳尔迪尼，德国作家符尔皮乌斯的长篇小说《强盗首领里纳尔多·里纳尔迪尼》中的主人公。此处指杜勃罗夫斯基。

没有？”

“他还在，并且逍遥法外。只要警察局长和小偷穿连裆裤，就抓不到他；顺便请问，公爵，杜勃罗夫斯基是否光临过你们阿尔巴托沃村？”

“是啊，去年他好像放火烧过些什么，或者抢去一些财物……玛丽亚·基里洛夫娜，要是能和这位传奇式英雄好好认识一下，那一定很有趣，您说是不是？”

“那有什么趣！”特罗耶库罗夫说，“她和杜勃罗夫斯基熟悉得很呐：他教她音乐教了整整三个礼拜，真要谢天谢地，他一个子儿的学费也没有拿到。”于是基里拉·彼得罗维奇便说起了他家法国教师的故事。玛丽亚·基里洛夫娜如坐针毡。维烈伊斯基聚精会神地听着，认为这一切都很荒诞，便谈到别的事情上去了。兜风回来，他就吩咐给他的马车套马，尽管基里拉·彼得罗维奇一再留他过夜，但他喝过茶以后还是立即动身了。上路之前他邀请基里拉·彼得罗维奇带玛丽亚·基里洛夫娜到他家去做客，傲慢的特罗耶库罗夫一口答应，因为他敬重公爵的地位、两枚勋章和那拥有三千农奴的世袭领地，在某种程度上，他认为维烈伊斯基公爵和自己地位相当。

两天之后，基里拉·彼得罗维奇带着女儿到维烈伊斯基公爵家里做客。来到阿尔巴托沃村的时候，他对那些干净好看的农舍、英国城堡式的砖砌地主邸宅不由得大为欣赏。在地主邸宅前面有一片墨绿的草地，上面放牧着瑞士奶牛，奶牛身上挂着的铃铛丁当作响。邸宅建筑在一座广阔的花园当中。主人在台阶上迎候客人，让那妙龄的美人儿挽住自己的臂肘。他们走进一个富丽堂皇的大厅，里面的餐桌上已摆好三副餐具。公爵把客人带到窗前，客人们面前立即展现出一幅迷人的景色。伏尔加河从窗前滚滚流过，河上行驶着鼓满风帆的载货木船，那些被生动地称为独木舟的渔船在风波中出没。河对岸丘陵连绵，良田成片，几处村庄把周围装点得更加生气盎然。接着他们又参观了绘画陈列室，里面陈列的画都是公爵从国外买回来的。公爵向玛丽亚·基里洛夫娜讲解每幅画的内容、画家的生平，指出每幅画的长处和不足。他讲解的时候并不用学究式的行家那套术语，而是带着感情和丰富的想象。玛丽亚·基里洛夫娜听得津津有味。接着他们一起入席。特罗耶库罗夫对那位安菲特律翁①的美酒及其厨师的烹调技术给予充分的肯定，而玛丽亚·基里洛夫娜在和那位平生第二次见面的主人谈话时一点都不感到心慌和拘束。饭后主人提议到花园里去散散步。他们在凉亭里喝咖啡，那凉亭就建造在一个岛屿星罗棋布的大湖边上。蓦地响起了管乐的乐曲，一条六桨小舟划到凉亭跟前。他们在湖里和小岛旁荡舟，登上几个小岛游玩，在一个岛上他们看到一尊大理石雕像，在另一个岛上他们发现了清幽的山洞，在第三个岛上有一座刻着神秘碑文的石碑，这引起玛丽亚·基里洛夫娜那少女特有的好奇心，公爵彬彬有礼、吞吞吐吐地对她解释了一番，她感到很不满足。时间不知不觉地过去，暮色渐浓。公爵借口天凉下来，有了露水，催着回去；家里正等着他们喝茶。公爵请玛丽亚·基里洛夫娜在他这个老单身汉家里代行女主人的职责。她给大家倒茶，听着这位亲切而又喜欢讲话的主人讲那没完没了的故事；蓦地轰然一声炮响，一支烟火把天空照得通明。公爵递给玛丽亚·基里洛夫娜一条披肩，请她和特罗耶库罗夫到阳台上去。宅前的夜空中五彩缤纷的烟火喷

① 希腊神话中一位非常好客的国王。此处指维烈伊斯基公爵。

射着，旋转着，像谷穗、棕榈和喷泉一样升腾着，又像雨点和星星一样散落下来。一些烟火熄灭了，另一些烟火又喷射起来。玛丽亚·基里洛夫娜像小孩一样欢天喜地。维烈伊斯基公爵看到她不断发出惊叹，心里也乐开了花。特罗耶库罗夫对公爵也十分满意，他把公爵的所有花费[①]都看成是为了对他表示尊敬和热情款待。

晚餐的丰盛丝毫不亚于午餐。饭后客人们便到特地为他们安排的房间去就寝，第二天早上，客人们和亲切的主人告别，彼此约定不久以后再相见。

① 原文为法语。

第十四章

玛丽亚·基里洛夫娜坐在绣房敞开的窗前绣花。她不像康拉德①的情人那样搞错了绣线——那位康拉德的情人由于沉醉在爱情中竟然心不在焉地用绿线绣玫瑰花。她一针一针地绣着，绣布上毫无差错地重现出原图的花样，尽管她的心思并不在手工上，她的心早就飞到了远方。

突然，有一只手悄悄伸进窗子里，把一封信放在她的绣架上，没等她明白过来，那人已经不见了。就在这当儿，一个仆人来叫她到基里拉·彼得罗维奇那里去。她战战兢兢地把信藏在头巾里，急忙到父亲的书房去。

基里拉·彼得罗维奇不是一个人在那里。维烈伊斯基公爵在他那里做客。见到玛丽亚·基里洛夫娜，公爵站起来，神色慌张地向她鞠了一躬，这在他来说是很反常的。

"到这儿来，玛莎，"基里拉·彼得罗维奇说，"告诉你一个消息，希望能使你高兴。公爵来向你求婚了。"

玛莎惊呆了，她的脸色顿时变得煞白。她默不作声。公爵走到她跟前，拉起她的手，装出一副很感动的样子问她：是不是同意他的求婚。玛莎默不作声。

"同意，当然同意，"基里拉·彼得罗维奇说，"你知道，公爵，这种话姑娘家是很难说出口的。好吧，孩子们，你们接吻吧，我祝你们幸福。”

玛莎站着没动，老公爵吻吻她的手，泪水突然从她那苍白的脸上扑簌簌地滚下来。公爵微微皱起眉头。

“去吧，去吧，去吧，”基里拉·彼得罗维奇说，“把眼泪擦干再快快活活地回来。订婚的时候她们都哭的，”他转过身，对维烈伊斯基说，“这已经成为规矩了……现在，公爵，我们言归正传吧，我们来谈谈嫁妆。”

玛丽亚·基里洛夫娜听到允许她离开，恨不得快点跑掉。她跑到自己的房间，关上房门，想象着自己成了那老公爵的妻子的情景，不禁痛哭起来。她顿时觉得他又讨厌又可憎……这门婚事就像断头台和坟墓那样使她感到恐怖……“不行，不行，”她绝望地一再对自己说，“还不如死掉，还不如进修道院，还不如嫁给杜勃罗夫斯基。”这时她猛地想起那封信，预感到这是他送来的，便迫不及待地读了起来。信果然是他写的，只有短短的几个字：

“晚上十点钟。老地方。”

---

① 康拉德是波兰诗人密茨凯维奇（1798—1855）的长诗《康拉德·华伦洛德》中的主人公。

第十五章

明月当空，七月的夜是恬静的，时而吹来一阵微风，一阵轻轻的飒飒声掠过整个花园。

那妙龄的美人儿像个轻飘飘的影子来到约定的地方。那里不见一个人影，蓦地杜勃罗夫斯基从凉亭后面来到她面前。

“我全知道了，”他用忧伤的声音轻轻地对她说，“想想您答应过我的话吧。”

“您说过要保护我，”玛莎回答，“可是您别生气，您这种保护使我害怕。您准备怎么帮助我呢？”

“我能够把您从这个可恶的人那儿解救出来。”

“看在上帝的面上，您别碰他，您要是爱我，您就别碰他；我不想成为某种可怕事件的罪魁祸首……”

“我不碰他，您的意志对我来说是神圣的。他能活下去全是您的恩德。为了您，我决不会去干这种暴行。不管我犯了什么罪，您都是清白的。可是我怎么把您从那冷酷无情的父亲手里救出来呢？”

“还有希望。我还想用我的眼泪和绝望的样子去打动他。他虽然固执，可他很爱我。”

“您别再幻想了：他只会把您的眼泪看成一般的害怕和难

过，年轻姑娘出嫁，如果不是出于爱情，而是出于某种合理的考虑，都会有这种表现。要是他决意违反您的意愿给您完婚，要是他硬要您去举行婚礼，把您的命运永远交给这个老丈夫，那您怎么办？”

“那么，那么毫无办法，您就来救我，我做您的妻子。”

杜勃罗夫斯基浑身颤栗起来，他那苍白的脸涨得通红，立刻又变得比原来更白。他低下头，久久沉默着。

“鼓起您全身的勇气，恳求您父亲，扑到他的脚下；让他明白您的未来有多么可怕，您的青春将在这个干瘪而淫荡的老头子身边凋萎，您要下定决心毫不妥协地说清楚：您对他说，要是他这样无情无义，那么……那么您将寻求一种可怕的保护……您对他说，财富不会给您一分钟幸福，奢侈只能安慰穷人，而且由于没有这种习惯，也只能安慰一时；您要缠住他不放，不管他怎么生气，不管他威胁您什么，您都不要害怕，只要有一线希望，看在上帝的面上，您就不要退让。要是没有别的办法……”

这时杜勃罗夫斯基用双手掩住面孔，仿佛透不过气来。玛莎哭着……

“多苦啊，我的命多苦啊，”他痛苦地叹了一口气说，“为了您，我可以献出自己的生命，远远地看到您，摸摸您的手，就是我的最大快乐。现在有了这样的机会，我可以抱住您，把您贴近自己激动的心窝，对您说：‘我的安琪儿，让我们一起去死吧！’可我的命这么苦，我得躲开幸福，我得竭力远远离开它……我不敢扑倒在您的脚下，感谢苍天赐给我这种无法想象的不配得到的幸福。啊，我该多么恨啊，可是我感觉到，我的心中已经没有地方可以容得下这种恨了。”

他轻轻地揽住她那苗条的腰身，轻轻地让她贴近自己的胸口。她信任地把头依偎在这年轻强盗的肩上。两个人都默默无言。

时间飞一般逝去。“该走了。”玛莎终于说。杜勃罗夫斯基好像从梦中清醒过来。他拉起她的手，把一只戒指戴在她的手指上。

“您要是决定来找我，”他说，“就把这只戒指带到这里来，放到这棵橡树的树洞里，我就会知道该怎么办。”

杜勃罗夫斯基吻吻她的手，隐没在树丛里。

第十六章

维烈伊斯基公爵的求婚对于左邻右舍来说已不是秘密。基里拉·彼得罗维奇不断接到别人的祝贺，婚礼正在筹备中。玛莎不肯明确表态，把这事一天天拖下去。而且她对那个老未婚夫的态度也很冷淡，只是勉强应付应付他。公爵对此倒不计较。他并不想求得她的爱情，只要她默许他就很满意了。

日子一天天过去。玛莎终于打定主意要付诸行动，她写了一封信给维烈伊斯基公爵。她竭力唤醒他心中宽厚的感情，坦白地对公爵说，她对他毫无感情，求他放弃求婚，并且请他亲自保护她，免得父亲再强迫她。她悄悄把信交给维烈伊斯基公爵，公爵独自读了信，对于未婚妻这种披肝沥胆的恳求丝毫也没有感动。相反，他觉得必须提前举行婚礼，因此认为有必要把这封信交给未来的岳父。

基里拉·彼得罗维奇勃然大怒。公爵费了好大力气才劝住他别让玛莎看出他知道她写了这封信。基里拉·彼得罗维奇同意不向她提起这件事，但是决心不再拖延时间，选定第二天就举行婚礼。公爵认为这个决定非常英明。他到未婚妻那里去，对她说，她的信使他很伤心，但是他希望能够逐渐赢得她的好感，他一想到要失去她，心里就非常难过，他不能同意对他宣判死刑。然后他恭恭敬敬地吻了吻她的手，动身回家去，一个字也没有对她提起基里拉·彼得罗维奇的决定。

他的马车刚驶出院子，父亲就走进来，开门见山地吩咐她为明天的喜事做好准备。玛丽亚·基里洛夫娜听到维烈伊斯基公爵一番话，本来就很焦急，这会儿听父亲这么一说，眼泪便扑簌簌地流了下来，她一头扑倒在父亲脚下。

“好爸爸，”她可怜巴巴地喊道，“好爸爸，您别毁了我，我不爱公爵，我不嫁给他……”

“这算什么话，”基里拉·彼得罗维奇严厉地说，“你到现在一句话也没有说过，已经同意了，这会儿，什么都已经决定，你倒忽发奇想，又是胡闹，又是悔婚。你别开玩笑了，你跟我来这一套是没有好处的。”

“您别毁了我，”可怜的玛莎又说了一遍，“您干吗要赶我走，把我嫁给一个我不喜欢的人？难道您已经不喜欢我了？我要照旧和您待在一起。好爸爸，我不在家，您会伤心的，您要是想到我的不幸，您会更伤心的。好爸爸：别勉强我，我不要出嫁……”

基里拉·彼得罗维奇受到了感动，但是他掩饰着自己的窘态，推开她，严厉地说：

“告诉你，这全是废话。我比你更清楚怎样才能使你幸福。哭是没有用的，后天给你举行婚礼。”

“后天！”玛莎惊叫了一声，“我的天！不，不，不可能，不能这么办。好爸爸，您听我说，您要是决心这样毁掉我，那我就要去找保护人，这个人您想都不会想到，您一旦看到他，您会大吃一惊，明白您把我逼到什么地步了。”

“什么？什么？”特罗耶库罗夫说，“你威胁我！你竟敢威胁我，你这个大胆的死丫头！你可知道我会怎么对付你，你想都想不到。你竟敢拿保护人来吓唬我。让我们瞧瞧，做这个保护人的是谁。”

“弗拉基米尔·杜勃罗夫斯基。”玛莎不顾死活地回答。

基里拉·彼得罗维奇以为她疯了，吃惊地瞧着她。

“好啊，”他沉吟了一会儿，对她说，“你就等着救命恩人吧，可是你得暂时蹲在这个房间里，在举行婚礼以前休想出去。”说完这句话，基里拉·彼得罗维奇便走出房间，随手锁上门。

这可怜的姑娘想象着她所面临的境遇，哭了好久，但是这场暴风骤雨般的摊牌倒使她心里轻松了许多，现在她能够更加平心静气地考虑自己的命运和眼前的办法了。她目前最重要的事情就是摆脱这门可恨的亲事；比起现在为她安排的命运来，做强盗的妻子简直是进了天堂。她看了看杜勃罗夫斯基留给她的戒指。她渴望和他单独见面，在决定性的时刻再一次和他好好商量商量。她预感到晚上在花园的凉亭旁可以找到杜勃罗夫斯基，她决定天一黑下来就到那边去等他。天黑下来了，玛莎准备到花园去，但她的房门被反锁着。一个使女在门外对她说，基里拉·彼得罗维奇吩咐不许放她出去。她被关起来了。她感到非常屈辱，在窗口坐下，没有脱衣服，一直坐到深夜，一动不动地望着暗沉沉的天空。天蒙蒙亮时，她才打起瞌睡，但是蒙眬的睡意被噩梦惊扰着，这时，旭日的光芒把她唤醒了。

第十七章

她一觉醒来，首先想到的就是自己的可怕处境。她打了打铃，一个使女走进来，回答她的问题，告诉她，基里拉·彼得罗维奇昨晚到阿尔巴托沃去了，他回来得很晚，严厉命令不准放她出房门，而且要看住她，不准任何人和她说话。使女说，不过没有看到对婚礼有什么特别的准备，只是吩咐神父不准以任何借口离开村子。使女报告了这些消息以后便离开玛丽亚·基里洛夫娜，又把房门锁上。

使女的话使这个被禁闭的年轻姑娘横下一条心，她脑子里翻腾着各种思想，血在沸腾，她决心要把这一切告诉杜勃罗夫斯基，想办法把戒指送到那棵秘密橡树的树洞里。这时有一块小石头掷到她的窗上，玻璃当地响了一声，玛丽亚·基里洛夫娜抬头看看院子，看见小萨沙在向她做手势。她知道小萨沙对她感情很深，看到他很高兴。她把窗子打开。

“你好，萨沙，”她说，“你叫我有什么事？”

“姐姐，我来问问您，看您有什么事用得着我。爸爸在生气，他禁止全家的人替您做事。但您有什么事就吩咐我吧，我全给您办到。”

“谢谢，我的好萨申卡[①]，你听好：你知道凉亭旁边那棵有个小洞的橡树吗？”

“知道，姐姐。”

“你要是爱我，你就快点跑到那里去，把这只戒指放进树洞里，小心别让人家看到。”

说着，她把戒指丢给他，随即关上窗门。

孩子捡起戒指，使劲地跑去，三分钟就跑到那棵秘密橡树跟前。他在那里站住，喘了喘气，往四下里看了看，便把戒指放进树洞里。他顺利做完这件事，正要立刻跑去告诉玛丽亚·基里洛夫娜，突然一个长着栗色头发、斜眼睛、穿着破衣服的小孩子从凉亭后面闪出来，向橡树奔去，把手伸进树洞里。萨沙比松鼠还快地向他扑去，双手抓住他。

“你在这里干什么？”他气势汹汹地说。

“关你什么事？”小孩子竭力挣脱出来，回答说。

“把戒指给我，你这栗色的兔崽子，”萨沙吆喝着，“不然我就要好好地教训教训你。”

那小孩一句话也没有回答，就给他脸上一拳头，但是萨沙仍旧揪住他不放，同时放开喉咙大叫起来：“捉贼，捉贼——来人哪，快来人哪……”

小孩竭力想挣脱出来。看样子他比萨沙大两岁光景，比萨沙有劲，但萨沙比他灵活。他们搏斗了几分钟，栗色头发的小孩终于得胜。他把萨沙摔倒，掐住他的喉咙。

可是就在这时候，一只有力的手抓住他那栗色的硬头发，园丁斯捷潘把他高高地提了起来……

---

① 萨沙的爱称，萨沙和萨申卡的本名是亚历山大。

"好啊，你这栗毛鬼，"园丁说，"你竟敢打少爷……"

萨沙这才站起来，理好衣服。

"你抱住了我的胳肢窝下面，"他说，"不然，你永远别想把我摔倒。马上把戒指给我，你就滚吧。"

"没这么便宜，"栗色头发的小孩子回答，他突然转过身，从斯捷潘的手中挣脱他的硬头发。他刚拔腿要跑，但萨沙赶上一步，用力往他背后一推，小孩被推倒了。园丁又把他抓住，用皮带把他捆起来。

"把戒指给我！"萨沙喝道。

"等一等，少爷，"斯捷潘说，"我们把他带到管家那里好好教训教训。"

园丁带着俘虏到主人的院子里去，萨沙一路跟着，他不时忐忑不安地瞧着撕破的、被青草弄脏的裤子。蓦地三个人迎面碰上了正要去巡查马厩的基里拉·彼得罗维奇。

"这是怎么回事？"他问斯捷潘。

斯捷潘简短地把刚才发生的事说了一遍。基里拉·彼得罗维奇听得很仔细。

"你这不肖的东西，"他转过脸来对萨沙说，"干吗跟他在一起？"

"爸爸，他偷树洞里的戒指，你叫他把戒指交出来。"

"什么戒指？从哪个树洞？"

"是玛丽亚·基里洛夫娜给我的……那只戒指……"

萨沙慌了神，语无伦次起来。基里拉·彼得罗维奇皱起眉头，摇着头说：

"这件事和玛丽亚·基里洛夫娜有关系。全给我说出来，不然我可要用树条子好好收拾你。"

“真的，爸爸，我，爸爸……玛丽亚·基里洛夫娜什么也没有叫我做，爸爸。”

“斯捷潘，你去给我砍一根结结实实的新鲜桦树条来……”

“等一等，爸爸，我全告诉您。今天我在院子里玩，玛丽亚·基里洛夫娜姐姐打开窗门，我跑过去，姐姐不小心掉了一只戒指，我把它藏在树洞里，可——可……这个栗色头发的小孩想把戒指偷去……”

“不小心掉下，你想把它藏起来……斯捷潘，去给我砍树条子。”

“爸爸，等一等，我全告诉您。玛丽亚·基里洛夫娜姐姐叫我到橡树那里去，把戒指放进树洞里，我跑去放了戒指，可这个坏小子……”

基里拉·彼得罗维奇转过脸来，严厉地问那坏小子：“你是谁家的孩子？”

“我是杜勃罗夫斯基老爷家的仆人。”栗色头发的小孩回答道。

基里拉·彼得罗维奇的脸沉了下来。

“你好像不承认我是你的主人，好吧，”他回答，“可你在我的花园里干什么？”

“偷草莓。”小孩子若无其事地回答。

“哼，仆人和主人一个样，真叫有其主必有其仆，可草莓难道长在我家的橡树上？”

小孩什么也没有回答。

“爸爸，叫他把戒指交出来。”萨沙说。

“住嘴，亚历山大，”基里拉·彼得罗维奇回答，“别忘了我还要和你算账呐。回你的房间去。你这个斜眼的小鬼，我看，你很不简单。把戒指给我，回家去吧。”

小孩放开拳头，让他看，他手里什么也没有。

“你要是老老实实都说出来，我就不打你，还给你五戈比买核桃吃。要不然我就要好好收拾你，我的办法你想都想不到。说吧！”

小孩一句话也没有回答，低着头站在那里，装出一副傻里傻气的样子。

“好吧，”基里拉·彼得罗维奇说，“把他关起来，看好别让他跑了，要不然我就把全家的仆人都剥了皮。”

斯捷潘把小孩带到鸽子棚，关在里面，派一个养鸟的老妇人阿加菲亚看住他。

“马上到城里去报告警察局长，”基里拉·彼得罗维奇看着小孩子关进去，说道，“愈快愈好。”

“现在已经毫无疑问了。她跟那个可恶的杜勃罗夫斯基还保持着联系。可是她当真要叫他来救她吗？”基里拉·彼得罗维奇在房间里踱着步，忿忿地用口哨吹着“胜利的炮声”，心里暗暗想道，“也许我终于发现了他的最新踪迹，他再也逃不了啦。我们一定要抓住这次机会。听！铃铛声，荣耀归于上帝，警察局长来了。”

“喂，把抓到的小孩带到这儿来。”

这时一辆马车驶进院子，我们已经熟悉的那个警察局长风尘仆仆地走进屋子。

“好消息，”基里拉·彼得罗维奇对他说，“我逮住杜勃罗夫斯基了。”

“荣耀归于上帝，大人，”警察局长喜出望外地说，“他在哪儿？”

“还不是杜勃罗夫斯基，而是他的一个同伙。马上就把他带来。他会帮助我们捉到他们的头目。瞧，把他带来了。”

县警察局长以为是一个可怕的强盗，这时他看到一个那么瘦弱的十三岁孩子，感到很惊奇。他莫名其妙地瞧着基里拉·彼得罗维奇，等着他说明情况。基里拉·彼得罗维奇便把早上发生的事情一五一十地对他说了一遍，只是只字不提玛丽亚·基里洛夫娜的名字。

县警察局长仔细地听着，不时望望那小强盗，小强盗装出一副傻里傻气的样子，似乎一点也不关心他周围发生的事情。

“大人，请允许我和您单独谈谈。”后来县警察局长说。

基里拉·彼得罗维奇把他带到另一个房间，随手关上门。

过了半小时，他们又走进大厅，那囚徒正在等待他们发落。

“老爷想把你送到城里的监狱去，”县警察局长对他说，“用鞭子把你抽一顿，然后把你流放出去，但是我替你说了情，求他饶恕你。——放了他吧。”

小孩给松了绑。

“谢谢老爷呀。”县警察局长说。小孩走到基里拉·彼得罗维奇跟前，吻了吻他的手。

“回家去吧，”基里拉·彼得罗维奇对他说，“以后可别再到树洞里来偷草莓了。”

小孩走出大厅，高高兴兴地跳下台阶，放开脚步，头也不回地穿过田野，往基斯捷涅夫卡跑去。跑到村子边上，他在村头第一座塌了半边的小屋前站住，敲了敲窗子；窗子掀起来了，一个老太婆探出头来。

“奶奶，给我点面包，”小孩说，“我从早上到现在没有吃过东西，快要饿死了。”

“啊，是你，米佳，你到哪儿去了，淘气鬼，”老太婆回答。

“慢慢再跟你说，奶奶，看在上帝的面上，快给我点面包。”

“可你进来呀。”

“没工夫了，奶奶，我还要到别的地方去。给我点面包，看在基督的面上，给我点面包。”

“这个坐不住的淘气鬼，”老太婆喃喃地说，“喏，给你一块面包。”说着把一块黑面包从窗口递出来。孩子贪馋地咬了一口，咀嚼着，立即往远处跑去。

天开始黑下来了。米佳从一些谷物干燥室和菜园之间穿出去，直奔基斯捷涅夫卡树林。他走到两棵仿佛给整座树林站岗的松树跟前，停住脚步，朝四下里看了看，断断续续地吹了几声尖厉的口哨，然后谛听着；他听到一声轻轻的持续很久的口哨，这是给他的回答，接着，一个人走出树林，向他走来。

第十八章

基里拉·彼得罗维奇在大厅里走来走去，比平时更响地用口哨吹着那首歌；家里乱哄哄的，仆人奔跑着，丫头忙活着，车夫在车棚里套马车，院子里聚集着许多人。在小姐梳妆室里的镜子前面，一个妇人在许多女仆帮助下，正在给脸色苍白、呆坐不动的玛丽亚·基里洛夫娜梳妆打扮；玛丽亚·基里洛夫娜头上插满钻石首饰，无精打采地低着头，有时那只给她梳妆打扮的手不小心刺痛了她，她就微微颤抖一下，但一声也不吭，只是呆呆地望着镜子。

"快好了吗？"门口响起基里拉·彼得罗维奇的声音。

"马上就好，"那妇人答道，"玛丽亚·基里洛夫娜，请您站起来，照照镜子，这样打扮可好？"

玛丽亚·基里洛夫娜站起来，可是一句话也没有回答。门打开了。

"新娘打扮好了，"妇人对基里拉·彼得罗维奇说，"请吩咐上车吧。"

"上帝保佑，"基里拉·彼得罗维奇从桌上拿起圣像，回答说，"到我这儿来，玛莎，"他用充满感情的声音对她说，"我给你祝福……"可怜的姑娘噗的一声跪倒在他脚下，放声大哭起来。

"爸爸……爸爸……"她说着，泪如泉涌，声音也慢慢微弱下去。基里拉·彼得罗维奇急忙为她祝福，人们把她扶起来，几乎是把她抱上马车的。女主婚人和一个女仆跟她坐在一起。他们乘着马车到教堂去。新郎已经在那里等着他们。他出来迎接新娘，看到她脸色那么苍白，模样那么古怪，不由得大吃一惊。他们一起走进阴森森空荡荡的教堂；大门随着关上。神父从祭坛上走下来，立即给他们举行仪式。玛丽亚·基里洛夫娜什么也没有看见，什么也没有听见，她心里只想着一件事，今天一早，她就等着杜勃罗夫斯基，一分钟都没有放弃希望，可是在神父对她提出通常要问的几个问题时，她浑身哆嗦了一下，呆住了，然而她还是拖延着，等待着；神父没有等她回答，就说出了那几句不可挽回的话。

仪式结束了。她感觉到她那不讨人喜欢的丈夫冷冰冰地吻了她一下，听到来参加婚礼的宾客发出喜气洋洋的祝贺，可是她仍然不能相信，她的生活就这样永远失去了自由，杜勃罗夫斯基竟然没有赶来解救她。公爵对她说了几句亲切的话，她一点也没有听进去。他们走出教堂，教堂门前的台阶上聚集着波克罗夫村的农民。她瞧了他们一眼，又显出原先那种呆滞的神情。新婚夫妇一起坐上马车前往阿尔巴托沃；基里拉·彼得罗维奇已经先到那里去，以便在那里迎接新婚夫妇。公爵单独和年轻的妻子坐在马车上，他对于妻子的冷漠一点都不感到难堪。他也没有用甜言蜜语和可笑的高兴劲儿使她讨厌，他的话都很平常，而且也不要她回答。他们就这样乘车走了十里路，马匹飞快地在坎坷的村道上奔驰着，由于装着英国弹簧，马车一点都不颠簸。突然响起了一群追赶者的喊叫声，马车停了下来，一群武装人员把它团团围住，一个戴着半截面具的人打开

《杜勃罗夫斯基》（木刻版画） P. Ф. 施坦因 绘 Ю.С.巴兰诺夫斯基 刻 1887 年

年轻公爵夫人那边的车门，对她说："您自由了，请出来吧。""这是怎么回事？"公爵喝道，"你是谁？……""这是杜勃罗夫斯基。"公爵夫人说。公爵面不改色，他从侧面衣袋里拔出手枪，朝戴面具的强盗开了一枪。公爵夫人惊叫了一声，惊恐地用双手掩住面孔。杜勃罗夫斯基肩上受伤，血流了出来。公爵一分钟都没有放松，他拔出另一支手枪，可是他还没有开枪，他那边的车门就打开来，几只有力的手把他拖出马车，夺下了他的手枪。他头上晃着几把匕首。

"别碰他！"杜勃罗夫斯基喝道，那几个脸色阴沉的伙伴退到一边去了。

"您自由了。"杜勃罗夫斯基又对那脸色煞白的公爵夫人说了一遍。

"不，"她回答，"晚了。我行过婚礼了，我是维烈伊斯基公爵的妻子。"

"您在说什么？"杜勃罗夫斯基绝望地叫起来，"不，您不是他的妻子，您是被迫的，您永远不会答应……"

"我答应了，我宣了誓，"她断然表示反对，"公爵是我的丈夫，请您命令放掉他，让我和他在一起。我并没有对您变心。我等您一直到最后一分钟……可是现在，告诉您，现在已经晚了。放掉我们吧。"

可是杜勃罗夫斯基已经听不见她的话了，伤痛和心里的强烈震荡使他失去了力气。他在车轮旁边倒下，强盗们把他围住。他向他们说了几句话，他们把他扶上马，其中两个人扶住他，另一个人牵着马，往一边走去；他们把马车、捆起来的人和卸下来的马匹丢在路上，但什么也没有抢走，也没有流一滴血为自己的首领报仇。

第十九章

密林中一块狭窄的草地上高高地筑着一座由土墙和壕沟构成的小小的土围子，土墙和壕沟里面有几座窝棚和土屋。

院子里聚集着许多人，从那五花八门的衣着和大家身上的武器上一眼就可以看出他们是一伙强盗，他们没有戴帽子，围着一口大锅坐着吃饭。一个哨兵盘腿坐在土墙上的小炮旁边；他在缝补衣服——从缝补技术上可以看出他是个熟练的裁缝——并且不时抬起眼睛朝四下里看看。

虽然酒勺子已经在大家手里传了几遍，但人群里还是奇怪地沉默着；强盗们吃好饭，一个个站起来，做了祷告，有些人到窝棚里去了，有些人则到树林里去闲逛，或者按照俄罗斯人的习惯，躺下小睡一会儿。

哨兵缝补好，把破衣服抖了抖，满意地瞧了瞧刚打上的补钉，把针别在袖管上，然后骑在小炮上，放开喉咙唱起一首古老的忧郁的歌曲：

别喧闹啊，我的母亲，葱茏的橡树林，

别来打扰我这好汉想自己的心事。

这时一座窝棚的门打开了，一个戴着白帽子，穿得又干净又古板的老太婆走到门口。“别唱啦，斯焦普卡，”她生气地说，“少爷在睡觉，你却自管哇啦哇啦地唱歌；你们这些人哪，又没有良心，又不懂得顾惜人。”“对不起，叶戈罗夫娜，”斯焦普卡回答，“你说得对，我再不唱了，让我们的少爷好好休息，养好身体。”老太婆进去了，斯焦普卡便在土墙上走来走去。

在老太婆走出来的那座窝棚里，受伤的杜勃罗夫斯基正躺在隔板后面的行军床上。他的手枪放在面前的小桌上，马刀挂在床头上。土屋里墙上挂满豪华的挂毯，地上也铺满豪华的地毯，墙角里有一张妇女用的银梳妆台和一面壁镜。杜勃罗夫斯基手里拿着一本打开的书，但他的眼睛是闭着的。老太婆不时从隔板后面瞧瞧他，不知道他究竟是睡着了还是在想心事。

杜勃罗夫斯基突然哆嗦了一下：土围子里响起警报，斯焦普卡从窗口探进头来。“少爷，弗拉基米尔·安德烈耶维奇，”他喊叫着，“我们的人发来了信号，官兵正在搜我们。”杜勃罗夫斯基从床上一跃而起，随手抓起武器，走出窝棚。强盗们嚷嚷着聚集在院子里；杜勃罗夫斯基一出来，大家便完全安静下来。“大家都来了吗？”杜勃罗夫斯基问道。“除了巡逻的，都来了。”大家齐声回答。“各就各位！”杜勃罗夫斯基发出命令。于是强盗们各自进入原定的岗位。这时三个出去巡逻的人跑到土围子的大门口。杜勃罗夫斯基迎着他们走去。“情况怎么样？”他问他们。“树林里都是兵，”他们回答，“我们被包围了。”杜勃罗夫斯基吩咐紧闭大门，他亲自去检查小炮。树林里响起说话声，官兵逼近了。强盗们默默等待着。突然有三四个士兵在树林里露了露面，随即又退回去，开了几枪向他们的同伴们报信。“准备战斗。”杜勃罗夫斯基说。强盗们中间发出一阵沙沙的响声，接着又安静下来。这时可以听见逐渐接近的队伍的响声，武器在树木之间闪烁着，约有一百五十名士兵纷纷窜出树林，呐喊着向土墙冲去。杜勃罗夫斯基给小炮接上导火线，这一炮打中了，一个人被轰掉了脑袋，两个人负了伤。士兵乱成了一团，但一名军官仍往前冲去，士兵们就跟在他后面冲进壕沟；强盗们用长枪和手枪向他们射击，拿起斧头保卫土围子，一些狂暴的士兵在壕沟里丢下二十来个受伤的伙伴，陆续爬上土墙。打起了白刃战，士兵们已经冲上土墙，强盗们开始撤退，但这时杜勃罗夫斯基走到那名军官跟前，对准他的胸膛开了一枪，军官仰面朝天往后倒了下去，几个士兵急忙抓住他的手臂，把他扶进树林，其余的士兵失去指挥，便停止了进攻。强盗们精神抖擞，利用敌人一时的犹豫，向他们发起反击，把他们挤进壕沟，围剿的士兵纷纷逃走，强盗们呐喊着在后面追击。战斗取得了胜利。杜勃罗夫斯基认定敌人已经完全溃败，便命令抬回伤员，收兵固守土围子，他派了双岗，不准任何人擅自离开。

最后发生的这些事件引起了政府的特别关注，杜勃罗夫斯基大胆的抢劫活动已非同儿戏。政府收集有关他的驻地的情报，派了一连士兵去追捕，不管死活，抓到就行。他们捉到他的几个同伙，从他们那里了解到杜勃罗夫斯基已经不在他们那里。在那次战斗后几天，他召集全体同伙，向他们宣布他将永远离开他们，并劝他们改变这种生活方式。“你们在我的手下已经发了财，每个人都有身份证，可以安全地到任何一个省份去，在那里安居乐业，度过余生。不过，你们都是些打家劫舍的家伙，看来不会放下你们的手艺的。”说了这些话，他只带了××一个人离开了他们。谁也不知道他到哪里去。当局起初不相信这些口供，强盗们对首领的忠诚是众所周知的。人们认为他们是在竭力为他打掩护，但结果证明这些口供是真实的；可怕的袭击、放火抢劫都不再发生了，道路开始畅通。从另一些消息中获悉，杜勃罗夫斯基已经隐匿到国外去了。

题解

彼得大帝的黑人

本篇是普希金的第一部散文作品。一八二七年七月三十一日开始写作，第三章标明作于同年八月十日，根据普希金的朋友沃尔夫的日记记载，到同年九月十六日普希金仍在写作这部作品。这部小说没有写完。普希金在世时发表过其中两章；第一章至第六章首次于一八三七年发表在《现代人》杂志第六卷，由编者冠以《彼得大帝的黑人》的标题。

普希金试图在这部小说中描述他的家庭故事。小说的主人公黑人易卜拉欣的原型是普希金的外曾祖父汉尼拔。

根据普希金的家庭传说，汉尼拔原籍非洲，是苏丹的儿子，八岁时被拐卖到君士坦丁堡。当时的俄国公使买下后献给彼得大帝。彼得大帝在立陶宛首府维尔纳为他施了洗礼，收他为教子。汉尼拔十八岁时被派到法国，在摄政王奥尔良公爵的军队里服务，后来回到俄国，一直在彼得大帝身边工作，成为彼得大帝的得力助手。汉尼拔死前官至陆军大将，终年九十二岁。其时彼得大帝早已去世，在安娜和伊丽莎白两代女皇之后，已由叶卡捷琳娜二世执政。

作品中某些情节已作了变动。汉尼拔原来娶一希腊女子为妻，妻子生下一个白种女儿，汉尼拔即与妻子离异，将妻子送入修道院。本篇中易卜拉欣娶的是俄国贵族的女儿。

书信体小说

本篇写于一八二九年秋，未完成。普希金未加上题目，现在的题目是在普希金死后的一八五七年本篇收入《普希金文集》时由编者加上去的。普希金在另一些作品（如《暴风雪》、《扮成农家姑娘的小姐》等）中利用了本篇的部分情节和形象。这篇未完成的小说对于研究普希金关于贵族的状况以及贵族同农民的关系的构思是有意义的。

故伊凡·彼得罗维奇·别尔金小说集

《别尔金小说集》作于一八三〇年。《棺材店老板》完成于九月九日，《驿站长》完成于九月十四日，《扮成农家姑娘的小姐》完成于九月二十日，《射击》完成于十月十四日，《暴风雪》完成于十月二十日。普希金把五篇小说的次序作了调整，作为一组作品以别尔金的名义发表。小说通过果戈理转给出版者普列特涅夫，于一八三一年出版。一八三四年再版时即署名普希金。

戈留欣诺村的历史

普希金于一八三〇年秋开始写这篇小说。当时他正在波尔金诺，刚写完《别尔金小说集》。“戈留欣诺”这个村名（从“痛苦”一词变来）是和拉季舍夫笔下的村庄“拉佐连纳亚”（从“破产”一词变来）相呼应的。小说没有写完，显然是由于普希金看到这篇反对农奴制的作品不可能通过沙皇的书刊检查机关。小说在普希金死后才发表于《现代人》杂志（一八三七年第七卷），题目被改为《戈留欣诺村大事记》，内容作了删节和篡改。

小说的最初提纲如下：

向往作家职业——特别是诗人——与布尔加林和米洛诺夫会见——爱情——试写各种作品——试写小说——试写历史——通史——俄国史——外省城市史——县城无史——来到乡村——我的家谱。想写历史——旧历本——口头传说——教堂管事大事记——纳税阶层名单——村子的自然环境——神话时代——安季普·穆德雷村长的管理——我的曾祖父恶霸Ив.В.Т.来到——暴动。我祖父的管理。大火——邻村。瘟疫。教堂历史——农民破产。我的父亲。村长。管家。暴动——管家——米尔大会。暴动——……劳役——从前富裕而自由的乡村——暴政引起贫困——因改变严厉措施而好转——玩忽职守导致衰落。

罗斯拉甫列夫

本篇开始写于一八三一年七月，一八三六年发表于《现代人》杂志。当时俄国作家扎戈斯金（1789—1852）发表了一部题为《罗斯拉甫列夫，亦名一八一二年的俄国人》的小说，按作者的构思，罗斯拉甫列夫的未婚妻波利娜在战前就认识西内库伯爵，并爱上他。战争爆发后，西内库被俘，波利娜即与他结婚。小说的伪爱国主义、对一八一二年历史状况的歪曲，以及企图在进步贵族知识分子脸上抹黑使普希金极为愤慨。这种情况以及当时法国报刊提到要对俄国进行新的战争使普希金提起笔来写了这篇小说。

杜勃罗夫斯基

本篇开始写于一八三二年十月二十一日，到十一月十一日已写就八章，后来工作中断，于十二月十四日继续写作，最后一章于一八三三年二月六日完成。

作品未完成。初次发表于一八四一年的《普希金文集》，其中多次被沙皇书刊检查机关删节和篡改，许多年以后才恢复原来面貌。

小说的情节是以普希金的朋友纳肖金提供的一个故事为基础的。故事说，有一个不富裕的白俄罗斯贵族奥斯特罗夫斯基（小说最初的题目即作“奥斯特罗夫斯基”）和邻村的地主为一处田产争讼，败诉后被逐出庄园，后来即和仆人一起进行抢劫。普希金在写这部小说时还利用了一八三二年科兹洛夫县的一个真实案件的材料，这个案件控告一个叫穆拉托夫的中尉非法占有近卫军中校彼得罗夫的田产。小说把故事发生的时间安排在一八一二年后。

小说的最初提纲如下：

一

奥斯特罗夫斯基在彼得堡受教育，由于父亲病故回家奔丧，他家村子的产权问题正进行争讼。奥斯特罗夫斯基找到一处只有仆人而没有农奴和土地的庄院。他的仆人勉强维持大家的生活。后来来了一个陪审官，仆人们杀陪审官报仇。开始侦查。法官找奥斯特罗夫斯基。奥斯特罗夫斯基袒护仆人，捆了法官，做了强盗。

奥斯特罗夫斯基由于财产被剥夺，怀恨在心，决意杀死造成他家破人亡的地主。他在地主庄园附近遇到地主的女儿，对她一见钟情。他找机会和地主的女儿结识。遇到前去地主家做教师的法国人，取了他的证件后冒名去地主家供职。

地主家的节日。邻村被抢劫。首饰箱。教师和小姐私奔。

奥斯特罗夫斯基解散强盗组织——妻子分娩。妻子害病，他从强盗中挑选几个可靠的人，解散其余强盗，带妻子上莫斯科就医。奥斯特罗夫斯基在莫斯科深居简出。他的车夫和奥斯特罗夫斯基的另一强盗打架闹事，向奥斯特罗夫斯基报告。警察总监。

二

杜勃罗夫斯基——第一章，第二章，病，保姆的信。试图和解，去世，殡葬；小主人来到——在举行丧宴时整理信件。渴望报仇，遇特罗耶库罗夫的女儿……杜勃罗夫斯基——在墓地徘徊。法官来到——夜里的大火（仆人放火，杜勃罗夫斯基未参与）。阿尔希普杀法官——杜勃罗夫斯基和犯罪的仆人逃匿。

三

官吏们饮酒的时候，仆人在下房里商量，厨师阿尔希普决定杀死官吏。

四

园丁捉住小孩。萨沙夺回戒指，重新放回树洞——管家把小孩关在鸽棚里。小孩于拂晓前逃走。

五

甲

吵架——审判——死——大火——教师——过节——表白。

乙

维烈伊斯基公爵来访——第二次来访——求婚——见面——截信——婚礼，起程——队伍，战斗——匪帮解散。

玛丽亚·基里洛夫娜的生活——维烈伊斯基公爵之死——寡妇——英国人——见面——赌徒——警察局长——结局。

丙

分别，表白，订婚——上尉警察局长——求婚者，Ж公爵——婚礼，遇劫——林中小屋，队伍，战斗——疯癫——解散匪帮——莫斯科——医生——幽居——酒店，告密——怀疑，警察局长。

...Быть может, уж недолго мне
В изгнаньи мирном оставаться.

...Нахожусь я в глухой деревне — скучно, да нечего делать; здесь нет ни моря, ни неба полудня, ни итальянской оперы.

...Быть может, уж недолго мне
В изгнаньи мирном оставаться.

...И забываю мир — и в сладкой тишине
Я сладко усыплен моим воображеньем,
И пробуждается поэзия во мне.